SOLARIA

SOLARIA

Fran Heckrotte

**Traduction
de
Florence François**

Juin 2012

Solaria

Copyright © 2013 par Fran Heckrotte
Smashwords Edition
Tous droits réservés.

ISBN: 978-1-939950-07-9

Première édition en fevrier 2015
PDF, ePub, mobi

Ce livre est publié aux éditions
Novel Ideas Publishing, LLC
Beaufort, Caroline du Sud, États-Unis.
novel_ideas_publishing@hotmail.com

Traduction de Florence François
Page couverture de Patty G. Henderson,
http://www.pattyghenderson.com

Découvrez d'autres titres sur le site

http://www.novelideaspublishing.com

CHAPITRE 1

Le projet Humachine :
Premier jour, Troisième année, 2097 A.D.

Elle est en vie. La première fois qu'elle en prend conscience, d'instables éclats lumineux de couleurs l'éblouissent. Cette présence visuelle lui paraît dénuée de sens, mais d'un autre côté, étrangement logique... pourquoi? Elle hésite, incertaine. Une naissance est un moment crucial dans une vie, et pourtant... jamais mémorable, surtout pour l'enfant en train de naître. Et elle? C'est bien son premier jour, même si elle n'est pas une nouveau-née.

Les couleurs clignotantes fusionnent et prennent forme jusqu'à devenir des images perceptibles. En quelques secondes, à l'immense joie de la programmatrice en intelligence artificielle, l'expérience biomécanique se métamorphose en une possibilité viable et fonctionnelle. Devant l'humachine, qui ouvre les yeux pour observer son environnement, Carley oublie ses dernières années de recherches et d'échecs. Elle est renversée par ce regard humain. Si elle n'avait pas participé au projet dès sa conception, elle n'y aurait pas cru. Difficile de percevoir l'objet sur la table autrement qu'une jolie femme sortant d'un profond sommeil.

L'humachine porte les cheveux courts avec une coupe très tendance, en vogue depuis plusieurs années. Avant, cette

1

chevelure gris métallique aurait attiré l'attention; maintenant, elle passerait inaperçue. Sa peau est délicatement bronzée, sans excès. Son regard, par contre, est la seule chose qui la ferait remarquer. Son apparence, aussi humaine soit-elle, ne peut faire oublier la couleur peu naturelle de ses yeux d'un bleu vert profond. Les gens pourraient toutefois croire qu'elle porte des verres de contact, chose courante.

—Comprends-tu mes paroles?

Elle prononce lentement chaque mot pour donner le temps à sa création d'assimiler le son et le sens de ses paroles.

En réponse au violent stimulus visuel sur ses nerfs optiques, l'humachine cligne rapidement des yeux, les nanoprocesseurs survoltés. Carley attend patiemment, consciente du temps d'adaptation nécessaire.

Sortir d'une pièce sombre aveuglée par la lumière du soleil ressemble probablement à ça. Elle attend que le clignement des yeux de l'humachine se calme avant de reposer sa question aussi lentement.

—Com... prends... tu... mes... pa... roles?

L'humachine, qui tourne la tête vers le son, aperçoit un humain pour la première fois. Elle classe rapidement les renseignements liés au sujet dans l'une de ses banques de mémoire.

—J'ai analysé chaque mot dans la structure séquentielle de votre vocabulaire. Il n'est pas nécessaire d'en détacher les syllabes pour m'aider à comprendre l'ensemble de l'énoncé.

—J'imagine donc que tu me comprends. Bienvenue dans mon monde.

L'humachine demeure silencieuse. Ces paroles de salutation ne veulent rien dire pour elle, elle ne voit donc pas la nécessité d'y répondre.

—As-tu la moindre idée de ce que cela représente? De façon claire, sais-tu qui tu es?

—Je suis l'humachine 1A526, le prototype 1A du projet Humachine.

—Est-ce tout?

—Je ne comprends pas la question. Ai-je fourni une réponse inexacte?

—Non, tu as bien répondu. J'aimerais que tu me précises l'objectif de cette recherche, si tu le connais...

—Le projet Humachine est une mission scientifique : jumeler biomasse et technologie métallique trabéculaire pour créer un corps humain contrôlé par une série de lasers multidirectionnels rythmés par saccades à l'aide d'un processeur nanoquadricoeur qui, en théorie, peut émuler la pensée et le comportement humain. Le but de ce projet est de créer un organisme qui travaillerait au service de l'humanité. Il répondrait aux besoins quotidiens des humains handicapés en ce qui a trait aux travaux manuels ou remplacerait les humains pour exécuter des tâches dans des conditions extrêmement difficiles ou dangereuses. Je suis l'humachine 1A526, issue de la première génération de prototype.

—C'est en partie vrai.

—« En partie » exprime l'idée que mon analyse est soit fausse, soit partielle. J'ai échoué à définir tous les aboutissants de ma raison d'être. J'ai examiné toutes les données enregistrées dans mes banques de mémoire sans trouver d'autres renseignements. J'ai besoin de données supplémentaires.

Carley rassure la biomachine, une main sur son épaule.

—Pour l'instant, ne te tracasse plus à ce sujet. Tu as bien saisi ta raison d'être, à l'origine. Je t'expliquerai le reste, plus tard.

—Si c'est ce que vous attendez de moi.

Carley sourit, heureuse des résultats des premières minutes d'interaction avec l'humachine.

—Nous semblons être sur la bonne voie pour parvenir à nos fins. Malgré tout, nous avons encore une longue route à parcourir avant que tu puisses interagir avec le monde extérieur. Je suggère de se mettre au travail dès maintenant. Pourrais-tu procéder à une évaluation de tes circuits neuroélectroniques et de tes systèmes biomécaniques pour en vérifier l'efficacité?

La réponse ne se fait pas attendre...

—J'ai complété l'analyse prescrite. Tous les processeurs fonctionnent selon les spécifications requises pour chaque sous-programme à l'exception du secteur 6B412 de la cache 3778, banque de mémoire onze. Les sections biologiques, mécaniques et électroniques fonctionnent selon les paramètres visés.

—Quel processeur ne fonctionne pas normalement?

—La puce sept du processeur principal crée un décalage de 0,7 nanoseconde au cours de l'exécution des données du circuit 871C4.

—Mmmm. Cela entraîne-t-il de graves problèmes?

—Non.

—Parfait. Plus tard, nous ferons des tests supplémentaires. Commençons maintenant ton éducation. Si tu dois faire partie de la race humaine, tu en as encore beaucoup à apprendre pour grandir.

—Ma croissance ne peut s'étendre au-delà de la structure physique de mon squelette et de ma masse biologique. Je suis actuellement au maximum de mon potentiel d'après ma taille et le poids de ma structure trabéculaire. Il m'est impossible de dépasser ces paramètres sans compromettre l'intégrité de ma constitution biologique et neuro...

—C'est une métaphore, 1A526.

—Métaphore : procédé de langage qui consiste à employer un terme concret dans un contexte abstrait par substitution analogique.

—Voilà. Est-ce que tu en saisis le sens?

—Bien sûr, c'est une dénotation synthétique fondée sur la rupture cotopique — ou sur la jonction allotopique.

—Cotopique, allotopique? Ce ne sont pas de termes usuels. Explique.

—Ce sont des termes utilisés par le linguiste Marc Bonhomme dans l'ouvrage *Linguistique de la métonymie*. La métonymie ne peut dépasser son cadre référentiel, contrairement à la métaphore qui peut explorer d'autres univers sémantiques. L'utilisation du terme « grandir » évoque plutôt mon évolution intellectuelle que ma structure physique. Vous désirez que je réussisse à atteindre le niveau de compétence qui me permettra de paraître humaine.

—Quelque chose comme ça... Je suggère de poursuivre cette discussion quand tu auras eu la chance d'interagir avec quelques humains au laboratoire, d'accord?

—Est-ce une question nécessitant une réponse ou une consigne à respecter?

Carley comprend qu'elle doit prendre le contrôle de la discussion, sinon, cela se poursuivra sans fin.

—Une consigne pour l'instant, 1A526... Je ne supporte pas de t'identifier par ton numéro de série. Si nous espérons t'intégrer parmi nous, tu devras au moins porter un nom.

1A526 ne répond rien, incapable de comprendre la logique de ce commentaire d'humain. Elle a reçu un numéro spécifique, méthode d'identification des plus efficaces. Ce nombre lui est précisément attribué. Les humains partagent souvent les mêmes noms. Ce renseignement inscrit dans son programme initial lui permet d'identifier plus facilement les gens qui travaillent auprès d'elle.

—Je vois... tu ne m'aideras pas à résoudre ce problème. Alors, puisque tu représentes l'aube d'une nouvelle ère technologique au profit de l'humanité, je t'appellerai Solaria. Ce qui veut dire, soleil.

Carley s'entend faire cette déclaration d'un ton un peu trop solennel; elle se sent ridicule. Elle se reprend, moins sûre d'elle.

—Que penses-tu du nom, Solaria?

—Je n'en pense rien.

—Bon, bon... alors tu t'appelles Solaria pour l'instant. Tu pourras toujours trouver un autre nom, plus tard.

—Si c'est ce que vous voulez. Comment dois-je vous appeler?

—Moi? Carley Branson. Tu peux m'appeler Carley.

—Bonjour Carley.

Carley sourit en approuvant d'un signe de tête. Ces deux mots représentent les premiers pas de Solaria vers sa nature humaine.

—Bonjour Solaria. Maintenant au travail, d'accord?

CHAPITRE 2

Première semaine

Au début, l'humaine et l'humachine trouvent la progression lente et fastidieuse. Contrairement à Solaria, Carley sait qu'il faudra du temps au prototype avant de devenir parfaitement opérationnel. L'ordinateur cérébral de l'humachine conçoit mal que ses fonctions motrices ne répondent pas correctement à ses commandes. La rigidité de ses mouvements robotiques l'empêche de marcher dans le laboratoire sans se cogner contre chaises et bureaux; beaucoup d'objets s'écrasent au sol. Chaque fois, Solaria regarde fixement l'objet brisé pour en évaluer les dommages et déterminer la meilleure façon de le réparer. Puis, à court de solutions, elle se tourne vers Carley pour des réponses.

Un matin, elle renverse accidentellement deux chaises.

—Je ne comprends pas ce qu'il m'arrive. Mon système neurologique est déréglé. J'ai effectué quatre-vingt-trois analyses différentes sans déterminer la nature du dysfonctionnement qui expliquerait mon étrange façon de bouger. J'en conclus que je suis défectueuse.

Carley lève les yeux du moniteur holographique.

—Tu n'es pas défectueuse; je doute même qu'il y ait un vrai problème. Tu t'adaptes simplement à ton nouveau corps.

—Vous voulez dire qu'il est normal que je bouge de cette manière? Si je cherche à égaler l'humain, je devrais bouger plus normalement sans être un danger pour humains et objets à proximité.

—C'est vrai. Je ne dis pas que tu marches correctement, mais plutôt que tu devras être patiente. Tes processeurs auront à établir tous les branchements vers ton organisme biomécanique avant que tu ne réussisses à bouger avec fluidité. Je te suggère de commencer par de petites choses. Travaille d'abord les doigts ou les mains pour vraiment saisir la dynamique entre ton corps et ton esprit. Tout est dans la répétition. Le reste viendra tout seul, plus tard.

—C'est logique. J'aurais dû en arriver seule à cette conclusion. Je suis défectueuse.

—Maintenant, tu es trop exigeante avec toi-même! Je crois que tu expérimentes ce que l'on nomme de la contrariété. Dans cet état, il est difficile de rester logique.

—La frustration est une émotion humaine. Je ne suis pas humaine, donc je suis incapable d'être contrariée.

—Tu es programmée pour apprendre, Solaria. Je ne vois pas pourquoi tu ne développerais pas aussi ton côté émotif. Mais ne sautons pas aux conclusions, d'accord?

—D'accord.

Deuxième mois

Pendant près de trois semaines, Solaria développe la flexibilité de ses doigts, de ses mains et de ses poignets; elle se familiarise avec tous les nerfs et circuits intégrés liant ses extrémités à ses processeurs. Quand elle a assimilé le phénomène de transmission et d'émission des impulsions entre ses processeurs et ses doigts, elle passe à son torse, puis à ses jambes. Il lui faut deux mois pour apprendre à marcher correctement dans le laboratoire, au grand bonheur des techniciens. En processus d'apprentissage, elle a anéanti du matériel coûteux. La plupart des membres de l'équipe ne lui en ont pas tenu rigueur même si, à l'occasion, Solaria a entendu des grognements. Elle a pris l'habitude de s'excuser, réaction humaine attendue; même si cette attitude les réconforte, elle n'en saisit pas la logique. S'excuser ne résout rien : l'objet reste cassé.

Comme ses mouvements sont devenus plus naturels, Solaria peut se concentrer sur autre chose. Elle étudie ce monde qui l'entoure. Sans avoir conscience de cette émotion, Solaria est pourtant fière de ses réussites. Carley se réjouit de ce sentiment qui rapproche Solaria de son désir d'être humaine.

Scientifique, Carley cherche naturellement des réponses. Elle aime son travail, maintenant plus que jamais puisque la robotique humaine n'est plus seulement une possibilité, mais bien une réalité. Malgré de nombreux obstacles encore à surmonter, Solaria est en voie de devenir la première humachine bêta opérationnelle.

Le travail de Carley consistait à programmer le logiciel de base de 1A526 pour lancer l'humachine sur sa longue route vers l'humanité. Dans leurs pronostics, les experts les plus brillants en intelligence artificielle évaluaient environ six mois d'un entraînement intensif avant que le prototype n'atteigne un QI équivalent à quatre-vingt-dix. À partir de là, la courbe d'apprentissage de l'humachine devait s'accroître de façon exponentielle et lui permettre de comprendre et d'intégrer les concepts plus rapidement.

Carley attendait cet instant depuis l'âge adulte. À cinquante-trois ans, elle n'était plus à quelques mois près.

***

Sixième mois

Sa paume sur le scanneur de sécurité, la scientifique attend que le DISRI (Dispositif de sécurité de reconnaissance d'identité) confirme son identité. À l'ouverture de la porte du laboratoire, Carley dépose son ordinateur et sa mallette pour se diriger vers la chambre forte. Elle inscrit son code, qui active la porte automatique, puis entre. Dans la pièce sombre, les détecteurs de mouvements captant sa présence activent l'éclairage; l'intérieur s'illumine. Au centre de la petite salle trône un siège métallique en titane. Attaché sur la chaise, la tête légèrement inclinée vers l'avant, le menton sur la poitrine, ce qui paraît être une femme donne l'impression de dormir.

—Activation du code 092669, dit doucement Carley.

L'humachine redresse la tête pour se tourner vers la scientifique.

—Bonjour Carley.

La voix de Solaria est grave, presque rauque. Comment l'humachine possède-t-elle une voix si séduisante? Carley n'est pas certaine de le comprendre. Les concepteurs vocaux n'ont pu répondre clairement à sa question sur les activateurs de la voix. Quand ils lui ont parlé de vibrations audio accidentelles des tissus dans l'ensemble des circuits du fond de la gorge, l'explication maladroite a exaspéré Carley. Comme il s'agit du principe de base des cordes vocales d'un être humain, ils n'ont donc aucune idée pour la voix de Solaria.

—Bonjour Solaria, comment vas-tu?

—Bien, merci et vous?

—Je vais bien, merci. Je voulais te féliciter d'avoir atteint cette aisance à t'exprimer.

—Je m'applique à parler de façon moins recherchée. Les humains ne prononcent pas systématiquement tous les mots d'une phrase ou toutes les syllabes d'un mot.

—Bien, continue comme ça. Il ne faudrait pas que tu ressembles à un professeur de langues, la taquine Carley. Es-tu prête à commencer une nouvelle journée?

Tous les jours depuis six mois, elle pose cette question à Solaria, connaissant déjà la réponse.

—Oui, j'ai traité et catalogué tous les renseignements enregistrés durant les séances Internet de la journée d'hier. Et au cours de la nuit, j'ai interrompu plusieurs dispositifs biomécaniques non vitaux pour préserver mon énergie. J'en analyse les conséquences sur mon corps.

—Est-ce pour une raison précise? C'est risqué... tu dois rester prudente.

—Comme j'étais curieuse de la réalité du sommeil, j'ai désactivé plusieurs de mes organes principaux : le meilleur moyen de simuler l'arrêt complet du corps, essentiel au bien-être des humains. Je dois comprendre ce phénomène unique pour paraître l'un des vôtres.

—Je ne suis pas tout à fait d'accord. Sois simplement prudente.

—Ne vous inquiétez pas, Carley. J'ai analysé toutes les possibilités afin de déterminer quelles fonctions n'avaient pas besoin d'être en mode continu ou opérationnel.

—Tant que tu ne mets pas ta santé en danger.

—Je suis en pleine forme. Il serait illogique de compromettre mon aptitude à opérer à mon plein potentiel.

—Bien, mais écoute mes conseils. C'est entièrement nouveau pour nous tous. Nous ne connaissons pas vraiment la réaction de tes dispositifs biomécaniques et électroniques à capacité réduite.

—J'ai procédé à des tests en simulant l'interruption avant l'arrêt réel. Je n'ai perçu aucun effet négatif.

Carley soupire. Cette conversation ne mène nulle part.

—Solaria, je te demande simplement de prendre les précautions nécessaires, sans plus.

Carley prend conscience de l'écho plus maternel que scientifique de ses préoccupations. Elle décide de passer à autre chose comme elle a été assez claire sur ce point.

—Maintenant, j'ai une surprise pour toi! Tu seras libre de te déplacer dans le laboratoire, après le départ de l'équipe.

Carley libère les chevilles et les poignets de l'humachine en déverrouillant les serrures qui la maintenaient sur la chaise.

Solaria se redresse pour étirer ses membres. Cette réaction typiquement humaine fait sourire Carley. Chaque jour, l'humachine devient plus humaine. Elle démontre, sans le réaliser et bien plus tôt que Carley ne l'avait imaginé, un certain degré de complexité dans ses attitudes et ses émotions.

Carley sourit en se remémorant un événement survenu deux jours plus tôt. Elle compilait des données comme d'habitude. Carley a remarqué l'expression perplexe de Solaria en passant près d'elle pour prendre son café. L'humachine tenait un magazine pornographique qu'un des collègues de Carley avait laissé traîner. Curieuse, Carley voulait voir ce qui déclenchait une réaction si inhabituelle chez Solaria. À sa grande surprise, l'humachine regardait une femme nue étalée sur les pages du centre. Carley n'a jamais compris pourquoi ses collègues, pourtant intelligents, pouvaient apprécier des choses dépravantes.

—Quelque chose ne va pas?

—Est-ce une vraie femme?

Solaria a délicatement touché la photo du bout des doigts.

—Pourquoi cette question?

—Toutes les humaines s'affichent-elles de cette façon?

L'intérêt de Solaria pour le corps féminin était une première. Carley a décidé de pousser la discussion plus loin, intriguée par la fascination de Solaria pour une femme nue.

—Non, la plupart ne le font pas. Celle-ci a été payée pour sa photo dans le magazine.

Solaria était perplexe.

—La vue d'une femme nue te gêne-t-elle, Solaria?

L'absence de réponse intriguait encore plus Carley, réaction étrange venant de l'humachine.

—Solaria, à quoi penses-tu?

—Elle est très belle, a doucement répondu Solaria.

La scientifique, surprise par cette réponse inattendue, a regardé la photo à nouveau. C'était une première que Solaria exprime un concept plutôt qu'un fait.

—Comment en es-tu arrivée à cette affirmation? Pourquoi est-elle belle à tes yeux?

—Je ne sais pas. J'essaie en vain d'analyser sa symétrie et la couleur de sa peau, de ses cheveux et de ses yeux pour comprendre la logique de ma conclusion.

—Il s'agit de perceptions. La beauté n'est pas du domaine de la pensée ou de la logique. Des scientifiques ont développé une théorie sur le lien très marqué entre la symétrie et la beauté, mais...

Solaria a interrompu son professeur et mentor.

—Je suis perturbée. Mes processeurs ne réussissent pas à considérer d'autres hypothèses même s'il est illogique pour moi, une machine, d'arriver à une conclusion basée sur des perceptions ou des émotions.

—Tu n'es pas une machine, Solaria. Les machines ne se troublent pas. Tu es une humachine. Nous avons réussi à créer des tissus humains pour ton corps avec un alliage à base de carbone. Soixante-dix ans pour perfectionner la dimension la plus simple : la technique. La conception du laser pour la nanopuce du processeur quadricoeur représentait la vraie percée. Sans cette découverte, nous ne pourrions pas exécuter des fonctions cérébrales complexes. Il fallait en plus concevoir des puces assez petites pour qu'elles s'insèrent dans un crâne humain.

—Je suis une machine même si, techniquement, je ne suis ni humaine, ni machine.

Carley a haussé les épaules. L'instant qu'elle craignait tant était arrivé : l'humachine se posait des questions sur sa propre identité.

—C'est vrai. Je dirais même que tu es les deux à la fois : humaine et machine. Quelle différence? Aujourd'hui, la technologie et l'humain ne font qu'un chez beaucoup de gens. La science a remplacé des cœurs abîmés par des mécaniques. Perdre un membre n'est plus aussi dramatique aujourd'hui depuis la fabrication de bras et de jambes biomécaniques. Il y a aussi les nanopuces implantées dans le cerveau des aveugles pour leur permettre de bouger normalement par une technique semblable à celle d'un sonar. Notre espérance de vie a atteint les cent vingt ans grâce aux progrès technologiques.

D'après l'expression du visage de Solaria, Carley a vu que ses paroles avaient un effet positif.

—Tu as été construite, c'est vrai, mais de nos jours les enfants de plusieurs couples sont créés dans des éprouvettes; ils sélectionnent la couleur de la peau, des cheveux, des yeux et même le sexe. Quelle différence entre toute cette technologie et la nôtre?

—C'est une question complexe. J'ai besoin de temps pour l'analyser avant d'en arriver à une conclusion valable.

Solaria ne trouvait pas de raison logique d'être contre.

—Réfléchis-y. J'aimerais aussi savoir pourquoi la photo te perturbait.

Sans lâcher la photo des yeux, Solaria a approuvé d'un signe de tête, un autre geste humain. Carley a tapoté l'épaule de Solaria; il était temps de lui changer les idées.

—On fait des tests sur la nouvelle puce envoyée par le département des sciences informatiques? La prochaine génération de processeurs promet beaucoup. Ce soir, dès que le laboratoire sera fermé, tu pourras réfléchir à la photo.

—Oui, c'est vrai. J'y compte bien.

Solaria a collaboré jusqu'au midi à des tests de performance sur la puce. Ensuite, elle a étudié la biochimie moléculaire et la bio-ingénierie en robotique automécanique. Il est essentiel qu'elle comprenne tous les mécanismes de son corps dans le cas où elle aurait à s'occuper d'elle-même, un jour.

***

Septième mois

Carley étudie les derniers résultats des examens de Solaria. Tout semble fonctionner parfaitement. En réalité, si elle ne connaissait pas l'identité d'humachine de Solaria, elle serait incapable de faire la différence entre le cerveau de A1 et celui de l'humain d'après les dernières analyses de l'ordinateur. Le rêve de sa vie est devenu une réalité.

Même si elle en a douté, initialement, Carley peut célébrer une autre réussite. Assistée de deux collègues scientifiques du programme de développement des pseudo-organes, elle a créé un logiciel camouflant les dispositifs de gestion qui transposent les fonctions biologiques en langage électronique adapté aux processeurs. Si Solaria se fait radiographier par un appareil sans codes de reconnaissance, le logiciel générera de fausses images d'organes cachant les circuits électroniques liés à chacun. Cette fonction la protégerait le temps que l'équipe de Future Dynamicon la récupère. L'entreprise a insisté sur ce point crucial : le modèle bêta ne doit pas tomber aux mains des ennemis. Pour le garantir, il devait être virtuellement impossible aux centres médicaux et militaires de détecter chez Solaria le moindre détail inhabituel ou anormal.

Ses systèmes musculaire et osseux paraissent normaux; sous sa bio-ingénierie se dissimule un organisme dont les capacités surpassent les standards normaux. Ces améliorations avantagent Solaria en lui procurant une force et une vélocité supérieures. Ces facteurs comptaient beaucoup pour les concepteurs dans leur vision de l'utilité des humachines vis-à-vis de leurs homologues humains. Ces particularités permettraient à l'humachine d'abattre seule le travail d'au moins deux personnes en éliminant la probabilité d'erreurs humaines ou de blessures. Les humachines seraient particulièrement efficaces dans le domaine de la sécurité et celui des services.

La question de la sexualité se pose au cours d'un des examens physiques de routine de Solaria. Allongée sur la table, Solaria regarde les moniteurs pendant que Carley installe les plaques adhésives sur sa peau pour attacher les fils électroniques aux points d'insertion des plaques : de minuscules capteurs détecteront toutes les erreurs possibles de transmission et enverront l'ensemble des données vers le moniteur holographique. Une image tridimensionnelle permet à Carley d'observer la structure biomécanique de Solaria sous tous ses angles. Les dysfonctionnements ainsi découverts se classeront en ordre d'importance par un code de couleurs avant d'être envoyés aux départements de biologie et de technologie pour l'analyse finale. Sa connaissance du corps de Solaria lui permet déjà de savoir qu'il fonctionne parfaitement.

***

Le contact des mains chaudes et agréables de Carley fait naître d'étranges sensations chez Solaria. Elle ne comprend pas sa réaction.

—Tu te sens bien?

Carley remarque la rougeur soudaine de Solaria. Elle a pu contracter un virus de l'un des techniciens du laboratoire. Carley, inquiète, touche les joues de l'humachine pour vérifier sa température. La sophistication technologique de Solaria ne protège pas son corps humain des infections bactériennes ou virales.

14

—Je me sens bien, mais votre toucher me fait un drôle d'effet. Pour analyser le problème, je tente d'isoler les nerfs et vaisseaux sanguins qui réagissent à vos stimuli.

Carley rougit. Elle a pris en charge l'examen physique de Solaria pour ne laisser personne profiter de l'innocence de l'humachine. Elle n'a jamais pensé déclencher une telle réaction en cours d'examen. Solaria avance ses mains vers son pubis pour vérifier la sensation de picotement. Carley, mal à l'aise, l'intercepte.

—Tout va bien, Solaria. Je crois que je te dois des excuses.

—Pourquoi? Je n'ai remarqué aucune différence entre cet examen et les autres sauf pour ma réponse physique.

—Voilà, ce dont il s'agit... Je crois que j'ai tardé à t'expliquer la sexualité des humains.

—La sexualité? Les préliminaires suscitent-ils la même réaction?

—Bon sang, non! Tes sensations s'apparentent quand même à ce qu'une femme peut ressentir.

—Étrange, je ne suis pas certaine de pouvoir l'expliquer, dit Solaria à la recherche d'une description analytique appropriée.

—Tout va bien, je sais ce que tu expérimentes. Terminons simplement l'examen, ensuite si tu le veux, nous en discuterons un peu plus.

Solaria ne répond rien, pensant à ses lectures sur Internet. Elle y a trouvé énormément de sites avec photos, récits sexuels et vidéo, sans parler de la variété presque illimitée d'accessoires pour décupler le plaisir.

Après s'être rhabillée, Solaria pose des questions à Carley sur l'obsession humaine liée à la procréation.

—Carley, pourquoi le sexe est-il si important pour les humains? Il ne s'agit pas toujours de la propagation de l'espèce. Il y a plus de sites sur le sexe et la sexualité qu'à propos de n'importe quoi d'autre. Et certains sites semblent... comment l'expliquer...

Solaria ne trouve pas les mots pour décrire ce phénomène illogique.

—À ta place, je ne perdrais pas trop de temps avec ça. Le comportement sexuel fait partie des mœurs les plus difficiles à cerner. L'acte est essentiel à la procréation, bien sûr, mais les humains ont évolué au-delà de ce concept. Pour certains, il s'agit d'amour : ressentir quelque chose l'un pour l'autre. D'autres vivent simplement le moment présent. Et ceux qui l'ont perverti l'utilisent pour assouvir leurs propres besoins de satisfaction et de pouvoir.

—Alors les humaines n'aiment pas être forcées sexuellement?

—Non, pas si elles ont le moindre bon sens. D'où te vient cette idée?

—C'est un des grands thèmes sur Internet et dans plusieurs histoires aussi d'après mes lectures. Les hommes veulent toujours brusquer les choses, au plaisir des femmes.

—C'est de la fiction. Les femmes préfèrent une personne qui ressent quelque chose pour elles et qui prend le temps de le prouver.

—Ce sont des préliminaires, alors?

—Oui, les préliminaires ou, du moins, en partie, j'imagine. En réalité, c'est un peu plus compliqué que ça, Solaria. Je n'ai pas toutes les réponses à tes questions. Le sexe, qui ne m'a jamais vraiment passionnée, n'est pas mon champ d'expertise.

—Vous êtes vierge ou frigide?

—Bon sang, tu en as lu des choses! Je ne suis certainement pas vierge et je ne crois pas être frigide non plus. J'ai terminé l'université il y a trente ans et depuis, je n'ai pas eu le temps de m'occuper de ça.

—Est-ce normal? N'est-ce pas un impératif du corps humain de se reproduire? La force des pulsions est sûrement suffisante pour renverser les capacités cognitives supérieures indépendamment du degré d'évolution puisque l'espèce doit se perpétuer.

—J'ai parfois des désirs, mais ils sont plus rares à mon âge. Les humains peuvent généralement contrôler leurs envies primaires, d'ailleurs c'est le consensus dans la société sinon ce serait le chaos. C'est un sujet complexe, Solaria. J'aimerais bien avoir toutes les réponses pour simplifier les choses et t'aider dans ton apprentissage, mais tu devras, je le crains, te faire ta propre opinion là-dessus. En attendant, j'ai une surprise pour toi!

—Une surprise?

—Oui, il est temps que tu sortes du laboratoire pour rencontrer un peu plus de gens. Les interactions humaines te feront du bien. Évidemment, personne ne doit rien savoir à ton sujet. Le programme Humachine est ultrasecret : tu n'existes pas pour la plupart des employés ici.

—Comment dois-je répondre aux questions sur mon identité?

—Dis simplement que tu es mon assistante. Je doute que la conversation n'aille plus loin. Tous savent que je suis plutôt une solitaire.

—Vous n'aimez pas les gens?

Carley hausse les épaules.

—Disons que je n'ai rien à faire de la sottise ou la mesquinerie humaine.

—Est-ce que vous avez quelqu'un?

Prise de court par la question, la scientifique, pensive, fixe l'humachine pendant plusieurs secondes.

—Pourquoi cette question?

—Les humains ne cherchent-ils pas naturellement un compagnon? N'est-ce pas l'une des raisons pour lesquelles Future Dynamicon a financé les humachines?

—Pas dans le sens où tu l'entends, non. Et non... je n'ai personne. J'aime trop mon intimité, mes petites habitudes aussi, j'imagine. Maintenant, pourquoi ne pas aller voir le menu de ce midi?

Solaria approuve la suggestion d'un signe de tête. Elle comprend que la scientifique n'a pas envie de prolonger la discussion.

***

Le bruit dans la cafétéria bondée d'employés est assourdissant. Les scientifiques en blouses blanches et les techniciens ou assistants en (blouses) bleues occupent la presque totalité des places assises. Un local en vitre crée une petite pièce isolée. Carley, en réponse au regard de l'humachine dans cette direction, lui chuchote à l'oreille :

—Les grosses têtes n'aiment pas se frotter au petit peuple.

Solaria fronce les sourcils.

—C'est du sarcasme?

Carley rit en pointant le doigt vers le comptoir contre le mur du fond.

—Tu apprends. Voyons les plats du jour. Tu devrais apprécier le choix par rapport à la nourriture envoyée au laboratoire.

—Les biscuits protéinés produisent suffisamment d'énergie pour subvenir à mes besoins biologiques. La bionutritionniste a très bien déterminé la quantité exacte de protéines et de nutriments dont j'ai besoin pour maintenir mon système opérationnel à cent pour cent.

—Excellent, mais elle aurait pu leur donner meilleur goût. Visiblement, elle n'a pas testé son produit final. J'en ai seulement goûté un; je n'aurais pas voulu le donner à un chien, même s'il mourait de faim. C'était vraiment immangeable.

—Je ne comprends pas. Vous l'avez mangé, c'était donc mangeable. J'en mange aussi régulièrement... peut-être que je ne saisis pas entièrement vos paroles.

—Mmmm... je crois que tu peux laisser tomber, Solaria. Crois-moi sur parole. Maintenant, goûte à de la vraie nourriture. Tu me diras ce que tu en penses. Damian croit qu'avec ta composante cellulaire tu peux distinguer, même mieux que nous, les différentes saveurs. Tes capteurs de sens augmentent ta sensibilité.

—À votre guise.

Commentaire qui fait sourire Carley. Pour une raison quelconque, Solaria s'est mise à utiliser cette expression quand elle ne sait pas quoi dire ou faire.

Solaria prend un cabaret, des ustensiles et un verre, imitant Carley. Puis, sans trop savoir par où commencer, elle choisit les aliments les plus colorés. Visuellement, les fruits et les légumes paraissent singulièrement intéressants.

—Ah! Tu dois goûter au homard farci! Je crois que tu le trouveras intéressant.

Carley en sert une pleine cuillérée à Solaria.

Après avoir payé leur nourriture, la scientifique entraîne Solaria vers une table libre près de la sortie. Pendant qu'elles s'installent à leur table, un homme en costume s'approche d'elles. Debout, long et mince, il attend patiemment qu'elles s'assoient.

—Monsieur Stalling.

Carley lui parle d'une voix glaciale et professionnelle.

Solaria note le changement de ton. Fascinée par l'échange subtil, elle les dévisage l'un après l'autre. Pour la première fois, elle est témoin d'une animosité palpable.

—Carley, comment allez-vous? lui demande-t-il poliment en jetant un regard vers Solaria qui le dévisage sans cligner des yeux.

Stalling se retourne vers Carley.

—Bien. Que puis-je faire pour vous?

—Vous allez toujours droit au but, dit-il avec une expression moqueuse. Je me demandais comment allait votre projet. Quand les membres de la commission auront-ils la chance de voir votre machine? J'ai entendu des rumeurs intéressantes sans recevoir les mises à jour des dernières semaines.

—Vous voulez dire l'humachine? Il n'y a rien de nouveau à déclarer. Certaines choses prennent le temps qu'il faut.

Carley ne cache pas son mépris pour le directeur général du consortium international de Future Dynamicon.

—Bien sûr... l'humachine.

Stalling sourit avec condescendance. Même Solaria remarque le rictus forcé.

—Des investisseurs s'inquiètent du dépassement des coûts.

—Dépassement? Il s'agit plutôt de huit cent mille de moins que nos prévisions budgétaires.

—Pour ce trimestre... mais à moins de voir des résultats très bientôt, je le percevrai comme un retard... c'est-à-dire des pertes d'argent, même beaucoup.

—Je réorganise actuellement les plus récentes données pour vous les transcrire à vous et aux membres de la commission en termes intelligibles. Vous recevrez mon rapport d'ici la fin de la semaine.

Stalling entend le sarcasme. *Quand j'aurai accompli ma mission, tu te repentiras de ton arrogance. Dieu ne tolérera pas ce comportement de la part d'une femme.*

—Parfait. J'en oubliais les bonnes manières.

Il s'adresse à Solaria avec un regard admiratif.

—Mon nom est Winston Stalling. Je n'ai pas saisi le vôtre.

La beauté est un don de Dieu. Il me pardonne puisqu'il comprend ma faiblesse.

Avant que Solaria ne puisse répondre, Carley prend les devants.

—Voici ma nouvelle assistante de laboratoire, Solly.

—Solly, quel prénom inhabituel! C'est un plaisir de faire votre connaissance, Solly.

Il tend sa main, s'attendant à une réaction de la part de Solaria. Elle hésite, jette un regard à Carley, puis à contrecœur, place sa main dans la sienne. Stalling la surprend quand il se penche pour embrasser le dos de sa main.

—J'avoue qu'il y a laisser-aller... Je regarde d'habitude les fiches d'embauche de chaque nouvel employé. Je prendrai les mesures nécessaires pour éviter cela, à l'avenir. Je me fais un devoir de m'intéresser à tout le personnel. J'en suis fier.

La colère de Carley perce dans sa voix.

—Ils connaissent tous votre intérêt personnel. Solly est là depuis quelques jours seulement. Dès le processus d'embauche terminé, je suis persuadée que les ressources humaines vous enverront son dossier. Vous connaissez à quel point cela peut traîner en longueur.

—Oui, bien sûr. Je vous envie une si jolie assistante. Je pourrais passer au laboratoire un peu plus tard, à titre d'observateur.

—C'est votre laboratoire, monsieur Stalling. Par contre, si vous venez rendre visite à Solly, vous serez déçu d'apprendre qu'elle n'est pas votre genre.

—Vraiment? Et vous connaissez mon genre, Carley?

Le directeur général la regarde de haut.

—En fait, non. Je suis trop occupée pour m'attarder aux rumeurs. Je parlais plutôt de Solly : elle ne s'intéresse pas réellement aux hommes.

Solaria, intriguée par le duel verbal, croit préférable de ne pas s'en mêler. Elle demandera à Carley plus tard la raison de sa flagrante animosité envers Stalling.

—Pourquoi ne pas laisser Solly décider?

Il s'adresse à Solaria avec un charmant sourire.

—Ma visite au laboratoire vous importunerait-elle?

—Je n'ai pas l'autorité de vous refuser l'accès au laboratoire, monsieur Stalling. Vous pouvez vous promener où vous le désirez avec les laissez-passer de la sécurité. En tant que directeur général de cette société, vous avez certainement le pouvoir d'entrer librement et sans restriction dans tous les départements. N'est-ce pas, Carley?

Solaria cherche Carley du regard pour son appui. Stalling rit, persuadé d'une blague de la part de Solaria. Il ne laisse pas la chance à la scientifique de répondre.

—Vous avez tout à fait raison. Alors vous acceptez?

—Je suis simplement une assistante. Il n'est pas logique que je vous en empêche.

Devant le sourire vainqueur de Stalling à Carley, Solaria comprend son erreur. Elle se remémore le commentaire de la scientifique, quelques minutes auparavant : « *elle n'est pas votre style.* »

—Je suis lesbienne, dit-elle comme si elle parlait platement de la pluie et du beau temps.

Carley s'étouffe avec sa gorgée d'eau en réprimant son envie de rire.

Le visage de Stalling trahit d'abord sa stupeur, puis son irritation.

—Ah bon! Je croyais... oubliez ça. Il regarde sa montre pour justifier son départ précipité.

C'est abominable. Dieu me testait pour vérifier mon degré de faiblesse, pense le directeur général en s'éloignant. *Les tentations sont partout. Je dois être certain que les vierges de mon choix sont dignes de combler mes besoins de mortel. C'est la seule manière de rester pur dans l'accomplissement de ses commandements.*

À son départ, Carley se secoue de son antipathie pour cette crapule. Solaria est intriguée par sa fuite.

—Il n'aime pas les lesbiennes?

—Visiblement non... et où as-tu pris ça?

—Vous avez mentionné que je n'étais pas son genre. N'était-ce pas le sens de vos paroles?

—Pas tout à fait, mais je n'aurais pas su mieux dire. Sa réaction n'avait pas de prix. Je ne crois pas le revoir de si tôt.

—C'est une bonne chose, n'est-ce pas?

—En fait, c'est très bien. Cet homme est imbuvable avec un côté fourbe.

—Imbuvable? Cela signifie qu'il n'est pas très sympathique?

Carley rit et lui tapote la main.

—Vrai! C'est une perte de temps de parler de lui, savourons plutôt la nourriture. Tiens, essaie le homard. Dis-moi ce que tu en penses.

À la suggestion de Carley, Solaria goûte, le sourire aux lèvres, aux différents aliments dans son assiette. Elle préfère ce repas à ses biscuits protéinés. Elles discutent ensuite nourriture, puis Carley explique à Solaria les différences entre les gens dans leurs allures et leurs attitudes par ses observations sur les employés qui passent. Attentive aux commentaires de Carley, l'humachine suit aussi les discussions de plusieurs autres groupes. Elle est fascinée par le temps et l'énergie consacrés à des récriminations sur des choses apparemment sans importance. Les médisances l'intriguent encore plus : en l'absence du principal intéressé, un cocktail entre bavardage inoffensif et vicieuses attaques verbales.

Les humains parlent beaucoup pour ne rien dire, pense Solaria.

CHAPITRE 3

Winston Stalling, à titre de directeur général de Future Dynamicon, détient plus de pouvoir que la majorité des chefs d'État. Présidents, premiers ministres et dictateurs se battent pour s'arracher ses faveurs, garantie d'une situation politique stable. Sa technologie de surveillance et son réseau informatique lui donnent accès à des renseignements pour lesquels beaucoup d'agences de services secrets n'auraient pas de scrupule à tuer; et souvent, n'hésitent pas à le faire... Certains soupçonnent Stalling d'être responsable de plusieurs accidents impliquant ses rivaux et détracteurs. Ils évitent bien sûr de le dire tout haut puisque Future Dynamicon voit et entend tout.

De retour à son bureau, Stalling oublie très vite la rencontre de la cafétéria. Les lesbiennes, aussi abominables soient-elles, ont une raison d'être; particulièrement si elles contribuent à l'un de ses projets. Cette femme, Solly, doit être qualifiée professionnellement si elle a été engagée pour assister le docteur Branson.

À l'interphone, il demande à sa secrétaire de lui envoyer son chef des opérations. Cinq minutes plus tard, Lawrence Billings entre dans la pièce. Sans perdre de temps avec les formalités d'usage, Stalling lui demande :

—Paraîtrait-il que Tremaine refuse de répondre à notre offre?

—C'est juste un léger contretemps. Sa victoire écrasante aux élections lui a peut-être enflé la tête.

—Je me fous de la popularité de ce merdeux dans son patelin. Il accepte notre proposition sur ce territoire ou bien nous donnerons le pouvoir à quelqu'un qui jouera le jeu, menace Stalling.

—Avant de proférer des menaces, je crois que nous devrions donner plus de temps au premier ministre pour réfléchir à ses options. La déstabilisation du pays mettrait en danger nos opérations dans la région. Ce n'est pas du tout à notre avantage.

Winston Stalling se recule contre le dossier de son siège pour scruter son chef des opérations. Comme Lawrence Billings est le plus astucieux des analystes politiques de Stalling, le directeur général ne prend pas ses conseils à la légère. Ils ont grimpé les échelons ensemble, Stalling toujours premier, comme il se doit. Billings, grandement respecté par ses collègues, est son disciple le plus dévoué.

Malgré tout, Stalling n'aime pas suspendre ses projets et déteste qu'un jeune arriviste le défie, comme par exemple, celui récemment élu premier ministre du Canada. Il existe sûrement une solution pour le mettre au pas, sinon il faudra le retirer de la course en évitant une enquête approfondie sur l'entreprise.

Stalling s'impatiente.
—Que suggères-tu?
—Nous attendons...
Lawrence fait un signe de la main vers son patron pour l'empêcher d'exploser.
—Avant de t'y opposer, écoute-moi!

Le directeur général finit par accepter d'un mouvement de tête. Son chef des opérations poursuit.
—Laissons Tremaine arriver et s'installer tranquillement à son poste. Je suggère même de tirer des ficelles pour l'aider à tenir des promesses faites à son peuple.
—Pour augmenter sa cote de popularité?
—Oui, il sera aussi plus sûr de lui. Crois-moi, nous avons besoin d'un chef d'État solide au nord, d'autant plus que notre président est en perte de vitesse dans les sondages. Les gens en

ont marre de ses bourdes continuelles et de son arrogance. Cet homme est le roi des crétins. Je n'arrive pas encore à croire à notre réussite pour sa réélection.

—Savoir manipuler le système peut faire élire même un gorille. Nous n'avions qu'à convaincre les électeurs qu'il était le meilleur pour le boulot.

Lawrence ricane.

—Il devait redonner au gouvernement honnêteté et intégrité.

—C'était sa promesse en campagne électorale. L'autre camp en a sous-estimé l'impact sur les électeurs. Nous avons appris la leçon à cause de la chute du parti, il y a quatre-vingts ans. Après la seconde grande crise économique, personne ne voulait d'un décideur avec de grandes convictions religieuses. L'idée les terrifiait.

—Oui, au lieu de miser sur des problématiques sociales beaucoup plus importantes, le parti a privilégié des sujets ridicules comme le mariage gay. Je me demande encore pourquoi.

—Les membres du parti étaient trop ambitieux, trop rapidement. L'ancien parti avait pris vingt ans à placer un des nôtres à la Maison-Blanche; ces idiots n'ont pas su le gérer. Ils ont été trop loin, pressés d'y arriver; les gens se sont révoltés. Les électeurs n'étaient pas prêts et ensuite, nous avons perdu notre avance.

—Ça doit être ça. J'admets que trente ans, c'est beaucoup, mais nous arrivons à nos fins même si j'en ai parfois douté.

—Voilà pourquoi je suis l'élu de Dieu et non toi. J'ai toujours su qu'il avait des projets me concernant sans jamais douter de ma capacité à les réaliser.

—Oui, je t'envie, répond Lawrence. J'aimerais avoir une foi aussi solide que la tienne.

—Tant que tu fais ce que je te dis, tu réponds à ses attentes, Lawrence. Pour en revenir à Tremaine, je ne vois pas ce que nous y allons gagner s'il renforce son pouvoir.

—Comme vous l'avez dit si bien dit, le président nous a, jusqu'à maintenant, rendu service. Sa stupidité nous protège des reporters. Tant qu'ils se concentrent sur ses bêtises, ils ne sont pas ailleurs.

—Quel est le lien avec Tremaine?

—Le premier ministre Tremaine attire beaucoup l'attention, même ici. Il est beau, bien dans sa peau, charismatique. Son peuple le suivra pendant un certain temps. Nous aurions les journalistes aux trousses si jamais il lui arrivait quelque chose, maintenant. Tremaine pourrait même leur révéler nos tentatives d'intimidation pour le forcer à vendre ses droits minéraux sur le terrain. Le Congrès demanderait une enquête. Nous ne voulons surtout pas qu'un reporter ambitieux vienne mettre son nez dans les affaires de Future Dynamicon.

—C'est vrai, mais quand il aura solidifié sa position auprès de son peuple, il sera plus difficile de le contrôler ou de l'écarter. Alors comment nous y prendrons-nous?

—D'ici là, nous aurons bien placé nos pions qui feront le nécessaire pour lui faire comprendre notre point de vue ou alors...

Lawrence laisse sa phrase en suspens. Il sait se taire au bon moment pour ne pas exprimer des évidences, surtout à Stalling. Le directeur général veut un travail exécuté proprement sans être mis au courant des détails sanglants de gestes nécessaires. Si un problème survenait, il pourrait clamer son ignorance. Il connaît la persuasion de l'argent et du pouvoir pour régler des difficultés, légalement ou autrement.

Stalling approuve d'un hochement de tête.

—J'aime ton raisonnement. Tu es un vrai disciple, Lawrence. Ne l'oublie pas! Même si je n'apprécie pas l'idée de patienter une année de plus pour ce territoire, faire deux coups d'une pierre en vaudra la peine. Tremaine à ma merci et les champs de platine sous mon contrôle nous permettront de faire progresser nos projets.

Lawrence ricane à l'évocation du platine. En réalité, Stalling s'intéresse plutôt à l'accès aux dépôts de tantale, élément chimique utilisé depuis plusieurs années comme matériel de fabrication d'instruments chirurgicaux. La résistance et les propriétés non corrosives du tantale sont notoires et sa compatibilité avec la biomasse le consacre comme l'élément idéal pour les implants osseux. Mouler bras et jambes à partir du métal relève du domaine du possible. Ces membres greffés, ensuite recouverts de muscles et de peau développés en laboratoire, imitent fidèlement les parties manquantes du corps amputé. La seule problématique encore à résoudre dans la fabrication des membres de remplacement est le mouvement : trop saccadé ou trop lent, par son temps de réaction. Il s'agit simplement d'une question de temps d'ici à ce que les scientifiques résolvent le problème, tous le savent. Ils ignorent par contre que Future Dynamicon détient la solution depuis trois ans. Les ambitions de la société pour ce métal dépassent le cadre des projets humanitaires.

—Au fait, poursuit Stalling, où en est notre projet favori?
—J'attends le rapport, aujourd'hui. D'après ce que j'ai entendu, les choses avancent bien. Au courant du mois, nous devrions pouvoir faire passer l'humachine au prochain stade.
—Bien, bien. Et pour Branson?
—Nous nous occuperons d'elle.
—Quel dommage de perdre une employée aussi douée!
—Oui, mais c'est la seule à connaître les détails techniques de programmation de l'humachine. Elle remarquera la différence et comprendra tout dès que la division des renseignements activera le sous-programme implanté dans une des puces secondaires.
—Il y a des inconvénients à être trop intelligent.
Stalling cache sa joie à la pensée de se débarrasser de la scientifique à Future Dynamicon. Elle n'a jamais dissimulé son antipathie pour le directeur général. Il savait que l'heure viendrait où, finalement, elle ne serait plus indispensable. Il assistera peut-être même à la fête de départ du docteur, contraire à ses principes de ne pas s'en mêler.
—Vous me direz quand elle sera prête pour sa retraite. J'aimerais lui offrir mes condoléances, dit-il en riant.
Lawrence sourit.
—Je n'y manquerai pas.

—S'il n'y a rien d'autre, j'ai un rendez-vous avec le président à quinze heures. Il a besoin d'aide à propos de l'un de nos clients du Moyen-Orient : le cheik Amul Kahbrahn. Si les États-Unis maintiennent leurs menaces de sanctions envers son pays, Kahbrahn coupera l'approvisionnement de pétrole aux pays africains alliés aux États-Uniens. La situation serait problématique pour mes projets.

—Kahbrahn... Il n'a pas tenté la même chose, il y a quatre ans?

—Oui. Il n'apprend pas de ses erreurs... Il faudra lui rappeler que je n'aime pas être laissé pour compte.

Dès qu'il presse un petit bouton sur son bureau, une voix lui répond.

—Oui monsieur Stalling.

—Cora, amenez-moi le dossier de Kahbrahn.

—Bien sûr, monsieur Stalling.

Un instant plus tard, une femme d'un certain âge, cheveux grisonnants et lunettes, s'avance vers lui, le dossier à la main.

—Merci Cora. Vous pouvez disposer.

Acquiesçant d'un signe de tête, la secrétaire quitte la pièce sans dire un mot.

—Maintenant, penchons-nous sur ce qui ferait une forte impression sur notre ami du Moyen-Orient.

Feuilletant les pages, il s'arrête soudain sur une photo qu'il sort du dossier pour la montrer à Lawrence, en souriant. Lawrence y jette un coup d'œil.

—Je crois que ce serait parfait.

—Sa fille, Princesse Reina? Mais elle n'a que vingt ans...

—Tout à fait, la prunelle de ses yeux.

—Et que faudrait-il faire d'elle?

Ses tâches ne plaisent pas toujours à Lawrence. Il n'a aucun scrupule à débarrasser la société de ses problèmes, mais kidnapper une jeune fille innocente ne cadre pas avec sa perception du travail.

—Lawrence, je ne te demande rien d'extrême. Nous lui offrirons simplement quelques mois de vacances prolongées à l'un de nos hôtels du coin. Kahbrahn sera plus enclin à répondre à nos souhaits quand il verra notre sérieux. Récupère-la au prochain congé universitaire. Cela nous donnera quelques semaines pour envisager son futur avant d'éveiller les soupçons. Après tout, il est connu que les jeunes étudiants aiment disparaître pour faire la fête.

—Il ne faudra pas la malmener. Nous devons être très prudents; tu sais comment les femmes sont perçues dans ce pays s'ils croient qu'elles ont été déshonorées. Raison de plus s'il s'agit du cheik, rien ne l'arrêtera pour venger l'honneur de sa fille, prévient Lawrence.

—Vrai, mais parfois, le sacrifice d'un agneau est essentiel à la juste cause. Je n'ai aucune intention de faire mal à cette fille, pour l'instant. En fait, je t'autorise à la faire surveiller par nos meilleurs agents opérationnels puisque tu sembles préoccupé par son bien-être. Ce sera le test parfait. Qu'en dis-tu?

Lawrence sait que Stalling ne lui demande pas réellement son accord. Il est néanmoins satisfait d'une sécurité accrue pour protéger la fille. Cette entreprise n'a pas besoin de l'agitation d'un cheik en colère. Même si Stalling est puissant, le dirigeant arabe a beaucoup d'influence.

—Je crois que ça ira.

—Heureux que tu approuves. Je commence à avoir des craintes à ton égard, Lawrence. Tu n'as sûrement pas de doute, en ce moment.

—Bien sûr que non! Mais il y a des choses que je n'aime pas, c'est tout.

—Je comprends tout à fait. Le travail de Dieu n'est pas facile. Malheureusement, les sacrifices sont nécessaires.

Lawrence arrête son regard sur son patron. Il aimerait avoir la force de foi de cet homme.

—Je sais. Je vais contacter nos connaissances pour leur demander d'organiser les détails. Cela devrait être simple; elle étudie à l'université au Massachusetts. Le cheik Kahbrahn croit au système d'éducation occidental.

—Bien. Maintenant, je crois que nous avons terminé. Quand tu le recevras, amène-moi le rapport sur l'humachine. Préviens-moi aussi quand tu auras pris soin de la situation Kahbrahn.

Lawrence accepte d'un signe de tête et sort.

Appuyé contre le dossier de son siège, Stalling contemple le néant sur son mur en panneaux de bois. Sa conversation avec Billings le tracasse. Lawrence, bras droit du directeur général depuis plus de vingt ans, le défie très rarement. Quand il ose, ce sont souvent de bonnes raisons qui conduisent à de judicieux conseils. Mais Stalling ne peut pas se fier entièrement à Lawrence. Stalling a déjà vu ses mauvais côtés, par exemple, rechigner à exécuter des tâches pourtant essentielles à la bonne marche des projets. À titre de successeur attitré, Lawrence doit se montrer fort. Il aura peut-être à prendre en main la direction de l'empire de Stalling. Future Dynamicon est le plus vaste réseau des technologies de l'information au monde. S'il devait arriver quelque chose à Stalling, la responsabilité de prendre rapidement des décisions difficiles sans hésitation retomberait sur Billings.

Stalling est taillé pour ce travail. Sa situation lui donne les fonds nécessaires et le pouvoir d'atteindre son vrai but. Élu de Dieu, il est destiné à sauver l'humanité, même si accomplir sa mission implique le sacrifice de millions de gens.

***

Stalling est l'enfant unique d'un pasteur télé-évangéliste et de sa femme, une travailleuse sociale débordée de travail qui souffrait du syndrome d'épuisement sévère. La religion était la bouée de sauvetage de sa mère pour garder la tête hors de l'eau. Elle espérait, avec l'aide de Dieu, se libérer de son sentiment de culpabilité.

Comme leur vie tournait essentiellement autour de celle de leur fils, ils veillaient à ce qu'il pratique dévotement sa religion. La paroisse du révérend Jerry Stalling avait pris de l'ampleur au même rythme que sa richesse, son influence et son ego. Dieu l'avait manifestement choisi pour propager sa bonne parole. Après un diagnostic de tumeur maligne au cerveau, le révérend Stalling a pris conscience de son erreur. Dieu l'avait choisi comme père du prochain Messie. Pendant les années qu'il lui restait à vivre, il a pris soin de l'avenir de Winston. Il s'est organisé pour l'envoyer dans les meilleures universités religieuses du pays. Il a confié la garde de son fils à l'un de ses plus fidèles disciples, malgré le désaccord de sa femme. Ce parent adoptif a poursuivi les objectifs du révérend. Winston Stalling a été formé pour accomplir les ambitions d'une petite communauté d'intégristes, prêt à tout au nom de leur religion. La nomination de Stalling au poste de directeur général de l'une des sociétés les plus puissantes au monde a suscité la joie de ce groupe qui atteignait leur objectif. Ils attendent maintenant impatiemment le fruit de leur labeur.

Les dernières phases de leurs projets se mettent en place. D'ici peu, les païens ébranlés demanderont grâce et pardon aux pieds du nouveau Messie. Winston Stalling leur pardonnera certainement après avoir puni ceux qui ne croyaient pas à sa situation d'élu. Les hommes se réapproprieront leur virilité que la naissance du mouvement des droits des femmes leur avait enlevée. Ils redeviendront des chefs subvenant aux besoins de leurs familles. Les femmes feront des enfants en plus de s'occuper des tâches domestiques et conjugales, selon la volonté de Dieu. Toutes les autres religions seront bannies à jamais pour atteindre l'harmonie mondiale.

Même si le fanatisme religieux n'est pas apprécié de tous ses disciples, Stalling croit que la seule solution pour maintenir la paix et la sécurité dans ce nouveau monde sera d'éliminer les incroyants. Personne ne peut contredire la logique fondamentale d'une croyance universelle. Que l'humanité n'en ait pas encore conscience le conforte simplement dans ses certitudes.

*** *

Stalling sourit, satisfait par les derniers rapports de plusieurs missions africaines qui lui ont permis de s'implanter efficacement sur les deux tiers du continent.

En silence, près de trois cents villageois se sont agenouillés devant le chef, à l'extérieur de sa hutte. De petits attroupements

31

de femmes et d'enfants, en périphérie du noyau, ont l'interdiction de s'approcher du chef de la tribu. De leur côté, les hommes convertis à la nouvelle religion peuvent entrer dans le sanctuaire tant et aussi longtemps qu'ils restent humbles et prouvent la force de leur foi. Ils attendent les ordres de leur chef, la tête inclinée en signe de respect. Azubuike fait signe à deux hommes de s'approcher avec leur prisonnier.

—Tubuktu, tu n'as pas accepté Chukwu dans ton cœur. Tu ne suis pas les enseignements de notre glorieux père, le révérend Talbert. Il a aidé notre peuple à trouver le seul vrai Dieu. Nous lui devons maintenant l'espoir d'être sauvés. Explique-toi?

—Je suis les vieilles croyances comme nos ancêtres avant moi. Je ne vais pas m'incliner devant le faux dieu de cet homme blanc!

Azubuike frappe dans ses mains avec colère pour faire signe aux deux gardes d'emmener Tubuktu.

—Ton arrogance va sécher et mourir comme le riz sauvage cuit par le soleil qui assèche nos lacs. Le révérend Talbert a prouvé son pouvoir. Il t'utilisera comme symbole pour aider les incroyants. Amenez-le à la clinique, ordonne-t-il.

Plusieurs protestations s'élèvent des rangs des disciples agenouillés avant de rapidement s'éteindre devant l'expression irritée du chef.

—Ne provoquez? pas le courroux de notre sauveur. Ses yeux et ses oreilles vous surveillent en tout temps. Aujourd'hui, vous avez tout et même plus qu'il n'en faut : de la nourriture dans vos ventres, vos enfants à l'école et des médicaments pour soigner vos malades. Si vous le provoquez, vous retournerez à l'époque où il était difficile de trouver à manger quand vous étiez forcés de regarder les jeunes mourir de faim et de maladies. Est-ce ce que vous voulez?

Plusieurs voix lui répondent en cœur.

—Non. Que soit loué le révérend Talbert. Que soit loué notre sauveur, Winston Stalling.

Azubuike, heureux, approuve d'un signe de tête. Presque tous les membres de sa tribu sont maintenant de loyaux disciples. Les sceptiques, retirés du lot, ont été convertis par les traitements administrés à la clinique du village à quelques kilomètres de distance. Le révérend Talbert a payé cher pour les incroyants; le chef n'a plus à se préoccuper des trouble-fête. Azubuike est déjà plus riche qu'il n'a jamais rêvé de l'être? grâce à la générosité de Winston Stalling et de ses disciples.

***

Stalling décroche le combiné du téléphone, puis pivote sur sa chaise pour admirer de sa fenêtre, le splendide paysage.

Encerclé de majestueuses montagnes, Future Dynamicon siège au cœur d'une vallée. Offrant une protection supplémentaire du monde extérieur, un grand lac isole l'endroit de la ville. Personne ne peut passer sur la route unique contournant le lac sans être repéré avant d'atteindre les bureaux principaux. Les intrus restent ainsi à l'écart. À l'exception des invités de Stalling, tous ceux qui ne travaillent pas pour la société représentent ces indésirables.

CHAPITRE 4

Solaria est perturbée. Cette sensation qui l'habite depuis un certain temps la dérange. Elle repense surtout à sa réaction au cours du dernier examen. Elle croyait qu'une humachine ne pouvait pas avoir de sensation. Maintenant, elle n'en est plus si certaine. Des modifications dans les données de ses processeurs ont provoqué des réactions physiologiques totalement illogiques pour lesquelles elle n'a pas encore trouvé une explication raisonnable; déjà un phénomène insensé en soi.

Solaria dépose le magazine sur le bureau. Elle se tourne vers Carley aux prises avec des difficultés devant un ordinateur du laboratoire.

—Puis-je vous être utile? demande-t-elle en marchant jusqu'à Carley.

Carley sourit en relevant les yeux et accepte l'offre d'un signe de tête.

—Il serait normal qu'au fil des ans, j'aie appris à faire marcher ces choses-là, confesse-t-elle. Je suis quand même une experte en intelligence artificielle.

—Je suis d'accord, ce n'est pas logique. Alors que vous programmez des applications complexes, vous avez des problèmes à faire fonctionner un ordinateur. Est-ce un test?

—Un test? Qu'est-ce qui te le fait croire?

Carley est intriguée par la question.

—N'est-ce pas le but de mon existence d'aider les humains en leur évitant des situations stressantes?

—Oui, effectivement, mais plus encore. Avec un peu de chance, tu pourras t'intégrer à la population normale et, finalement, avoir ta propre vie.

Si elle l'avait regardée, Carley aurait été surprise par le sourire sceptique de Solaria.

—Mes investisseurs ne souhaitent certainement pas laisser leur projet le plus cher se promener librement.

—Je ne sais pas, Solaria. Les dirigeants de Future Dynamicon ont de grandes ambitions. Ils veulent développer une série d'humachines pour aider les gens. La production de masse débutera dès que nous aurons réglé les dernières mises au point. Dans un certain nombre d'années, des milliers d'humachines comme toi seront en interaction avec les humains.

Un silence s'ensuit pendant lequel Carley observe Solaria. Elle aimerait pouvoir lire les pensées. Malgré l'expression totalement neutre de l'humachine, elle sent Solaria troublée par son commentaire.

—L'idée te perturbe?

—Ce serait une réaction humaine, répond Solaria sans expression dans la voix.

—Tu n'as pas répondu à ma question.

—Je ne comprends pas la motivation de concevoir des choses sans utilité réelle. Les humains peuvent s'occuper de ce que les humachines feraient. Nous serions superflues, vous avez déjà des robots pour aider aux travaux quotidiens ou à risque.

—Il est peut-être difficile de nous comprendre, mais notre nature nous pousse à toujours aller plus loin pour améliorer nos acquis. Nous sommes simplement comme ça.

—Comment la création d'une race de serviteurs fait-elle avancer l'humanité? Votre histoire l'a prouvé à maintes reprises, l'agitation sociale est principalement générée par trop d'heures de loisir.

—Tu as raison sur ce point, mais il ne s'agit pas de serviteurs.

—Existe-t-il un terme plus juste?

—Assistants ou compagnons seraient plus appropriés.

Au moment où les mots sortent de sa bouche, Carley y croit déjà moins. Du point de vue de Solaria, les humachines serviraient l'humanité comme elles avaient été créées dans ce but sans autres options possibles, c'était logique.

—Les humachines seraient plutôt...

Carley ne trouve plus les mots justes ou l'expression pour décrire leur raison d'être. En fait, tellement absorbée par l'idée de créer l'humachine, elle n'a jamais pensé à ce qui se passerait une fois le but atteint.

Solaria attend patiemment la conclusion de Carley.

—Peut-être que nous devrions remettre cette discussion à plus tard, dit Carley avec le sentiment de ne pas être à la hauteur des attentes.

—Vous ai-je vexée par mes remarques?

—Non.

—Mais vous êtes actuellement mal à l'aise.

—En fait, tu m'as fait réfléchir. J'ai peut-être été un peu trop naïve, aveuglée par mon enthousiasme à faire partie de l'expérience. J'espère me tromper.

Malgré le trouble visible de Carley, Solaria comprend qu'il serait vain de la forcer à répondre. Un peu comme elle-même, la scientifique résout souvent ses problèmes à l'extérieur du travail. Solaria ne va nulle part, du moins physiquement, mais la nuit après avoir verrouillé le laboratoire et éteint les lumières, elle ferme partiellement ses fonctions biologiques et processeurs pour organiser les données enregistrées au cours de la journée. Parfois, elle s'imagine être ailleurs comme si elle rêvait.

Solaria saisit le concept que représente le rêve. Récemment, d'étranges fluctuations dans son mécanisme de gestion de données ont créé des miniprogrammes visuels étrangers à ses processeurs. La seule explication logique des visions : l'humachine expérimente quelque chose de similaire à un rêve. Elle hésite d'abord à se confier à Carley, mais finalement le besoin d'en parler l'emporte.

—Carley?

L'hésitation dans la voix de Solaria attire aussitôt l'attention de Carley.

—Quelque chose te tracasse, Solaria? demande-t-elle doucement en réponse à l'incertitude dans la voix de sa compagne.

—Avez-vous utilisé un modèle humain en particulier pour concevoir mon profil psychologique?

—Pas vraiment. Sinon, tu n'aurais pas eu cette personnalité unique. En plus, une copie ne vous aurait rendu justice ni à l'une, ni à l'autre. Pourquoi cette question?

—Je me demandais simplement. La rencontrer aurait été intéressant.

—Mais je crois que tu te serais finalement ennuyée. Programmée pour penser comme quelqu'un d'autre... L'idée est sans intérêt. En plus, je ne connais personne d'assez formidable pour être dupliqué. En général, les personnalités humaines ne valent pas la peine d'être reproduites.

—Je les trouve intéressantes.

Carley rit.

—Attends d'en avoir rencontré des centaines ou des milliers d'autres. Tu verras ce que je veux dire. Pour l'instant, tu ressembles à une enfant qui fait ses premiers pas. Tout est nouveau, tout est beau.

Solaria feint l'indignation.

—Je suis peut-être nouvelle, mais je ne crois pas qu'un enfant réussisse à comprendre la théorie Lorinian sur la communication des cellules nerveuses.

Carley rit, touchant affectueusement le bras de Solaria.

—C'est vrai! En te parlant ou en te regardant, personne ne te prendrait pour une enfant. En réalité, tu auras peut-être plus de succès que tu ne le souhaites auprès des scientifiques du bâtiment.

—Plus que je le souhaite?

—Oui, tu sais...

—Quelqu'un voudra se reproduire avec moi?

—Pas tout à fait... ou du moins, pas si vite, mais je ne doute pas de l'intérêt de certains à te faire faire un tour de piste. Crois-moi, tu ne veux pas apprendre ça des employés de Future Dynamicon.

—Je comprends l'acte de la copulation. Les humains utilisent cette procédure pour se reproduire ou se détendre. Mais dans certains contextes, des gens atteints de troubles psychologiques profonds en abusent pour exercer leur contrôle ou leur pouvoir. L'acte sexuel implique généralement au moins deux personnes stimulant...

Carley l'interrompt.

—D'accord! Je connais. Je parlais plutôt du rituel.

—Vous voulez dire l'art de faire la cour.

—Oui, à peu près. Une personne attirée par une autre l'invite habituellement à manger pour le dîner ou le souper. Il y a normalement des manifestations d'avances ou des coquineries pendant la phase d'apprivoisement réciproque. Les deux personnes évaluent ainsi leur compatibilité. Si elles y croient, elles passent à la prochaine... mmmm... étape.

Solaria, pensive, observe son mentor jongler avec les mots. Elle n'est pas certaine de comprendre la direction que prend la conversation, mais s'amuse de voir les difficultés de Carley à s'exprimer.

—Au cours de mon apprentissage sur Internet pour élargir ma perception des pays et des cultures, j'ai découvert l'obsession des humains pour la copulation. Les lettres « sex » dans un moteur de recherche donnent 3 786 989 375 sites Internet. Le saviez-vous?

—Non. Écoute, je voulais simplement te prévenir que les hommes te trouveront très attirante et te feront des propositions.

—Seulement les hommes?

Solaria le demande en fronçant les sourcils.

Carley, surprise par la question, a un mouvement de tête vers l'arrière et cligne plusieurs fois des yeux.

—Les femmes aussi, j'imagine. Pourquoi cette question?

Solaria hausse les épaules comme une humaine pourrait le faire.

—Les hommes ne m'intéressent pas, mais les femmes me fascinent.

—Cela s'explique facilement. Je suis ta seule référence féminine et tu trouves les hommes d'ici ennuyeux. Quand tu rencontreras des gens de l'extérieur, tu changeras probablement d'avis.

Solaria analyse l'énoncé un très court instant avant d'en écarter la possibilité.

—Je ne crois pas. J'ai peut-être développé un lien particulier avec vous.

Carley est, à nouveau, prise de court.

—J'en doute. Même si c'était le cas, je serais plutôt une figure maternelle. Tu as quelque chose en tête dont tu voudrais me parler? Quelque chose te trouble, Solaria?

—Non, j'expliquais simplement que je trouve les hommes simples à comprendre. C'est plus complexe avec les femmes.

—Ah bon!

Carley est soulagée.

—Entre nous, je suis d'accord. Maintenant, j'en étais où? Tu devrais taper le mot « uber » sur Internet. Tu trouveras des histoires extravagantes sur le comportement des hommes et des femmes. Ne perds pas de vue que c'est de la fiction, la vraie vie est bien moins excitante.

Solaria préfère ne pas dire à Carley qu'elle a déjà presque tout lu. Elle accepte simplement d'un signe de tête.

—Parfait. Maintenant, je dois terminer ce programme. Prends la journée pour faire ce que tu veux. Tu mérites bien une pause.

—Ce n'est vraiment pas nécessaire, mais j'en profiterai pour avancer la recherche dont vous parliez sur uber. J'aurai des données supplémentaires à étudier cette nuit dans la chambre forte.

—Je croyais t'avoir dit que tu n'avais plus besoin de t'enfermer là-dedans. Tu peux rester dans le laboratoire pour utiliser les ordinateurs ou feuilleter les livres de référence du bureau. Il y a un lit avec une salle de bain. C'est le temps d'expérimenter un peu nos plaisirs.

—Le plaisir est un désir humain que je n'ai pas besoin d'éprouver. En plus, mon organisme biologique autonettoyant dispose efficacement de ses déchets. Je n'ai pas besoin d'une salle de bain.

—Je sais, mais essaie quand même la douche. Tu devrais aimer. Continue aussi à étudier tes périodes de repos. D'après nos examens, tes fonctions corporelles fonctionnent bien sans détente même si tes performances sont meilleures après avoir été en mode veille pendant quelques heures. Je constate la même chose pour tes processeurs. Continue à en éteindre le maximum pour ne maintenir que les fonctions corporelles essentielles et rester consciente de ton environnement. Tu auras une bonne idée de l'expérience humaine du sommeil.

CHAPITRE 5

Solaria observe peut-être la scène avec un curieux détachement parce que ses processeurs associent cette vision à un simple dérèglement du programme ou aux effets secondaires de la défragmentation de ses banques de mémoire. L'erreur dans le raisonnement est l'impossibilité théorique que ses processeurs ignorent un dysfonctionnement léger ou autre. Ils procèdent à une évaluation complète par élimination de toutes probabilités imaginables avant d'écarter un concept. Bien sûr, associer les événements à l'idée d'un rêve permet à ses processeurs de s'occuper d'affaires plus importantes comme le problème semble résolu. Cette simple idée énerve l'humachine.

Elle se souvient de ses premières semaines de conscience. Au commencement de son évolution, son esprit était, à l'image d'un désert, en apparence stérile et dénué de vie. Solaria a été programmée pour comprendre le phénomène de la communication par le sens théorique des mots et des phrases. Même si ses contacts avec Carley et les autres techniciens du laboratoire l'ont aidée à progresser, Internet lui a fourni ce dont elle avait le plus besoin : de la pluie sur le sol sec du sable des dunes. Cette nourriture intellectuelle a fait évoluer sa pensée abstraite, au-delà d'une interprétation littérale des faits. Sa fascination pour les arts, la littérature et les tentatives infinies de l'humanité à s'exprimer l'ont amenée à ressentir... c'est le mot juste, elle a ressenti une soif d'autre chose, son premier désir d'aspirer à plus. C'est malheureusement aussi le rappel constant qu'elle n'est pas humaine.

Rien ne peut freiner sa soif de connaissances depuis qu'elle reconnaît ce besoin de se surpasser. Sur Internet dans tous ses temps libres, elle absorbe les données comme une éponge. Ses connaissances étendent son spectre de compréhension, piquant encore plus sa curiosité.

En marge de sa conscience, des émotions la titillent. Leurs présences hantent ses connexions nerveuses comme des fantômes s'échappant de chaque nanopuce de mémoire pour éviter la capture. Elle a simplement besoin du bon catalyseur pour les faire sortir de leur cachette. Même sans certitude claire sur les conséquences, cette impression donne un sens à son existence.

Une nuit, enfermée dans la noirceur de la chambre forte, elle entend des voix ce qui s'avère logiquement impossible puisque personne n'entre au laboratoire après le départ de Carley. La scientifique ne part jamais sans avoir tout fermé, pourtant les voix sont bien réelles. Solaria vérifie ses processeurs, puis isole un circuit électronique de son système neurologique comme la biopuce trois dépense une quantité inhabituelle d'énergie. Ce phénomène n'a aucun sens puisqu'elle a éteint tous ses processeurs à l'exception de 1 et 2. Elle active le 3, revisant chaque programme pour très rapidement localiser, contre sa paroi gauche intracrânienne, un sous-programme de petite taille doté d'un dispositif de réception.

Des transmissions satellites! conclut-elle. Elle s'amuse à isoler les communications, comme un enfant avec un nouveau jeu, pour finalement discerner chacune d'entre elles. Plusieurs transmissions émettent de la musique ou des émissions de radio insipides. D'autres, plus rares, captent son intérêt : des mots échangés sur des actions subversives et la participation du gouvernement à des opérations secrètes. Le mot humachine attire son attention. Une voix masculine parle d'une opération d'infiltration aux Émirats arabes unis pour éliminer un chef d'État. Solaria stocke les renseignements sur la fréquence et enregistre la conversation pour l'analyser plus tard.

Les mois suivants, Solaria écoute les transmissions pour en apprendre davantage sur l'actualité et les cultures. Elle constate la complexité de la race humaine dans ses échafaudages de subterfuges. À trois reprises, elle intercepte une série de communications à propos de son évolution et de l'usage possible des humachines.

Solaria aimerait parler de cette découverte à Carley, mais elle hésite. Puisqu'elle comprend beaucoup mieux la nature humaine, elle pressent la colère et les réactions intempestives de Carley. La scientifique affronterait aussitôt les investisseurs de la société. Si les conversations entendues disent vrai, la scientifique sera remplacée par quelqu'un d'autre à l'une des étapes du projet. Cette personne sera plus favorable aux ambitions de la société. D'après les transmissions interceptées, Solaria est persuadée que Future Dynamicon tire les ficelles d'une grande partie de ce réseau d'espionnage international. Elle attend d'avoir plus de renseignements avant d'en parler à la scientifique.

CHAPITRE 6

Huitième mois

Selon la note de Stalling, Carley doit rencontrer Leonard Billings au laboratoire sept après dix-huit heures pour une discussion au sujet de Solaria. Carley est surprise que le directeur général n'ait pas deviné le lien entre Solly et Solaria. Carley sourit à l'idée qu'elle ne pense plus à l'humachine en tant qu'objet. Elle la considère maintenant comme une personne, même une très bonne amie.

Cette révélation allant à l'encontre de son éthique personnelle oblige Carley à prendre une décision difficile. Elle fera tout en son pouvoir pour aider Solaria à s'échapper de Future Dynamicon. La scientifique n'est plus assez naïve pour croire aux raisons humanitaires de la société d'investir des millions de dollars dans la création du projet Humachine. Ces années passées à travailler auprès des membres de la commission lui ont appris à connaître l'importance lucrative des opérations chez Future Dynamicon. Aider des gens dans le besoin ne serait pas suffisamment rentable. Stalling et ses sbires ont probablement d'autres projets bien plus inquiétants pour Solaria... ou plutôt avaient.

Salauds pédants! Croire que je ne remarquerais même pas le sous-programme.

Carley se souvient du jour où elle a découvert le cheval de Troie profondément implanté dans une nanopuce en silicone. Il y a d'abord eu le comportement étrange de Solaria.

L'humachine s'est mise à bégayer comme si ses programmes se déréglaient quand Carley l'a questionné sur son état. Ensuite, elle a semblé désorientée, un instant, pour aussitôt oublier l'incident en reprenant ses esprits. Carley a tout de suite compris qu'il s'agissait d'un virus.

Le programmeur avait soit visiblement sous-estimé la scientifique ou était simplement stupide. Il faisait montre d'une grande incompétence par la création d'un programme déclenchant un comportement bizarre. Par contre, le camouflage du virus par des programmes générant de fausses pistes a impressionné Carley. Pendant plusieurs heures, bonne joueuse, elle en a suivi les traces. Après le téléchargement et l'analyse des séquences de données, elle avait compris leurs intentions cachées. Quelqu'un cherchait à contrôler les processeurs de Solaria par des micro-ondes de basse fréquence. L'émetteur aurait en fin de compte été capable de modifier la pensée de Solaria sans l'empêcher de fonctionner. Il s'agissait d'une forme subtile de lavage de cerveau ou un processus semblable. Carley ne les laisserait pas faire.

Sous le prétexte de corriger un problème mineur dans les banques de mémoire de Solaria, Carley a téléchargé plusieurs logiciels pour isoler tous les vers et virus informatiques. Elle a ensuite programmé un nouveau logiciel, un cheval de Troie, pour détruire le noyau des logiciels implantés. Cette opération bloquait la réception des micro-ondes émises par les bandes passantes de basses fréquences. Elle ne les a pas toutes modifiées dans l'espoir que Solaria puisse les utiliser. Elle a aussi coupé le lien entre les données externes et les processeurs de Solaria, dernière mesure de protection. Même si toutes ses fonctions s'arrêtaient, personne n'aurait accès aux pensées de Solaria.

—Voilà! Je crois que le problème est réglé. Tu ne devrais plus être dérangée par ce programme dysfonctionnel.

—Vous n'aviez pas à faire tout ça.

Solaria se sentait soulagée, consciente de l'importance du geste de la scientifique même si Carley avait minimisé la gravité de l'opération. L'humachine connaissait l'existence des sous-programmes sans avoir réussi à les désactiver ou à les dévoiler. Une transmission entrante, qui altérait sa capacité à réfléchir, court-circuitait chacune de ses tentatives de modifications de programmes. Ses essais pour neutraliser les sous-programmes provoquaient désorientation et confusion en elle. Dès qu'elle se ravisait, la transmission s'arrêtait.

—Oui, je devais le faire.

Carley ignore le fait que Solaria soit au courant des détails du problème mineur. Elle se tourne vers elle pour plonger son regard dans les yeux bleu vert profonds, hypnotisée par leur couleur surprenante. Carley s'est souvent demandé d'un point de vue scientifique quel caprice biologique avait créé cette couleur précise. Une réaction anormale de fusion biomécanique entre les gènes humains et la substance de l'alliage de ses os? Les éléments chimiques utilisés pour lier les différentes composantes en un organisme vivant?

Solaria interroge Carley du regard. La scientifique lui prend la main pour la guider vers le bureau. Elle lui fait signe de s'asseoir.

—Écoute. Des années avant que Future Dynamicon ne me suggère ta création, je travaillais déjà sur un logiciel d'intelligence artificielle. J'ai toujours rêvé de l'utiliser, un jour. Quand les représentants de Stalling m'ont demandé de prendre la tête du département, j'étais aux anges. C'était la réalisation de tous mes rêves. Je ne pouvais pas imaginer que mon travail créerait quelqu'un comme toi.

—Vous voulez parler de mon QI?

Solaria incline la tête sur le côté pour la regarder. Carley sourit devant le geste humain.

—Je veux dire avec autant de caractéristiques humaines... c'est un compliment même si je ne considère pas les qualités de notre espèce comme des atouts. Tu es l'exception qui confirme la règle. Avec toi, j'ai peut-être découvert le côté positif de notre nature.

—Je ne soupçonnais pas ce côté philosophe, Carley. Je suis comme vous m'avez faite.

La scientifique sourit devant le choix de mots de Solaria. Elle n'a jamais soupçonné quoi que ce soit. Sa pensée analytique dissèque toutes les facettes des données disponibles pour reconstituer toutes les possibilités avant de faire le choix le plus logique.

Solaria lui sourit en retour comme si elle avait lu ses pensées.

—Vous savez, ma méthode pour arriver à une conclusion n'est pas différente de la vôtre, sauf qu'au lieu des cellules cérébrales et des neurones, ce sont mes processeurs qui travaillent.

—C'est vrai, mais il y a une différence : les humains possèdent seulement huit millions de cellules cérébrales alors que tu as une capacité de réflexion d'au moins cinquante cerveaux. Ce concept mettrait des gens mal à l'aise.

—Je ne ferais jamais de mal à qui que ce soit, dit Solaria.

Une sensation désagréable au niveau de ses poumons se déclenche à la simple idée que Carley l'en croit capable.

—Je sais, tu ne le ferais pas sans raison. Écoute Solaria, tu as progressé. En faisant attention, tu peux maintenant évoluer parmi les gens sans te faire remarquer. Les dirigeants de la société voudront t'utiliser pour atteindre leurs propres buts; je suis certaine qu'ils ont des visées moins humanitaires que je ne le croyais. Je ne voulais pas t'en parler avant, mais j'ai trouvé un virus camouflé dans ton logiciel. C'est la raison de tes problèmes de fonctionnement. Je l'ai isolé pour le désactiver. Maintenant, tu es en contrôle de ta vie et de tes actions. Quand ils découvriront que tu ne réponds pas aux commandes, ils voudront savoir pourquoi et viendront te chercher. Tu devras décider si tu les laisses démonter ton magnifique cerveau ou si tu résistes d'une façon ou d'une autre.

—Vous voulez dire, possiblement tuer quelqu'un.

Carley acquiesce.

—Je suis programmée à ne pas tuer. C'est l'une des cinq lois de la robotique.

—Ce n'est pas dans ton logiciel, Solaria. Tu suis ces règlements de ton libre arbitre. Libre à toi de les ignorer quand tu veux.

—Tuer une première fois rend-elle la chose plus facile par la suite?

—Peut-être. Mais je crois que tu ne le ferais qu'en cas de légitime défense. Ce ne serait pas logique autrement. Tu es un cocktail de tout le positif du monde des humains et de celui de l'intelligence artificielle. Ton potentiel n'a pas de limites.

—Je l'espère.

Solaria ne semble pas se faire confiance.

—Ce n'est pas nécessaire de penser à ça maintenant. Au moment opportun, tu agiras comme il le faudra. Je te demande simplement de prendre tes précautions. Je n'ai pas travaillé autant pour te voir te sacrifier pour des enfoirés au nom d'une loi stupide et insensée. Maintenant, au travail. Hier, tu me parlais d'une nouvelle découverte.

Solaria se dirige vers l'un des réfrigérateurs du laboratoire pour prendre une éprouvette emplie d'une solution orange foncée. Elle la montre à Carley, puis ingurgite le liquide.

—Peux-tu me dire ce que c'était?

—Du jus de carottes.

—Du jus de carottes, c'est tout?

—Voilà! Maintenant, regardez.

Elle se retourne vers Carley. En quelques secondes, son visage légèrement bronzé prend une teinte orangée. Carley, stupéfaite, s'approche de Solaria pour examiner sa peau en touchant délicatement la surface douce de ses joues du bout des doigts. Elle plisse des yeux.

—Comment as-tu fait?

Elle est intriguée par cette réaction pratiquement identique à celle du caméléon.

—La semaine dernière, j'étudiais le changement de couleur des poulpes qui modifient la composition de leurs chromatophores. Je me suis demandé si des cellules humaines pouvaient y arriver. Certains humains qui réagissent au bêta-carotène deviennent orange en buvant de grandes quantités de jus de carottes.

—Oui, je sais. C'est la caroténémie. Mais quel est le lien?

—Tout. Ces derniers jours, j'ai étudié les réactions cellulaires aux carottes et à d'autres légumes. J'ai identifié les éléments qui influent sur les mélanocytes du tissu humain. Avant hier, j'ai été capable de reproduire la réaction chimique pour modifier la couleur de mon visage.

—Je vois. C'est un exploit surprenant, mais dans quel but?

Carley est curieuse de voir à quoi rime cette discussion.

—En soi, peut-être rien d'autre qu'avoir l'air d'une carotte géante. Par contre, j'ai découvert que je peux modifier ma pigmentation avec un mélange composé de teintures naturelles de n'importe quelles couleurs. Les colorants alimentaires sont particulièrement efficaces.

Carley rit.

—Fantastique pour l'Halloween ou pour te déguiser, mais je ne t'ai jamais vue t'intéresser aux jeux d'enfants.

—C'est vrai, mais vous n'avez pas vu le plus fascinant. Retournez-vous.

Surprise par l'ordre, la scientifique obéissante se détourne et attend la permission de Solaria avant de regarder. Quelques secondes plus tard, une étrangère est debout devant elle. À l'exception de ses cheveux, les traits de Solaria sont transformés au point où elle en est méconnaissable. Ses yeux à l'origine d'un bleu vert profond sont maintenant brun orangé. Ses joues se sont légèrement aplanies et sa peau paraît plus épaisse et bouffie.

—Je ne comprends pas.

Carley, le souffle coupé, se rapproche pour toucher le visage de cette étrangère qui l'observe aussi.

—J'ai d'abord découvert le processus d'interaction entre les cellules et les teintures. Je me suis penchée sur la possibilité de modifier les cellules en déformant ses contours. Au début, je n'en changeais qu'un petit nombre. Maintenant, je les modifie pratiquement toutes à volonté.

—Et les autres parties du corps?

—Jusqu'à un certain point, mais c'est plus difficile. J'utilise presque tous mes processeurs. La dépense énergétique, qui vide rapidement mes réserves, m'affaiblit. Éventuellement, je vais peut-être découvrir une méthode plus efficace ou des sources alternatives d'énergie. Évidemment, la structure de mon squelette ne peut être modifiée.

—Solaria, c'est fascinant! Tu as découvert le parfait déguisement, en cas de besoin.

—Pourquoi en aurais-je besoin? demande Solaria, intriguée par l'arrière-pensée de Carley.

—On ne sait jamais. Écoute, ne le raconte à personne pour éviter les ennuis.

—À votre guise.

Carley tapote le bras de Solaria, consciente de son incompréhension. Elle lui donne une liste de tâches avant de quitter le laboratoire. Elle prépare déjà un plan pour sortir l'humachine des murs de Future Dynamicon. Elle n'a plus qu'à trouver une employée dont la taille correspond approximativement à celle de Solaria.

Deux heures plus tard, Carley revient en souriant, fière d'elle. Elle entre une série de codes à l'ordinateur pour faire apparaître, à l'écran, l'image holographique d'une femme d'un certain âge. Ses traits ressemblent à ceux de Solaria à l'exception de ses yeux marron, d'un visage un peu plus rond, de mèches blanches dans sa chevelure brune et d'une peau légèrement ridée.

—Solaria, pourrais-tu verrouiller la porte du laboratoire? J'ai une faveur à te demander.

Solaria ferme aussitôt le laboratoire à clé, puis revient vers l'image affichée.

—Peux-tu te transformer à son image?

Solaria, perplexe, dévisage Carley. Son premier élan est de lui poser des questions, mais elle se retient, devinant les raisons sous-jacentes de la demande. Elle hoche la tête en signe d'acquiescement, puis analyse les traits de la femme pour en mémoriser les moindres détails.

Quand elle se tourne vers Carley en souriant, la scientifique est stupéfaite par la métamorphose subite. Elle se trouve face à face avec la réplique parfaite de Peggy Landers, une scientifique solitaire du service du comportement animal.

—Spectaculaire, murmure Carley. Peux-tu reproduire son réseau de veines rétiniennes et ses empreintes digitales? Tu devrais trouver les détails dans les banques de données de son service ainsi que des enregistrements de sa voix. J'aimerais que tu t'exerces à imiter le timbre de sa voix. La couleur des cheveux sera problématique. Est-ce possible de modifier la couleur de tes cheveux pour imiter la sienne?

—J'en aurais pour une quinzaine de minutes à concevoir une simple mixture chimique de teintures.

—Parfait. Peux-tu la préparer?

Solaria fait signe que oui.

—Je connais la raison de tous vos efforts.

—Alors tu sais que nous devrons partir d'ici très bientôt. J'ai retardé la remise des rapports, mais le bras droit de Stalling me demande un compte rendu de la situation actuelle. D'après moi, ils le voudront très rapidement.

En écho à ses soupçons, l'interphone de la porte du laboratoire sonne bruyamment à répétitions.

—Merde! Va t'asseoir dans la chaise en ayant l'air désactivé, ordonne Carley, éteignant l'hologramme.

Sans attendre la réponse de Solaria, Carley se dirige vers la porte pour désactiver les verrous.

—Monsieur Billings, que nous vaut cette visite? demande-t-elle, impassible.

—Votre rapport, docteur Branson. Vous deviez me le remettre ce matin. Gardez-vous toujours la porte fermée à clé pendant les heures de travail?

—Je m'en excuse. Je réglais un petit problème dans les sous-programmes de l'humachine. Je ne voulais pas être dérangée.

—Encore? C'est le cinquième du mois. Je devrais peut-être demander à Peter Janen de vérifier.

—Ce n'est pas nécessaire, j'ai déjà créé un programme de correction. Je m'apprêtais à le tester quand vous avez sonné.

Stylo en main, elle enfonce trois fois le bouton pressoir comme si elle activait un interrupteur. Immédiatement, Solaria tourne la tête vers les deux humains en clignant des yeux.

—Bonjour, docteur Branson, dit-elle sans expression dans la voix. Bonjour, monsieur Billings.

Billings, surpris, regarde Carley avant de se tourner vers Solaria.

—Euh... bonjour. Vous me connaissez?

—Leonard Billings, assistant personnel de Winston Stalling et chef des opérations pour Future Dynamicon. Soixante-deux ans, divorcé, trois enfants. Maggie, trente-trois...

—C'est suffisant, ordonne Carley. Monsieur Billings n'a pas besoin du récit de sa vie, Numéro 1A526.

L'humachine cesse de parler pour s'immobiliser sur sa chaise.

—J'ai encore des difficultés à tempérer le flot verbal toujours trop détaillé de l'humachine.

—D'après ce que je constate, vous n'avez pas non plus amélioré cette voix fade et artificielle. Abelli m'a dit qu'il avait réglé le problème depuis plusieurs mois.

—Elle... C'est simplement les conséquences du correctif. Le problème devrait disparaître quand les processeurs auront entièrement intégré les données dans le programme principal.

—Je l'espère. Nous avons besoin d'une humachine à l'allure humaine, si nous voulons avancer dans nos projets.

—Bien sûr. Les gens dans le besoin se sentiront plus à l'aise avec notre produit s'il a, au moins, l'air humain.

—Oui, c'est bien notre volonté. Nos clients doivent penser à cet élément en tant qu'être humain, c'est-à-dire à l'image humaine. De combien de temps aurez-vous encore besoin pour terminer sa programmation et parfaire son éducation?

—Peut-être encore un mois ou deux, répond Carley.

Elle aimerait gagner du temps pour planifier l'évasion.

—Je ne crois pas que monsieur Stalling aime patienter. Selon l'échéancier, nous sommes déjà en retard pour la prochaine étape.

—Je ne savais pas qu'il voulait mettre les humachines sur le marché si rapidement.

—Nous avons plusieurs clients intéressés au projet, docteur Branson. Avant de leur présenter le produit, nous devons procéder à des modifications en laboratoire biomécanique.

—Ah? Je n'étais pas au courant.

—Nous ne voulions pas vous embêter avec des détails.

Billings regarde sa montre en fronçant les sourcils.

—J'ai un autre rendez-vous. Je vais informer monsieur Stalling de vos progrès. Je vous suggère de terminer votre travail aussi vite que possible. Disons... d'ici la fin du mois. Vous avez un peu plus de deux semaines. En attendant, j'envoie des assistants pour vous prêter main-forte. Vous pourrez les mettre au courant des difficultés et ils travailleront sur l'humachine 24 heures par jour, s'il le faut.

—Ce n'est pas...

—Vous n'avez pas à me remercier. J'insiste.

Carley comprend qu'il n'y a pas de place à la discussion. Elle accepte d'un signe de tête et accompagne Billings à la porte pour la refermer à clé derrière lui.

—Il faut te sortir d'ici le plus vite possible, Solaria. Je ne fais confiance ni à Billings, ni à Stalling.

Solaria saisit le moment pour lui dévoiler son aptitude à capter les conversations. Elle lui confie aussi les propos entendus à très basse fréquence.

—Connaissez-vous les forces spéciales? demande-t-elle.

—Bien sûr, le terme décrit les opérations subversives du gouvernement ou des forces armées. Pourquoi?

—J'ai capté des transmissions satellites où était mentionnée l'utilisation d'humachines pour ces programmes.

Étonnée par la nouvelle, Carley, nerveuse, fouille la pièce du regard, craignant d'être sous surveillance. Elle agrippe l'humachine par le bras et l'entraîne dans la chambre forte.

—Je savais que tu captais certaines fréquences sans être consciente de toutes tes capacités. Y a-t-il des microphones ou des caméras, ici?

Solaria passe la pièce en revue à l'affût de quelque chose d'anormal.

—Il n'y a rien ici, à l'exception du mécanisme de fermeture des loquets, du système d'éclairage et des serrures de la chambre forte.

—Parfait! Maintenant, parle-moi des projets.

—Rien de précis. Il était question de l'évaluation du temps nécessaire pour me rendre opérationnelle et pour activer mes sous-programmes. Ils semblaient pressés de tester ma réponse aux instructions pour me voir en action.

—En action? Quelles actions? Ils les ont précisées?

—Je vous laisse entendre la conversation. Ce sera peut-être mieux.

Avant que Carley ne réponde, Solaria reprend l'une des communications avec les voix des participants.

—Tigre Un, avez-vous les derniers renseignements de l'Opération Ombre? Nous planifions démarrer la mission d'ici trois mois.

—D'après les renseignements de la société, la version bêta sera opérationnelle sous peu. Encore des petits réglages à faire dans le programme.

—Je croyais que cette femme était une experte dans son domaine. Elle travaille sur l'humachine depuis presque un an. Pouvez-vous trouver quelqu'un pour l'aider à accélérer les choses?

—Nous nous attaquons au problème tout en restant vigilants. Branson travaille bien, mais elle n'a pas accès à tous les renseignements. Tous croient qu'avec son sens des valeurs, elle ne pourra pas accepter le programme. Si elle apprend les détails de l'opération, elle pourrait nous dénoncer.

—Si ce que tu dis est vrai, qu'est-il prévu quand elle ne sera plus responsable de l'humachine? Elle se méfiera sûrement quand elle sera écartée des opérations ou quand elle apprendra l'arrêt du projet? Elle connaît déjà l'étendue des progrès de l'entreprise.

—Nous nous occuperons d'elle si elle pose problème. Pour l'instant, continue simplement à te préparer sans te préoccuper de l'humachine et de Branson.

—D'accord, mais tenez-moi au courant. J'aurai besoin de temps. Je dois préparer le composé chimique d'ici son arrivée et placer les gens à leur poste pour la mission.

—Terminé.

De retour à sa voix normale, Solaria attend la réaction de Carley.

—Les salauds! Je savais que c'était trop beau pour être vrai, mais j'espérais. Même s'ils tiennent à préserver leur réputation, Future Dynamicon n'a jamais été reconnu pour ces hauts faits philanthropiques.

—Nous avons de graves problèmes si je comprends bien, intervient calmement Solaria.

—Oui, je dois te sortir d'ici dès que possible.

—Et vous? Quand je serai partie, ils devineront que vous m'avez aidée à m'évader et vous tueront.

—Tu as lu trop d'histoires d'espions. Si nous planifions bien, ils n'en sauront rien.

Solaria sait que Carley cherche simplement à la rassurer. Personne ne croira que Solaria ait passé les contrôles de sécurité sans l'aide de quiconque. Carley sera la réponse logique à la disparition de Solaria.

—Voilà pourquoi vous m'avez demandé de m'exercer à modeler mes traits à l'image de Peggy Landers.

—Oui. Je crois m'être toujours méfiée des intentions de Stalling, mais je n'ai jamais cru qu'il irait si loin. Le système de sécurité de l'établissement est tellement sophistiqué qu'il est pratiquement impossible d'entrer ou de sortir sans avoir ses papiers en main. Tous doivent subir une vérification biométrique : empreintes digitales, radiographies de la rétine et cartes d'identité spéciales avec code-barre crypté. Ils utilisent même le logiciel de reconnaissance faciale aux portes d'entrée du centre.

—Alors, même si je modifie mon apparence physique, nous devrons aussi copier la carte d'identité de Peggy Landers.

—Oui et non. Je n'ai pas accès aux fichiers personnels, mais tu pourras pirater le système sans difficulté. Si tu trouves le code crypté, nous pourrons transposer l'information sur ma carte pour que tu franchisses la sécurité.

—Et pour vous?

—Je vais les informer de la disparition de ma carte à la fin de la journée. À ce moment-là, tu seras partie. La sécurité bloquera toutes les issues quand ils apprendront la perte de ma carte. Personne ne pourra sortir sans autorisation spéciale.

—Et quelle est la suite pour vous?

Carley hausse les épaules.

—Je ne sais pas. Peut-être des remontrances, une amende pour les frais engagés par Future Dynamicon. Les opérations seront suspendues. Qui sait? Peut-être même qu'ils me libéreront de mon contrat. Je n'en serais pas fâchée.

Sans savoir pourquoi, Solaria doute des paroles de Carley. S'ils ne font pas la connexion entre Carley et la carte d'identité falsifiée pour sa fuite, ils n'ont aucune raison de lui faire du mal. Sauf que... les humains sont connus pour leurs erreurs de jugement.

—Je m'applique à trouver le code ce soir, dès le départ de l'équipe des ressources humaines. Quand mettrons-nous le plan à exécution?

—Nous verrons au fur et à mesure. Peggy sera en congé d'ici quelques jours.

—Mais la sécurité sera sûrement au courant de son horaire ou de son heure de sortie.

—Oui, et à ce sujet, il faudrait que tu accèdes aux fichiers de la sécurité, le jour de ton évasion, pour effacer les renseignements sur ses vacances.

—Vous avez vraiment foi en mes capacités.

Carley observe le visage de Solaria, s'attendant à y voir du sarcasme. Finalement, ce n'est qu'un commentaire de sa part.

—Non, pas la foi. Je n'ai pas ces croyances-là. J'ai plutôt confiance en tes talents et tes capacités d'analyse. Maintenant, je dois y aller. D'abord, je dois m'occuper de certaines choses pour la bonne marche des opérations. Je serai ici très tôt demain au cas où nous devons agir vite.

Carley prend son sac à main. L'esprit ailleurs, elle rassure Solaria comme si elle s'adressait à une enfant.

—Ne t'inquiète pas. Tout ira bien.

Puis elle sort, déjà absorbée par sa prochaine tâche.

***

Solaria s'installe au terminal pour déterminer comment infiltrer le réseau informatique des ressources humaines. Elle doit tout d'abord identifier un employé du département avant de remonter au cadre supérieur. Avec ce nom, elle retrouve des liens établis vers le site protégé. Onze minutes plus tard, elle a en main le code de sécurité crypté de Peggy Landers et sa biographie complète : avant et après son entrée à Future

Dynamicon. En sortant du système, Solaria se concentre sur la sécurité du site, surprise par son degré de sophistication. Plusieurs pare-feu et anti-logiciels espions complexes protègent les données contre le piratage. Les pare-feu restent plus simples à contourner que les programmes. L'admiration de Solaria pour les programmeurs grandit au fil des obstacles qu'elle rencontre. Après le craquage de la dernière barrière, elle est surprise d'avoir pris six heures pour implanter ce cheval de Troie qui lui permettra de revenir dans le système à souhait. Elle sort du site.

Sa dernière tâche consiste à localiser les renseignements personnels de Stalling. Elle les repère en vingt-deux minutes. À la lecture de ses notes, elle constate que le directeur général, extrêmement ambitieux, est aussi un croyant fanatique et impitoyable. Il représente le plus abject de l'humain. Si Stalling réalise ses projets, il deviendra l'homme le plus puissant de l'histoire. Plus rien ne pourra l'arrêter. L'humanité souffrira comme jamais auparavant : des centaines de milliers de gens mourront, peut-être même des millions.

CHAPITRE 7

En rentrant chez elle, Carley se prépare du thé, puis s'assoit à l'ordinateur devant l'écran vide. Elle sera très occupée si tout marche comme prévu. Le temps est un point crucial. Future Dynamicon n'épargnera aucune dépense pour retrouver Solaria après son évasion. La première chose à faire : lui créer une nouvelle identité.

Sur Internet, elle active un logiciel qui lui permet de surfer anonymement. Elle ne veut surtout pas que ses communications soient interceptées par un pirate-espion. Après avoir très rapidement trouvé le site recherché, Carley envoie un courriel au webmestre.

—J'espère que Dana ne m'a pas oubliée, marmonne-t-elle.

La réponse instantanée lui prouve que non. Elle clique sur une icône clignotant, la tête d'un griffon, et une fenêtre s'ouvre.

—Tiens, tiens, pour quelle raison te trouves-tu sur le versant sombre d'Internet? lui demande une voix mécanique.

—Tu devrais vraiment améliorer cette voix d'avatar, Dana. Tu as plutôt l'air d'une vieille télévision robot que d'un homme.

—Tous n'ont pas tes ressources, Carley. Certains d'entre nous devons nous contenter de quêter, voler ou emprunter.

—Tu excellais à tout ça, si je me souviens bien.

—Ts! Ts! Tu deviens blasée, ma chère! Maintenant que puis-je pour toi? Il y a longtemps que tu ne m'as pas fait l'honneur de ta présence.

—J'ai besoin d'une faveur, rapidement en plus.

—Quand?

—Demain matin, si possible. De préférence avant mon départ au labo.

—Quelle faveur?

—J'ai besoin d'une nouvelle identité pour quelqu'un.

—Juste ça, Carley! Tu n'es pas qu'un peu gourmande! C'est un processus cher et compliqué en temps normal.

—Je sais, mais c'est important.

—C'est clair. Pourquoi l'urgence?

—C'est le seul moyen de sauver la vie de cette personne. Pour l'instant, j'ai peur que la mienne ne vaille plus grand-chose, surtout si je l'aide.

—Elle? Elle doit être importante. Jamais tu ne t'es avancée pour qui que ce soit avant elle. Ton amoureuse?

Carley rit.

—À mon âge? Ne sois pas bête. C'est une bonne amie.

—C'est ça! Une bonne amie… Peu importe… Si tu en fais autant, elle doit compter énormément pour toi. Je vais voir ce que je peux faire. Je vais avoir besoin de sa photo et de renseignements sur elle. Si j'y arrive, tu me devras beaucoup.

—Si je vis assez longtemps, n'importe quoi.

Le lourd silence qui suit est pratiquement insoutenable.

—C'est sérieux à ce point?

—Oui, Dana. Je t'envoie un fichier par courriel. J'aimerais que le nom inscrit dans le document soit son identité principale. Ensuite, tu détruiras ta copie.

Carley insère un microdisque dans son ordinateur, appuie sur des touches pour envoyer le document et attend.

—Merde, chérie, elle est très belle. Qui a-t-elle embêté?

—Personne encore, mais quand elle aura disparu, beaucoup de gens partiront à sa recherche. Pourrais-tu installer les hologrammes sur ses cartes d'identité pour les rendre plus facilement modifiables?

—Je peux installer un sous-programme pour l'inscription de nouvelles données, si nécessaires.

—Tu en as fait du chemin. Je croyais que seul le gouvernement avait accès à cette technologie.

—Nous, les benjamins, suivons toujours *Big Brother* de près. Nous avons réussi à pénétrer au cœur du système en moins de deux semaines. À ma connaissance, le gouvernement n'a pas conscience de l'infiltration. Hackattack et moi, les seuls à savoir comment y arriver, gardons le secret. Carley, je peux te faire des papiers d'identité pour deux.

—Je ne préfère pas. S'ils en trouvent sur moi, ils suivront une piste dangereuse pour tout le monde. Je crois qu'il est mieux que je prenne mon mal en patience, mais j'apprécie ton offre.

—Et bien, au cas où tu changes d'avis, j'en ferai un deuxième jeu. Si jamais tu en as besoin, tu le recevras trente minutes après ton appel.

—Merci Dana. Tu me diras combien je te dois. Je vais m'organiser pour les fonds.

La voix mécanique de Dana semble presque chaleureuse quand il se met à rire.

—Considère-le comme un service rendu. Emmerder Future Dynamicon est déjà une rétribution intéressante. Maintenant, je dois m'y mettre. Attends le colis vers cinq heures demain matin.

—Je te remercie. Oh, une chose de plus. Ça ne t'embête pas si je donne ton code d'accès à Solaria? Elle peut avoir besoin d'alliés.

—Si c'est une de tes amies, elle est de la famille. À plus, Carley... et prends soin de toi.

Carley fait inconsciemment un signe de tête à la fin de la téléconférence. Ensuite, elle consulte ses fonds et transfère son argent dans un compte à l'étranger. Même les dirigeants de Future Dynamicon n'ont pas réussi à intimider les institutions financières de certains États insulaires, une garantie de stabilité et de sécurité des gouvernements et des banques. Plusieurs personnalités riches et puissantes créeraient des difficultés à Stalling s'il cherchait à s'ingérer dans leurs affaires. Carley coupe la connexion en terminant.

Elle soupire et se cale dans sa chaise en fermant les yeux. Il ne lui reste plus qu'à détruire son disque dur qui contient les données de toutes ses années de recherches en intelligence artificielle. Quand le disque sera effacé, plus personne ne pourra reproduire l'expérience, elle comprise. C'est le dernier maillon reliant Solaria à tout ce que Carley a accompli. Ce sera une longue nuit sans sommeil.

Avec la précision d'une horloge, la sonnette de l'appartement retentit à cinq heures tapantes. Carley ouvre la porte pour trouver une petite boîte sur son paillasson. Personne dans le couloir. Elle ramasse le colis et l'ouvre. À l'intérieur, une carte d'identité fédérale, un permis de conduire, un passeport international et les notes d'instructions pour l'inscription des données biométriques de Solaria sur chaque document. Les empreintes digitales et la carte des vaisseaux sanguins de la rétine sont obligatoires sur tous les documents gouvernementaux. Ces informations sont immédiatement transmises au service approprié pour vérifier la correspondance des numérisations de la carte ou du passeport de l'individu. Carley devine que Dana a probablement piraté les fichiers du ministère de la Sécurité nationale pour y implanter des dossiers effaçant les pièces incriminantes dans l'éventualité d'une vérification sur l'authenticité des documents. Ce vieil ami s'avère être extrêmement compétent dans son domaine. Sous le couvert de l'anonymat, il veut faire le maximum pour embêter les entreprises et les gouvernements.

CHAPITRE 8

Carley entre dans le laboratoire. Devant Solaria étendue sur le lit de son bureau, elle lâche son sac et se précipite sur elle, inquiète. Même si elle lui recommande de se reposer, elle ne l'a jamais vue endormie, avant.

—Tu vas bien?

Ouvrant les paupières pour poser son regard sur Carley, Solaria cligne deux fois les yeux avant de retrousser ses lèvres en souriant.

—Je m'exerçais simplement à relaxer. Vous aviez raison. C'est très reposant après de longues heures de travail et permet de renouveler presque toute l'énergie dépensée.

—Je me posais justement la question. Tu as besoin de manger pour maintenir tes fonctions corporelles, mais est-ce assez pour conserver un niveau optimal?

—La nourriture me procure suffisamment de nutriments et il en faut beaucoup pour vider mes réserves. Par contre, j'ai remarqué qu'en m'éteignant une heure ou deux, mes cellules retrouvent leur pleine capacité. C'est l'équivalent de recharger une pile.

—Je comprends. De mon côté, j'ai besoin d'au moins six heures pour me recharger. As-tu trouvé les renseignements dont nous avions besoin?

—Oui, et même plus.

Solaria raconte à Carley ses trouvailles dans les dossiers des employés et les fichiers personnels de Stalling sur le site piraté de la société. Solaria a pris plusieurs minutes interminables, d'après elle, pour accéder aux pages des documents trop bien cryptés. Elle a déterré des notes révélatrices de la personnalité et des ambitions de Stalling. Elle a aussi des précisions sur les rapports financiers de l'entreprise. Une note en référence au programme Bêta l'a particulièrement intéressée. Une phrase a capté son attention : « *Le prochain bêta sera entièrement fonctionnel dans moins de deux mois.* » L'inscription de la donnée datait de deux semaines.

—Pire que je ne le croyais. Il existe au moins une autre humachine quelque part. Nous devons te sortir d'ici, dit Carley, avant de penser à autre chose.

—Écoute, tu m'as dit que tu t'étais infiltrée dans leurs états financiers?

—Oui.

—Fantastique. Je voudrais que tu transfères un peu de cet argent dans plusieurs comptes. Je vais te donner les numéros.

—Ce serait voler.

—Appelons ça une compensation pour les difficultés qu'ils te causeront à l'avenir. Si tu veux faire face à ces salauds, tu devras t'armer.

—Carley, pourquoi faites-vous tout ça? demande Solaria. J'ai passé les dernières heures à me poser la question sans trouver de raison logique. Je ne suis même pas humaine.

—Tu perds trop de ton temps à analyser ton identité plutôt qu'à ressentir. Il ne s'agit plus d'une scientifique devant son expérience, mais plutôt d'une amitié : la nôtre. Je me suis prise d'affection pour toi, Solaria.

—De l'affection?

—Plus que de l'affection... le mot paraît faible pour exprimer ce que je ressens. Disons simplement que je tiens beaucoup à toi. Je ne suis pas prête à laisser Stalling t'utiliser pour parvenir à ses fins.

—Avant aujourd'hui, saviez-vous ce dont l'entreprise ou Stalling étaient capables?

—Je le soupçonnais.

—Et vous n'avez rien fait. Pourquoi?

Carley hausse les épaules.

—Ça ne me touchait pas d'aussi près, j'imagine. Tant et aussi longtemps que je gardais mes distances par rapport aux autres, j'étais bien, concentrée sur mes projets. Pour moi, seul le développement de l'intelligence artificielle comptait.

—Et ça ne tient plus? Ce n'est pas logique.

—C'est vrai. Tu découvriras en évoluant à quel point les émotions ne sont jamais logiques. Il faudra que tu apprennes à différencier les sentiments des idées. Et malheureusement, plus tu deviendras humaine, plus ce sera difficile.

—Je ne serai jamais humaine, Carley. Même si vous excellez dans votre domaine, vous ne pouvez me transformer en ce que je ne suis pas.

—Je m'excuse de ne pas avoir utilisé les bons mots... J'aurais dû dire comme une humaine. Tu démontres déjà certaines de nos émotions fondamentales. Je crois qu'en temps et lieu, tu en découvriras d'autres.

—Peut-être, mais jamais à la hauteur de vos attentes.

—Peut-être pas, concède Carley. Mais peut-être encore mieux.

—Ça n'a aucun sens.

—Je sais. J'aurais aimé pouvoir t'expliquer, mais je ne peux pas. Peu importe. Tu as vraiment changé ma vie. Je ne laisserai personne détruire ce lien. Maintenant assez de bavardages, nous perdons un temps précieux. Je veux que tu transfères cinq pour cent des avoirs de Future Dynamicon dans trois comptes différents. Ces transactions ne peuvent être découvertes. Est-ce possible de t'en assurer?

—Assez facilement. Je vais les faire rebondir sur de multiples serveurs en installant un cheval de Troie qui détruira ensuite les adresses IP de transmission.

—Et l'absence d'adresses IP ne sera pas suspecte?

—Non, je peux en substituer de nouvelles dans les entrées précédentes. Aucun résidu perceptible ne pourra éveiller les soupçons.

—Bien. Voilà les numéros de banques et de comptes pour les transferts d'argent.

Elle tend à Solaria une petite carte de mémoire en plus de dégrafer sa carte d'identité de la pochette de sa blouse de laboratoire.

—Tu devras y inscrire les renseignements de Landers au moment où je te dirai de le faire, pas avant. Pour l'instant, regarde simplement ce dont tu auras besoin. Oh, j'ai aussi des cartes d'identité pour toi. Tu peux aller de l'avant et les mettre à jour. N'oublie pas d'enregistrer tes empreintes digitales et ton réseau veineux rétinien sur ta nouvelle identité. Quand tu voudras accéder aux comptes, tu auras besoin de ces documents.

Sans rien ajouter, Solaria s'installe à l'ordinateur. Sur le clavier, ses doigts volent, limités par la vitesse de l'ordinateur à exécuter les commandes. Quinze minutes plus tard, elle surprend Carley en lui annonçant qu'elle a terminé.

—Heureusement que tu pars bientôt, dit Carley. Personne ne serait en sécurité avec tes talents entre les mains de la société. Stalling serait en mesure d'agir à sa guise.

—Je me détruirais avant de laisser quiconque m'utiliser de cette manière.

—Si tu en as l'occasion. Ne le sous-estime pas, Solaria. Stalling est extrêmement intelligent et tenace. Il a généralement ce qu'il veut, peu importe le prix : argent sonnant ou être vivants.

—Je me détruirai, n'en doutez pas, Carley. J'ai déjà écrit un sous-programme qui détruira mes processeurs quelques secondes après son activation. Je n'aurai qu'à inscrire le bon code et plus rien ne pourra arrêter le processus. Personne n'aura le temps d'intervenir avant le déverrouillage du programme d'autodestruction.

—Je te crois. Ne l'emploie qu'acculée au mur. Je serais fâchée de savoir mon plus grand accomplissement devenu mannequin d'étalage ou autre chose.

Solaria sourit à la plaisanterie de Carley.

—Mannequin? On peut dire mannequine, n'est-ce pas? Au moins, je passerais plus de temps avec la gent féminine.

Carley relève les paroles de Solaria. Elle manifeste à nouveau, et même avec une touche d'humour, plus d'intérêt envers les femmes que pour les hommes.

65

—Tu deviens lesbienne, dirait-on, la taquine-t-elle. Je suis certaine de ne pas l'avoir inscrit dans ton programme initial.

—Je ne crois pas qu'il reste grand-chose du programme, maintenant, mais je ne comprends pas tellement mes idées sur les femmes. Je devrai explorer cette conception quand j'aurai le temps.

—Bonne idée. Et comme tu prendras plus d'expérience, tu seras mieux renseignée au moment où tu voudras prendre une décision. Maintenant, nous avons encore beaucoup à faire. Nous ferions mieux de commencer.

La journée se termine par la mise au point et les différents scénarios de l'évasion de Solaria. L'humachine s'exerce à modifier ses traits pour une transformation instantanée. Ensuite, elle prend des numérisations de ce visage emprunté pour en vérifier l'authentification par le dispositif de sécurité DISRI. Après la confirmation du système sur l'identité de Peggy Landers, Solaria efface les données de l'unité centrale pour éviter que le subterfuge ne soit découvert plus tard. Carley a le sentiment qu'elles ont tout fait en leur pouvoir pour réussir l'évasion. Elle souhaite bonne nuit à Solaria avant de sortir pour voir de plus près les points de contrôle de sécurité et s'assurer de n'avoir rien oublié.

***

Le lendemain matin démarre comme d'habitude. La scientifique entre au laboratoire, salue Solaria et lit ses messages. Une note attire son attention. Elle frappe contre le bureau, bruit qui coupe la concentration de Solaria.

—Que se passe-t-il? demande Solaria en se tournant vers Carley.

—C'est l'heure.

Carley reprend contenance.

—Stalling me retire du projet dès demain. Il faut que tu sois partie ce soir. Prends ma carte d'identité pour faire les changements. Tu dois être partie avant la pause-dîner. Il y a tellement de mouvements vers cette heure-là, moins de chance que les caméras captent ton image. Il faut être certaine de l'absence de Peggy. Sinon, nous aurons un problème.

Solaria vérifie rapidement les dossiers du personnel. La scientifique est en vacances depuis la veille.

—Parfait. Je vais déclarer la perte de ma carte quand je sortirai ce soir. Tu auras des heures d'avance.

—Que va-t-il vous arriver quand ils auront découvert ma disparition?

—Nous en avons déjà parlé.

—Je sais, mais je veux la vérité, maintenant. Personne ne croira que je me suis évadée sans l'aide de personne, encore plus s'ils viennent de vous retirer du projet, le jour avant.

Soudain très fatiguée, Carley s'affaisse sur un tabouret, les épaules voûtées. L'instant tant redouté est arrivé. Elle a toujours su que Solaria arriverait finalement à cette conclusion logique.

—Je ne sais pas. Je ne serais pas la première personne à disparaître après avoir contrecarré les projets de Stalling et de ses acolytes.

—Vous voulez dire, la première personne tuée.

—Oui, les dirigeants de la firme ne prennent pas la traîtrise à la légère.

—Vont-ils vous torturer?

—C'est une possibilité, quoiqu'improbable. Ils seraient stupides de me faire quelque chose avant d'obtenir leurs renseignements. Mais ils me feront sûrement parler, ils en ont les moyens.

—Alors, je ne partirai pas.

Elle relève les yeux pour croiser le regard de Solaria.

—Ça ne changera rien. Quand je serai écartée du projet, ils ne me garderont pas dans les parages. Tu as entendu la transmission. Je suis un problème parce que j'en sais trop sur toi. Ils n'attendront pas que je découvre le pot aux roses en voyant ton nom dans un rapport ou ton visage dans un reportage croqué sur le vif. Je ne vois qu'une seule façon d'être certaine de ne pas avoir travaillé pour rien : ta liberté. Ne m'en prive pas.

—Alors, laissez-moi modifier les données de sécurité pour que vous puissiez partir avec moi.

Carley rit doucement.

—Tu peux modifier les données, mais je ne pourrai pas changer ma morphologie, Solaria. Nous ne pourrons pas faire la route ensemble.

Les processeurs de Solaria surchauffent pour trouver une solution. Quelles que soient les possibilités envisagées, elle n'arrive pas à résoudre l'équation. Il n'y a qu'une seule option. Carley observe attentivement Solaria en attendant qu'elle comprenne l'inévitable.

—C'est la seule façon, murmure Carley, ravalant la bile qui lui remonte à la bouche.

—Je ne vous tuerai pas.

—L'autre option est de les laisser te prendre. Je ne veux pas, mais je sais que je n'aurai pas la force de résister à leurs méthodes de persuasion. Je ne suis pas une femme forte.

—Je ne peux pas vous tuer, répète solennellement Solaria avec une étrange sensation de brûlure dans les yeux. Elle n'aime pas la façon dont l'émotion affecte son organisme. Elle essuie la goutte d'eau au bord de ses cils, puis observe son doigt mouillé. Carley sait qu'elle doit distraire Solaria. Ce n'est pas le moment d'analyser ses émotions.

—Écoute-moi Solaria. Tu n'auras pas à le faire. Prépare-moi simplement quelque chose que je prendrai, si nécessaire.

—Préparer quelque chose? Comme quoi?

—Je ne sais pas. Tu es tellement savante, maintenant. Tu peux sûrement concevoir une mixture chimique rapide et sans douleur. Je te promets de ne l'utiliser qu'en cas d'absolue nécessité. Qui sait? Je vois peut-être les choses en noir. Stalling peut simplement me congédier. Il leur serait difficile d'expliquer ma disparition.

—Mais pas impossible. Comme vous le dites, vous êtes de trop dans leurs projets.

—Alors ils ne doivent absolument rien me soutirer. Ne les laisse pas gagner. Je t'ai déjà dit que le meilleur choix n'est pas toujours le plus logique, mais en voilà un exemple où le meilleur est aussi le plus sensé. En plus, il y a peut-être d'autres humachines quelque part qui ont besoin de toi. Tu es la seule qui puisse les aider.

Solaria ne trouve pas facile d'abandonner, mais elle en comprend. Sans être certaine des conséquences de la disparition de Carley, Solaria anticipe une grande perte pour elle. Sans autres options que d'accepter l'inévitable, l'humachine répertorie les éléments chimiques les plus efficaces pour tuer un humain. Il est facile de trouver un poison; plusieurs toxines sont nuisibles au corps humain. Il est plus difficile d'en trouver un rapide et indolore. Mais le plus grand défi reste encore de le dissimuler sous une forme facilement absorbable ou digestible. Elle choisit finalement le cyanure, la meilleure et la plus rapide des méthodes pour un suicide. Elle le combine à un tranquillisant à action rapide pour éviter toute souffrance à Carley parce que, malheureusement, le cyanure n'est pas indolore. Satisfaite de la formule, elle recouvre deux plaquettes de chewing-gum avec la substance empoisonnée. Elle place ensuite le restant dans trois capsules vides refroidies.

—Une suffira à complètement éteindre votre système, dit-elle en les lui remettant.

Elle ne sait pour quelle raison, mais exprimer les choses de cette façon les rend plus faciles à dire.

—Vous ne sentirez rien.

Carley serre Solaria dans ses bras après avoir mis une tablette dans la poche du haut de sa blouse et l'autre avec les capsules, dans sa poche droite.

—Merci. Je sais que ce n'est pas facile pour toi, mais nous n'avons pas le choix. J'espère encore que tout ira pour le mieux... Si je sors d'ici, je te trouverai en contactant Dana ou Hackattack. Sinon... le monde extérieur recèle des trésors à découvrir. Même si tu as emmagasiné beaucoup de données, tu verras combien la vie est différente. Maintenant, tu dois partir.

Solaria ne trouve aucune raison logique de nier l'évidence. Elle accepte d'un signe de tête et agrafe sa carte d'identité à la blouse de laboratoire fournie par Carley. Elle modifie ensuite ses traits, ses empreintes digitales et son réseau veineux rétinien pour imiter ceux de Peggy Landers. Carley donne son approbation après avoir examiné son visage de près.

—Je ne sais pas ce que tu feras de ta vie, mais j'espère que tu trouveras quelqu'un pour la partager. Quoi qu'il arrive, rappelle-toi que tu as compté pour moi. J'aurais tellement voulu avoir plus de temps avec toi, avoir le bonheur de te voir grandir.

—C'est moi qui vous dois tout. Sans vous, je ne serais rien d'autre qu'un supraordinateur ou un outil aux mains de Future Dynamicon.

Devant Solaria, Carley fouille du regard les yeux bruns de Peggy Landers.

—Tu dois trouver l'autre bêta, sinon elle deviendra l'esclave des caprices de Stalling. Personne ne pourra arrêter cet homme s'il possède un modèle opérationnel ou s'il réussit à en créer d'autres. Promets-moi d'essayer.

—Je vais trouver l'humachine et toutes celles qui existent.

—Bien. Maintenant, montre-moi une dernière fois tes magnifiques yeux bleu vert.

Aussitôt, le regard de Solaria reprend sa couleur naturelle. Sur la pointe des pieds, Carley embrasse délicatement Solaria sur les lèvres et sourit.

—Souviens-toi de moi, murmure-t-elle.

Après avoir serré l'humachine une dernière fois dans ses bras, Carley l'entraîne vers la porte, la pousse dehors, puis referme à clé. Elle revient ensuite à son bureau sans un regard en arrière.

***

Solaria s'immobilise dans le couloir, doutant d'elle-même comme jamais auparavant. Sous le regard perplexe d'un technicien de laboratoire passant près d'elle, l'humachine reprend ses esprits. Elle doit agir vite. Ses yeux redevenus bruns, elle traverse les zones de contrôle, puis se retrouve dehors, pour la première fois de sa vie. Les détecteurs n'ont signalé aucune irrégularité pendant les numérisations biométriques. Le plan de Carley a bien fonctionné.

L'air est différent, à la fois frais et doux. Un léger vent, soufflant au-dessus du lac, la décoiffe. Le reflet du soleil sur les sommets enneigés fait scintiller les montagnes. Aucune des images extérieures vues auparavant ne rivalise avec la réalité. Un jour, elle escaladera ces montagnes pour en explorer le sommet.

—Tout va bien, madame Landers? demande une voix derrière elle.

Solaria se retourne vers ce jeune homme en vert. Il porte l'uniforme de la société pour le personnel des niveaux inférieurs de sécurité. Son nom, Williams, est collé sur sa poche avec le logo de Future Dynamicon à la manche gauche.

—Oui, je vais bien.

—Bien, on m'a dit que vous étiez en congé. Avez-vous oublié quelque chose?

—Non. Je le croyais, mais j'ai simplement mal rangé mes notes. Bonne journée, monsieur Williams.

L'homme la salue avant de poursuivre sa route. Solaria marche vers la voiture louée par Carley, la veille. Elle s'y installe, examine le tableau de bord, récupère le manuel d'instruction dans ses banques de données et démarre le moteur. Elle se retrouve très rapidement sur l'autoroute principale à rouler vers un futur inconnu. Mais avant tout, elle doit régler des affaires en suspens. Quelque part, elle a de la famille.

CHAPITRE 9

Les battements de cœur de Carley s'accélèrent dangereusement en arrivant près du bureau principal de la sécurité.

—Tout va bien aller, se dit-elle sans vraiment y croire.

Un grand homme en uniforme l'accueille poliment. Il lui ouvre la porte en lui faisant signe d'entrer. Dans la salle d'attente vide, il n'y a que la réceptionniste derrière son comptoir.

—Bonsoir, docteur Branson. Vous travaillez tard.

—Bonsoir, madame Colton. Je terminais des rapports pour monsieur Stalling.

—Je comprends. Que puis-je faire pour vous?

—Et bien, j'allais rentrer quand j'ai remarqué que ma carte d'identité n'était plus sur ma blouse de laboratoire. Comme sans elle, je ne peux pas franchir les postes de contrôle, je venais ici dans l'espoir d'avoir une autorisation spéciale.

—Rien de trop compliqué, selon moi, mais je dois vérifier avec monsieur Finton. Il est le seul à pouvoir accorder une nouvelle carte d'accès. Asseyez-vous, je reviens tout de suite.

Carley la remercie d'un sourire et s'assoit pour feuilleter un magazine. Elle tâte sa poche, rassurée d'y trouver la tablette de gomme.

La secrétaire de Finton disparaît dans l'étroit couloir. Elle revient dans la pièce dix minutes plus tard et s'assoit à son bureau.

—Monsieur Finton m'a dit qu'il allait vous recevoir sous peu. Il est en téléconférence.

Carley fait un signe d'assentiment en palpant sa gomme, fébrile.

Il appelle peut-être Stalling, pense-t-elle. *Mais pourquoi? Je suis paranoïaque. Pourquoi appellerait-il systématiquement Stalling simplement parce que j'ai perdu ma carte d'identité?*

Les furtifs coups d'œil de la réceptionniste dans sa direction déclenchent un mal de ventre nerveux chez Carley. Elle sort sa plaquette de chewing-gum et la contemple en essayant de s'imaginer ce que l'on ressent au moment de mourir. Deux hommes en civil entrent dans la pièce, interrompant ses pensées. L'un d'eux la regarde sans laisser filtrer la moindre expression sur son visage. Il reste debout, en silence, aux côtés de celui qui discute à voix basse avec madame Colton.

Rien ne va plus.

—Excusez-moi, docteur Branson. Monsieur Finton aimerait que vous montriez à messieurs Richards et Ward où vous êtes passée, aujourd'hui. Ils pourraient retrouver la carte d'accès en reprenant vos déplacements.

—Bien sûr, mais je l'ai déjà fait. Je n'ai quitté mon bureau que pour aller à la cafétéria.

—Je vous prie d'accepter. S'ils ne la trouvent pas, nous vous ferons une carte d'accès temporaire.

Carley comprend qu'elle n'a pas le choix. Elle se lève et glisse la plaquette dans sa poche avant de sortir du bureau, les deux hommes sur les talons. Ils n'échangent pas un mot avant d'arriver à la cafétéria.

—Où étiez-vous assise?

Carley pointe le doigt vers la table. L'homme dénommé Ward fouille la section avec un petit instrument pour scanner l'endroit. Carley en déduit que les cartes sont dotées d'une puce de transmission.

Merde! Solaria est au courant, j'espère, sinon elle aura des problèmes!

—Rien ici!

—Bien, docteur Branson, allons au labo.

—Vous croyez vraiment que je n'ai pas cherché là-bas?

—Nous suivons les ordres, docteur, rien de plus.

Après une fouille complète du laboratoire, les hommes escortent Carley au bureau de la sécurité dans une petite pièce au fond du couloir. Après lui avoir indiqué où s'asseoir, Ward quitte la pièce alors que Richards reste à la porte. Carley cherche sa plaquette dans sa poche, rassérénée de la trouver au même endroit.

Quelques minutes plus tard, Richards revient suivi d'un petit homme chauve caucasien portant un costume taillé sur mesure, visiblement très cher. Elle reconnaît aussitôt le chef de la sécurité.

—Docteur Branson.

—Monsieur Finton.

—Ma secrétaire m'informe de la perte de votre carte d'accès. Mes hommes ne l'ont pas retrouvée. Nous avons un grave problème.

—Voilà pourquoi je suis aussitôt venue ici quand j'ai compris que je l'avais perdue.

—Je vois. Personne ne nous l'a encore rapportée. C'est inusité. Nous nous flattons chez Future Dynamicon de recruter des employés loyaux et dévoués. Il serait honteux de découvrir qu'un traître trompe cette confiance. Vous voyez ce que je veux dire, j'en suis certain.

—Bien sûr.

—Parfait. Alors vous comprendrez pourquoi nous vous garderons un peu plus longtemps. Nous devons faire l'impossible pour retrouver ce laissez-passer. La société impliquée dans des projets de sécurité nationale ne peut être exposée à une intrusion dans nos murs, entre les mailles de notre filet de sécurité. Et vous savez que certains paieraient très cher pour l'une de ces cartes.

—Oui. Je peux comprendre la problématique. Quand pourrais-je partir?

—Je ne sais pas, docteur Branson. Monsieur Ward va vous amener dans une autre pièce où vous serez plus à l'aise.

Sans attendre sa réponse, il fait un signe à Ward qui ouvre aussitôt la porte.

—Au revoir, docteur Branson, dit Finton.

Son ton ne laisse aucun doute à Carley. Ce n'est pas un au revoir anodin.

***

Carley caresse son ticket de sortie enfoncé dans sa poche. L'acolyte de Finton lui indique de le suivre.

La pièce comprend une table avec une chaise près de la porte et un lit de camp contre le mur du fond. Près du lit, une seconde porte ouvre sur une salle de bain avec douche. L'endroit n'a réellement pas été conçu pour l'intimité et le confort. Carley remarque les caméras stratégiquement installées le long des murs.

—Cette pièce ressemble plutôt à une prison qu'à une chambre d'invités, dit Carley en s'adressant à Ward.

Au lieu de répondre, il hausse les épaules et sort en refermant la porte à clé derrière lui. Carley marche dans la petite pièce avant de s'asseoir sur la chaise. Elle rêve désespérément de sortir la plaquette de sa poche, mais la peur d'être filmée et d'éveiller les soupçons, si elle ne mâche pas son chewing-gum, la retient. Elle se souvient soudain de la deuxième plaquette et des capsules dans sa poche du haut.

Je suis vraiment distraite! J'espère que je n'oublierai pas comment mâcher.

La pensée la fait rire tout haut. Elle jette un regard aux caméras et en souriant, coquine, elle les salue de la main. Ensuite, elle se surprend elle-même par ce geste, elle leur tire la langue. Se savoir regardée lui fait du bien.

Je devrais en profiter pour me reposer. Ils vont bientôt découvrir la disparition de Solaria et chercheront des réponses.

Étendue sur le lit, Carley ferme les yeux. Elle se demande où en est Solaria. Une chose est certaine : elle possède les ressources financières pour se protéger de Future Dynamicon.

La société possède peut-être un réseau international impressionnant, mais Solaria a aussi ses avantages : connaissances multiples, compétences techniques et aptitudes informatiques. Solaria a d'autres atouts, dont Dana et Hackattack, les meilleurs pirates pour infiltrer les réseaux des entreprises et des gouvernements. Elle pourrait aussi avoir besoin de leurs talents en contrefaçon de documents.

Le bruit de la porte sort Carley de sa rêverie. Elle n'est pas surprise de voir Stalling suivi de Finton, Ward et Richards.

—Vous faites de longues journées, dit-elle en s'adressant à Stalling.

—Un des désavantages d'être directeur général. J'espère que vous êtes à l'aise, docteur Branson.

Carley étouffe un rire sarcastique en regardant la pièce.

—Tout à fait, une chambre de luxe.

—Je vois que vous avez toujours le sens de l'humour. C'est bien.

—Je vais en avoir besoin?

—Bon, bon, docteur. Il semble que vous ayez une piètre opinion de moi. J'apprécie l'humour, mais je suis ici pour une affaire plus urgente. L'humachine semble avoir disparu de votre laboratoire. Pouvez-vous nous indiquer où elle se trouve?

Carley feint un air surpris en soupçonnant ses mauvais talents d'actrice.

—Disparu? Elle était enfermée dans la chambre forte quand je suis partie. Peut-être que l'un de mes remplaçants l'a déplacée. Vous m'avez dit qu'un autre prendrait ma place.

—Je vous en prie, docteur, pas de ça entre nous. Vous perdez votre carte d'accès le jour où l'humachine disparaît? Je ne suis pas crédule à ce point. Qu'est-il arrivé à l'humachine?

—Vraiment, monsieur Stalling, je ne sais pas de quoi vous parlez.

—Vous voulez jouer le jeu... D'accord. Carley, laissez-moi vous dire les choses clairement. Je veux que l'humachine revienne. Je veux aussi le nom ou les noms de tous ceux qui vous ont aidée à contourner la sécurité. Si vous me donnez ces renseignements, vous pourrez rentrer chez vous... sans travail, bien sûr.

—Bien sûr, dit Carley avec un sourire narquois. Je suis désolée, mais je ne sais pas du tout où So... l'humachine se trouve. Elle doit être quelque part sur le site. Franchement, les gardes me connaissent et je ne peux pas sortir sans carte. Croyez-vous que qui que ce soit puisse sortir d'ici sans se faire remarquer?

—Nous avons fouillé partout. Aucun des scanneurs n'a capté son signal.

—Signal? Je ne savais pas que l'humachine avait un émetteur.

—Il n'était pas important de vous mettre au courant.

—Je comprends.

Salaud pédant! Comme si je n'allais pas découvrir le sous-programme! Il se vante d'engager les meilleurs dans leur champ d'expertise et il croit ensuite pouvoir faire mieux.

—Non, je ne crois pas que vous comprenez. Nous allons la retrouver... à n'importe quel prix. Il est dans votre intérêt de coopérer. Sinon...

—Sinon allez-vous me l'arracher?

Carley déglutit nerveusement. Devrait-elle le prendre maintenant ou attendre?

—S'il vous plaît, docteur, nous ne sommes pas des brutes. Dites-nous seulement ce que vous savez et nous vous laisserons poursuivre votre chemin.

Oui, vers ma tombe.

—Écoutez, monsieur Stalling. Je ne suis qu'une experte en intelligence artificielle. Je ne sais rien à propos de l'humachine disparue. Qu'est-ce que j'y gagnerais?

—En la vendant à mes concurrents? Des millions. Peut-être plus. Je suis certain que vous savez. Désolé, vous ne me laissez pas le choix d'utiliser des méthodes moins agréables pour avoir les renseignements. J'espérais une plus grande collaboration.

Se tournant vers Richards, Stalling fait un signe de tête et l'homme quitte la pièce. Stalling se retourne ensuite vers Carley.

—Vous pouvez vous mettre à l'aise avant que Richards ne revienne avec le docteur Philips.

—Philips? Ce fou?

Stalling sourit.

—Un fou peut-être, mais il est génial pour combiner sérums de vérité et inconfort physiologique.

—Vous parlez de torture.

Stalling hausse les épaules.

—Appelez ça comme vous voulez. Vous pouvez encore vous montrer raisonnable.

—Je vous ai dit que je ne savais rien. Les compétences de Philips n'y changeront rien.

—Alors je regretterai mon erreur, docteur Branson. Vous vous êtes révélée une experte dans votre domaine.

—C'est réconfortant, répond-elle avec sarcasme.

C'est l'heure pour Carley. Elle prend sa plaquette dans sa poche. Stalling la regarde sans intérêt.

—Vous en voulez? demande-t-elle en lui tendant le morceau. J'en ai plus quelque part.

—Non merci. C'est une habitude que je n'ai jamais prise.

Merde! L'idée de l'entraîner avec elle était attrayante.

—J'en voudrais, dit Ward en s'approchant.

Il attend la permission de Stalling du coin de l'oeil.

—Je ne crois pas! répond Stalling en fronçant les sourcils.

Le cœur de Carley s'arrête. *Il sait!*

—Je n'ai vraiment pas besoin que vous colliez votre chewing-gum sous une table ou un bureau. Les concierges se plaignent déjà d'avoir à nettoyer ces saletés.

Carley tousse pour contenir son éclat de rire. Elle déballe son chewing-gum, le roule en boule et l'approche lentement de sa bouche.

—Vous savez Stalling, dit-elle en mâchant consciencieusement, surprise de ne pas goûter le cyanure. *Sacrée Solaria, tu es douée!*

—Vous devriez vraiment vous détendre. Il est néfaste pour la santé d'être tout le temps aussi sérieux.

—Je suis en bonne santé.

Carley se sent légèrement étourdie. Sa poitrine se resserre, rendant sa respiration difficile.

—C'est dommage, répond-elle, à bout de souffle.

Surpris, Stalling se tourne vers Carley.

—Appréciez... App...

Elle n'arrive plus à se concentrer sur le directeur général.

Stalling comprend la gravité de la situation. Il pointe Carley du doigt alors qu'elle s'affaisse sur le lit.

—Elle a pris quelque chose! Le chewing-gum! Enlevez-lui ce foutu chewing-gum de la bouche!

Finton s'avance et ouvre la bouche de Carley pour y plonger les doigts à la recherche de la pâte à mâcher.

—Il n'y a plus rien. Elle l'a avalé.

—Allez me chercher Phillips, maintenant!

Comme si ses paroles avaient fait apparaître le scientifique, Nick Phillips ouvre la porte. Stalling le pousse devant la femme étendue sur le lit.

—Elle s'est empoisonnée. Faites quelque chose!

Phillips se penche pour vérifier le pouls à partir de l'artère du cou. Il soulève ses paupières et secoue la tête.

—Je ne peux rien faire. Quelle que soit la substance ingurgitée, elle est morte! Dommage. J'avais très hâte de tester ma nouvelle drogue.

Furieux, Stalling fustige le petit homme du regard.

—Sortez d'ici! Tous, sortez d'ici et sortez-la aussi. Je veux savoir ce qu'elle a pris.

Ward et Richards soulèvent Carley pour la transporter dans le couloir. Quand ils passent devant la réceptionniste, madame Colton hausse légèrement les sourcils avant de se retourner stoïquement vers son écran d'ordinateur. *Je dois me trouver un nouvel emploi.* Elle sait pourtant qu'il est impossible de quitter Future Dynamicon. Elle est au courant de trop de détails sur Finton et ses occupations. Que le chef de la sécurité la laisse, le moment venu, prendre sa retraite en récompense de loyaux services est ce qu'elle peut espérer de mieux. Si la notion de retraite existe pour cette entreprise.

CHAPITRE 10

Neuvième mois

Dans un examen minutieux des circuits électroniques, Solaria mémorise chaque embranchement avant d'instaurer le virus qui détruira le disque dur détenant toutes les données. Vers et chevaux de Troie sont en place pour retrouver d'éventuelles copies de sauvegarde cachées sur le réseau. Après avoir découvert des marqueurs d'identification de copies externes, Solaria a créé un virus activé par l'insertion d'un disque dans n'importe quel ordinateur connecté au réseau de Future Dynamicon. Avec les ramifications de la société à tous les systèmes de communication de la planète et au-delà, le téléchargement de renseignements à partir d'un autre ordinateur ne devrait pas tarder, même s'il s'agit simplement de réparation des fichiers endommagés. Quand les copies auront été détruites, il n'y aura plus de données sur le travail de Carley, donc aucune possibilité de reproduire Solaria. Et il faudra des dizaines d'années avant de réussir à recréer une autre humachine.

Future Dynamicon a divisé le projet Humachine en établissant partout au monde des laboratoires rattachés à chacune des étapes de développement. Par mesure de précaution, deux laboratoires ne travaillaient jamais sur une même phase et aucun contact n'était permis entre les scientifiques des différentes équipes. Carley Branson, en tant qu'experte en intelligence artificielle, était l'exception. Elle avait conçu le logiciel initial qui a généré les multiples nanoprocesseurs. Son travail et ses mises au point du programme avaient permis d'éviter des complications majeures dans le système. Solaria avait acquis la maturité nécessaire au développement de sa propre conscience grâce à son mentorat. Quand les employés de Future Dynamicon ont découvert l'évasion de Solaria, tous les soupçons de complicité ne pointaient que dans une seule direction.

Le lendemain du départ de Solaria, le suicide de Carley était à la une de tous les médias. À la conférence de presse, Stalling décrivait clairement Carley comme une employée anxieuse et une amie. Une grande perte pour Future Dynamicon et pour lui-même. Il supposait sans en être totalement certain qu'elle souffrait de dépression après la déconfiture de sa dernière expérience. Carley Branson, dévouée à son travail, acceptait difficilement les échecs. Elle nous manquera, a-t-il conclu, avant de s'écarter du microphone pour disparaître derrière les portes semi-opaques du bâtiment principal.

Solaria repose le journal, les yeux légèrement mouillés. Elle touche délicatement son œil droit pour recueillir le liquide et le contempler sur son doigt.

Tu connaissais le dénouement! pense-t-elle. *Nous le savions toutes les deux. C'était la conclusion logique. Je tiendrai ma promesse, Carley. Je vais trouver l'autre humachine ainsi que toutes celles qui pourraient exister.*

***

Solaria prend la semaine pour se trouver un logement. La maison qu'elle trouve, très simple et légèrement isolée de celles des voisins, répond parfaitement à ses besoins. Une vieille dame qui veut se rapprocher de ses enfants est très heureuse de la louer à une ravissante femme aux yeux bleu vert. Le loyer, payé avec un an d'avance, couvre ses frais de déménagement et de déplacement en plus de lui permettre de trouver un petit appartement. Une semaine après la signature du bail, madame Quinley part avec toutes ses affaires.

Solaria ne sait pas comment meubler convenablement sa nouvelle maison. Même si elle a vu des images sur Internet, elle n'a aucune notion en décoration intérieure. Avant son départ, la propriétaire lui donne le nom d'une femme qui pourrait l'aider dans ses choix. Deux semaines plus tard, elle est prête à défier l'entreprise pour honorer la promesse faite à Carley.

Solaria décide d'utiliser l'accès public au Web pour ne pas courir le risque d'être retracée par Future Dynamicon en infiltrant leur réseau de chez elle. Les cafés Internet représentent le choix le plus logique, mais, comme elle pourrait se faire remarquer à passer autant d'heures à l'ordinateur, elle écarte aussi vite l'idée pour ne pas éveiller la curiosité. Elle privilégie le calme des bibliothèques publiques sur le point d'être reléguées aux oubliettes depuis que les ordinateurs sont plus abordables pour toutes les bourses et que la plupart des livres peuvent être téléchargés à peu de frais. Seuls les amoureux du livre papier s'y rendent encore pour lire ou étudier.

L'une des plus grandes bibliothèques est, avec chance, à un saut en voiture de la nouvelle maison de Solaria.

CHAPITRE 11

Jain Plaine

Le miroir n'a jamais été tendre avec elle, en fait, la nature et la vie non plus. Être petite était déjà problématique, mais elle aurait pu surpasser cette tare. Son excédent de poids n'était pas insurmontable non plus, un peu d'efforts suffiraient à sa mise en forme. Si seulement ses infortunes génétiques s'arrêtaient là... hélas non! Ce n'était que la pointe de l'iceberg. Jain a passé toute sa jeunesse à entendre les chuchotements cruels de ses camarades de classe; certains prenaient un malin plaisir à lui dire tout haut tout ce qu'ils pensaient. Sinon les autres élèves, dont la majorité étaient trop poltrons ou trop gentils, ne disaient rien devant elle. Sa mère, qui faisait de son mieux pour alléger ses tourments, lui suggérait d'ignorer ses tortionnaires. Mais comment ignorer les gens quand on se fait appeler dents de cheval, le Pichou ou Miss Piggy? Elle n'était pas gâtée par la nature, c'est vrai, mais pas plus ou moins qu'un autre. Elle se plaignait souvent à sa mère de l'injustice de la vie. Il y a longtemps de tout ça, maintenant.

Aujourd'hui, elle tire la langue à son image en riant.

—Ça n'arrange rien, dit-elle le doigt sur l'image qui la scrute dans le miroir. Fais quelque chose de ta vie!

Des yeux bruns pétillants lui renvoient son regard. Jain sourit, montrant ses dents blanches presque parfaites.

—Au moins, personne ne peut trouver à redire sur ses pièces d'ivoire.

Elle continue à se pointer du doigt dans le miroir. Son reflet l'approuve d'un signe de tête. Après un clin d'œil à son aimable compagne, Jain attrape un chandail et file au travail. Elle doit être à la bibliothèque dans vingt minutes.

Contrairement à la croyance populaire, être bibliothécaire n'est pas monotone. Jain ne s'ennuie jamais, elle trouve même fascinante la diversité des personnes qui fréquentent l'endroit. Quand il n'y a pas de client, Jain peut choisir un livre pour voyager n'importe où dans le monde ou même à l'extérieur de celui-ci, si elle le désire. Les très bonnes journées, il arrive à Jain de voir des gens particulièrement intéressants. Elle se crée alors sa propre petite histoire ou son fantasme. Par exemple hier, elle a remarqué une grande femme rousse qui consultait plusieurs revues scientifiques récentes. Elle se documentait sur les derniers développements en biomécanique. Si Jain n'avait pas remarqué les titres des livres, elle aurait pris cette femme pour un mannequin plutôt qu'un cerveau. Découvrir l'intelligence de cette étrangère n'a pas empêché la bibliothécaire de fantasmer à son sujet.

***

Cette femme s'avance vers Jain qui retient son souffle pour ne pas se faire remarquer. Du moins, c'est ce qu'elle se dit, mais son cœur s'arrête de battre à la simple idée de croiser le regard de cette grande beauté à la crinière de feu. L'expression « belle à couper le souffle » prend tout son sens pour Jain. Entre deux palpitations, elle respire mal. Elle est certaine que là, devant cette femme, elle va perdre connaissance.

Peut-être que j'aurai droit au bouche-à-bouche! J'en mourrais sur le champ.

Comme par télépathie, la femme ralentit le pas pour braquer ses yeux sur elle. Quand elle lui lance un clin d'œil, Jain s'évanouit.

Jain reprend ses esprits alors que des lèvres collées aux siennes emplissent ses poumons d'air chaud. Elle ouvre les yeux sur un regard bleu clair comme elle n'en a jamais vu. Et ce sourire... Des dents blanches parfaitement alignées aux deux fossettes de chaque côté, en passant par des lèvres bien dessinées... ravageur.

—Hé, vous allez bien? lui demande une voix grave et profonde.

—Euh... oui. Je crois, croasse Jain.

—Que s'est-il passé?

—Je ne sais pas!

Trop gênée pour parler, elle préfère ne rien dire. Comment expliquer à une étrangère avoir fantasmé à son sujet pour ensuite voir le rêve se réaliser?

—Peut-être qu'un examen médical serait recommandé. Pouvez-vous vous lever?

—Je crois.

—Bien.

Jain n'a pas le temps de réagir que deux bras robustes se glissent sous ses aisselles pour l'aider à se relever.

—Oh! Merci, bégaie-t-elle.

—Il n'y a pas de quoi. La femme accompagne ses paroles d'un éblouissant sourire.

—Je crois que vous devriez voir un docteur. Avez-vous un médecin de famille?

—Non, pas vraiment, dit Jain, embarrassée.

—Parfait! Je précise... je ne parle pas du fait que vous n'ayez pas de médecin, mais plutôt qu'il me plaira de vous examiner de plus près, si vous le voulez. Téléphonez-moi. Mon infirmière vous donnera rendez-vous.

Elle tend sa carte professionnelle à Jain. Elle s'éloigne, puis s'arrête dans son élan pour se retourner vers Jain.

—Vous êtes sûre que vous allez bien?

—Oui, je vais bien. Vraiment, mmmm... docteur Rodelle, dit Jain en consultant la carte.

—Parfait. Ça a été un plaisir de faire votre connaissance, dit-elle avec un clin d'œil.

Le cœur de Jain fait un bond.

Si seulement je pouvais m'évanouir à nouveau. Elle se demande comment sa bouche pouvait être si sèche alors qu'elle bave pratiquement. Envoûtée, elle attache son regard aux hanches en mouvement et aux longues jambes musclées de la jeune femme qui s'éloigne.

***

La salle d'attente aux couleurs tropicales est soigneusement décorée avec des tableaux de paysages sur les murs. Des piles de magazines ornent les petites tables et, au fond de la pièce, près de la fenêtre ouvrant sur la baie, une porte indique des toilettes unisexes. Jain se demande ce qu'elle fait ici. Les autres patients sont riches, de toute évidence, si l'on se fie à leurs vêtements.

À la vue de la signature de Jain sur le registre des clients, la réceptionniste la dévisage bizarrement. Elle lui remet les formulaires à remplir, les lui explique et lui demande une preuve d'assurance. Jain, qui a piqué la curiosité de la réceptionniste, devine ce qu'elle meurt d'envie de lui demander.

—Le docteur Rodelle m'a suggéré de venir la voir, dit-elle, soudain sur la défensive.

—Oh, dit la femme, ayant l'air de douter de ses paroles. Et quel est exactement le problème?

—Je me suis évanouie.

—Je vois. Quoi d'autre? demande-t-elle, le stylo en suspens, au-dessus du formulaire.

—Euh, rien d'autre. C'est tout.

—Mmm... Bon, je ne vois pas votre nom dans le carnet de rendez-vous. Êtes-vous certaine qu'elle vous a suggéré de la voir? Elle est neurochirurgienne. D'habitude, vous devez passer par le généraliste, répond la réceptionniste, sceptique.

Pour la faire taire, Jain lui met la carte professionnelle sous le nez.

—J'en suis certaine.

—Bon, d'accord. Asseyez-vous, je vais la prévenir de votre présence. Vous devrez patienter un certain temps. Nous nous occuperons naturellement, en priorité, de ceux qui ont rendez-vous. Il y en a plusieurs avant vous.

—Bien sûr, répond Jain qui aimerait lui demander quelle mouche la pique.

Magazine en main, elle s'assoit près de la fenêtre, le plus loin possible de cette femme extrêmement désagréable.

Peut-être que je ne suis pas à ma place, pense-t-elle. *Je vais bien, après tout.*

Jain contemple le cours d'eau par la fenêtre. Un petit voilier se démène dans les vagues soulevées par le vent. Jain, obnubilée par ses doutes, n'entend pas la conversation dans un premier temps. Elle relève enfin la tête pour voir le médecin aux côtés d'une petite dame âgée, soutenue par une canne. Sans discerner les paroles, elle observe l'expression des visages pour deviner le sujet de la discussion. Soudain, quand le médecin se penche en souriant vers la femme pour l'embrasser sur la joue, Jain est étonnée. Le docteur Rodelle escorte ensuite la dame jusqu'à la porte.

Peut-être de la famille!

Après avoir refermé la porte derrière cette dame, le docteur Rodelle jette un regard circulaire sur les patients. Quand son regard atteint Jain, elle accompagne son clin d'œil d'un sourire avant de disparaître dans la salle d'examen. Quelques secondes plus tard, Jain la voit ouvrir un dossier au bureau de la réceptionniste. Elle en étudie le contenu. Elle quitte la pièce après avoir glissé quelques mots à la réceptionniste. Celle-ci se lève peu après pour chuchoter à l'oreille d'un patient, puis d'un autre. Les deux patients se lèvent et quittent la pièce.

J'imagine qu'elle a eu une urgence, pense Jain. Elle se lève pour partir.

—Le docteur Rodelle vous attend, madame Plaine, lui dit la réceptionniste en s'approchant d'elle.

Elle a troqué son attitude arrogante pour une approche plus professionnelle.

Surprise, Jain suit la femme dans un petit salon joliment décoré à l'arrière du complexe.

—Je peux vous offrir quelque chose à boire? Du café? Du thé?

—Non merci.

Mes assurances ne couvriront jamais les frais de la consultation.

—Bien, prévenez-moi simplement si vous avez besoin de quoi que ce soit. Docteur Rodelle sera avec vous dans un instant.

Jain observe le mobilier en marchant dans la pièce. La qualité supérieure de chaque meuble saute aux yeux. Le bruit de la porte la sort de ses pensées. Le docteur entre en refermant la porte derrière elle.

—Madame Plaine, comment allez-vous?

Sa voix provoque de nouveaux frissons le long de la colonne vertébrale de Jain, lui donnant la chair de poule.

—Euh... bien, je vais... bien, docteur Rodelle, bégaie-t-elle.

—Parfait. Asseyez-vous, je vous prie. Je dois vous poser des questions avant de commencer.

Jain s'assoit, la gorge serrée. Elle sursaute quand la jeune femme s'assoit à ses côtés. Elle s'adosse contre le dossier du canapé et croise ses jambes fines. Jain contemple la peau dorée et veloutée du docteur, de ses cuisses à ses chevilles. Son cœur se met soudain à battre plus vite. Elle se sent mal.

—Tout va bien? demande le docteur Rodelle, constatant la rougeur de ses joues.

Elle se penche et touche le front de Jain pour vérifier sa température.

—Oh oui, il m'arrive de me sentir faible et d'avoir des palpitations.

—Je vois. Depuis combien de temps avez-vous ces symptômes?

—Mmmm. Et bien, c'est très récent. En fait, c'est la deuxième fois.

—Et la première était l'autre jour, j'imagine... Intéressant.

La jeune femme gribouille des notes dans le dossier en remuant sur le canapé. Dans ce léger mouvement, ses jambes effleurent celles de Jain.

—Auriez-vous fait quelque chose de particulier dans les deux cas? Quelque chose que vous auriez mangé ou bu?

—Non, j'ai sensiblement la même routine d'un jour à l'autre.

Elle referme le dossier pour prendre le pouls de Jain. Elle fronce les sourcils, prend son stéthoscope dans sa poche et se relève.

—Votre pouls bat un peu vite. Laissez-moi écouter votre cœur.

Elle glisse le pavillon entre le corsage et le torse de Jain, sur son imposante poitrine. Quand le docteur Rodelle touche involontairement le sein gauche de Jain, le cœur de la bibliothécaire se met à battre si fort que l'écho des pulsations résonne dans son crâne.

Le médecin dévisage Jain en auscultant son cœur au stéthoscope.

—À quand remonte votre dernier examen médical complet?

—Deux ans. À l'exception de mon poids, le docteur m'a dit que tout allait bien. Y a-t-il un problème?

—Probablement pas. J'aimerais quand même faire des tests. Nous en aurons pour plusieurs heures. Avez-vous autre chose de planifié, aujourd'hui?

—Non, on ne m'attend pas avant demain au travail.

—Merveilleux! Je reviens tout de suite.

Elle se redresse et lui tapote l'épaule avant de quitter la pièce. Jain regarde nerveusement autour d'elle, très inquiète au sujet de sa santé. Dix minutes plus tard, le docteur entre et ferme la porte.

—Je suis désolée de vous avoir fait attendre. Ma réceptionniste devait partir plus tôt. Je devais m'assurer que tout était fermé.

—Oh, Seigneur! Je ne veux pas être une source de problèmes. Je peux revenir un autre jour.

—Ce ne sera pas nécessaire. Je crois que nous devons aller au fond des choses, aujourd'hui, si possible. Maintenant, si vous n'y voyez pas d'inconvénient, pourriez-vous vous déshabiller?

—Ici? glapit Jain.

—Vous y serez plus à l'aise, à moins que vous ne préfériez la salle d'examen...

—Non, non. Ça va. C'est bien. C'est juste que...

—Ah oui, pardon. Comme je suis habituée à voir des corps, j'en oublie la pudeur de certains. Je vais vous chercher une blouse.

Elle sort de la pièce pour revenir avec l'objet de papier bleu.

—Voilà. Je vais chercher mes instruments.

Jain en profite pour se dénuder rapidement pendant son absence, enfiler le vêtement et se rasseoir. La jeune femme réapparaît très vite avec un grand sac de cuir noir à la main.

—Maintenant, étendez-vous et laissez-moi réécouter votre cœur.

Le médecin applique sa main chaude sur la poitrine de Jain et presse légèrement entre ses seins. Quand le pouls de Jain s'accélère, le docteur approuve d'un signe de tête et sourit.

—Je crois que je connais le problème, dit-elle doucement.

—C'est grave? demande nerveusement Jain.

—Très, mais il existe un traitement.

Jain soupire de soulagement avant de bondir quand la physicienne glisse sa main sur son sein gauche. Elle lui taquine le mamelon entre son pouce et son index. Jain déglutit avec difficulté.

—Euh...

—Voulez-vous que j'arrête? chuchote-t-elle en rapprochant son visage du sien. Ses yeux bleus pétillent de malice.

—Non, non. Vous êtes le docteur..., souffle Jain.

Le médecin répond d'un sourire suivi d'un clin d'œil.

—Oui, c'est vrai. Maintenant, où en étions-nous?

Elle poursuit son jeu de main sur le sein gauche pendant que la droite s'attarde de haut en bas sur le ventre de Jain. La bibliothécaire, frémissante, en a la chair de poule. Son cœur bat à tout rompre.

—Votre cœur palpite. Je dois véritablement aller au fond de cette histoire, ne croyez-vous pas?

—Oh oui, j'approuve, dit Jain.

—Je me disais que vous seriez d'accord.

Pendant plusieurs minutes, le médecin poursuit ses caresses en pinçant délicatement la pointe de ses mamelons. Jain contracte fermement ses muscles vaginaux, émoustillée par les sensations étranges fusant d'entre ses cuisses.

—Mon Dieu!

La chaleur qui envahit son entre-jambes humecte la blouse bleue sous ses fesses.

Le docteur Rodelle, satisfaite, se penche vers Jain pour suivre du bout de sa langue la ligne sensible du lobe de l'oreille jusqu'à lui en titiller l'intérieur. Elle goûte ensuite le cou, puis les seins, aspirant délicatement le mamelon droit, le tirant, le taquinant et le suçant à la fois.

Jain, à bout de souffle, ne se plaint pas. Elle est même à mille lieues d'y penser quand, soudain, le médecin se redresse brusquement. Sans lui donner le temps de réagir, le docteur Rodelle déboutonne et retire son propre corsage pour le déposer sur la petite table avant de dégrafer et d'enlever sa jupe. Debout devant Jain, elle la considère en souriant.

—Ça ne vous gêne pas, j'espère, que je me mette un peu à l'aise?

—Oh, non. Vous pouvez même vous en permettre un peu plus, si vous le voulez. Le rose vous va à merveille, mais sentez-vous libre d'enlever tout ce qu'il vous plaira.

—Peut-être plus tard. Maintenant, je dois terminer mon examen. Je vous préviens, je suis très consciencieuse.

—Je... j'espère.

Elle passe une jambe par-dessus le corps de Jain et, malicieuse, s'accroupit sur elle pour reprendre ses caresses raffinées, s'attardant aux zones plus sensibles de la peau soyeuse. Elle s'allonge ensuite sur Jain, ses longues jambes entrelacées aux siennes, et introduit une main entre ses cuisses. Jain est certaine d'une chose : elle va s'évanouir. Elle n'a qu'un léger étourdissement avant de sentir deux doigts lui écarter les lèvres inférieures et caresser cette peau humide et sensible, camouflée à l'intérieur.

Jain respire bruyamment, en essayant de reprendre son souffle.

Le médecin rit tout bas sans arrêter ses attouchements. Au contraire, elle taquine le petit capuchon autour du clitoris, en évitant scrupuleusement d'effleurer l'organe engorgé. Elle s'applique plutôt à distraire Jain en lui mordillant l'oreille et le cou. Puis elle revient vers les seins en les chatouillant de ses dents avant de reprendre le mamelon en bouche pour le suçoter.
—Ah, oui!
—Comme vous approuvez... lui dit-elle en attrapant son sac noir.

Elle l'ouvre d'une main pour en tirer un énorme godemiché mauve. Après l'avoir enduit du fluide corporel de Jain, elle le glisse lentement dans son vagin pour l'insérer, avec douceur, plus profondément. Elle lui fait faire des va-et-vient dans un mouvement rotatif, reprenant les mamelons en bouche.

Jain sent les picotements remonter de ses parties génitales à son estomac, puis s'emparer de tout son corps. La tension lui fait contracter ses muscles abdominaux. Le mouvement du godemiché s'accélère. Ses cuisses se resserrent. Un soubresaut du bassin la fait pratiquement glisser du canapé. Seul le poids de la femme la retient.
—Ouuii, gémit-elle en se cambrant.

***

—Jain! Jain! Tu vas bien? demande une voix.

Elle ouvre les yeux pour se retrouver nez à nez avec une femme. Troublée, elle cligne des yeux plusieurs fois avant de prendre conscience d'où elle se trouve.

—Amy?

—Qui d'autre? Écoute Jain, tu n'as pas l'air bien... je te trouve un peu rouge. Tu gémissais, c'était terrible. Tu devrais peut-être rentrer chez toi.

Jain constate la curiosité des clients qui l'entourent, les yeux braqués sur elle.

—Non, je vais bien. J'ai juste eu... une crampe au pied. C'est tout.

Amy lui lance un drôle de regard sans rien ajouter.

Merde. Jain s'aperçoit de la nécessité d'aller aux toilettes. *Ma culotte n'est peut-être pas aussi mouillée qu'elle le semble.* Elle secoue la tête, dégoûtée, et demande à Amy de surveiller sa place pendant qu'elle s'occupe de certaines choses. Comme les toilettes sont providentiellement libres, elle peut se rafraîchir.

Au retour de Jain, Amy est repartie à son propre bureau. Jain soupire et ramasse une pile de livres pour les trier. Elle maudit à voix basse son associée qui l'a interrompue à l'instant suprême de son magnifique rêve éveillé. Perdue dans ses pensées, elle n'entend personne s'approcher. La voix grave d'une femme la fait sursauter.

—Excusez-moi, madame. Pouvez-vous me dire si vous avez un accès Internet public?

Relevant les yeux, Jain contemple des yeux bleu vert comme elle n'en a jamais vu auparavant. Elle cligne des yeux pour vérifier si ce n'est pas un rêve. Bouche bée devant cette femme qui attend patiemment une réponse, elle la trouve...

Quoi? Elle cherche le mot approprié. *Superbe, oui c'est ça! Elle est superbe! Ses yeux sont sublimes. Et ses cheveux, couleur argent... À couper le souffle! Naturel ou pas, l'effet est réussi.*

—Mmmm... je m'excuse. Que puis-je faire pour vous? Comment puis-je vous être utile?

—Un ordinateur avec accès Internet. En avez-vous?

—Bien sûr. Toutes les bibliothèques en sont équipées. Je vous montre.

—Ce n'est pas nécessaire. Indiquez-moi simplement l'endroit.

—Non, non. C'est mon travail. En plus, je dois entrer le mot de passe. Règlement. De nos jours, les enfants en savent plus sur les ordinateurs que les adultes. Il faut les surveiller pour éviter le piratage ou le téléchargement de virus. Je vais avoir besoin de votre carte de la bibliothèque.

—Je suis désolée, s'excuse la femme. Je n'en ai pas. Je suis nouvelle en ville.

—Oh, ce n'est pas de problème. Nous allons simplement remplir le formulaire pour vous inscrire. Et cela simplifierait tout, si vous aviez des papiers d'identification du gouvernement.

Jain regarde sur la carte de cette dame, son nom et sa photo.

—Vous êtes photogénique, madame Dayes.

—Merci.

Enregistrant les renseignements requis, Jain attend qu'un petit ordinateur recrache la carte en plastique. Elle la récupère, vérifie les renseignements inscrits et tend sa carte à la femme.

—Vous en aurez besoin chaque fois que vous viendrez. Maintenant, suivez-moi que je vous montre la section des ordinateurs. Elle est un peu en retrait pour donner plus d'intimité aux usagers.

Quelques minutes plus tard, dans une petite pièce au fond de la bibliothèque, Jain s'installe à l'un des six bureaux pour allumer l'ordinateur. Apparaît un clavier virtuel où elle inscrit une série de caractères. L'écran plasma s'illumine pour offrir à l'usager un accès instantané à Internet.

—Nous fermons dans trois heures, dit Jain en se retournant vers madame Dayes. Si vous avez besoin d'aide, pressez ce bouton rouge qui enverra un signal silencieux à mon ordinateur.

—Merci. Je ne crois pas en avoir besoin.

—D'accord. Je reviens vous voir plus tard, vérification de routine.

La femme sourit sans rien dire. Après l'avoir saluée nonchalamment, Jain sort de la pièce. Elle ne sait pas encore que cette journée marque le début d'une série de rencontres entre elle et cette femme pour les semaines à venir.

CHAPITRE 12

Tous les jours, Solaria se rend à la bibliothèque, salue gracieusement Jain, puis disparaît dans le local informatique. Jain, curieuse de nature, la surveille de près. Elle aimerait savoir ce qu'elle fait à passer autant d'heures dans cette pièce.

Peut-être une journaliste d'enquête ou un métier dans la même branche. Une femme de son allure travaille sûrement pour un journal important ou encore une chaîne de télévision.

Quand Jain s'efforce de trouver l'historique des fichiers informatiques, elle découvre à sa grande surprise qu'ils ont été effacés. Elle considère encore plus étrange de ne pas parvenir à récupérer les données par les procédures habituelles. Jain, bibliothécaire depuis quinze ans, est une experte en informatique en plus de détenir un diplôme spécialisé. Seule sa trop grande intégrité l'a empêchée de devenir l'un des meilleurs hackers. Pourtant, parfois énervée par sa patronne, elle n'hésite pas à infecter son ordinateur portable. Elle lui transmet surtout des virus qui, sans être dangereux, causent de petits désagréments : un lecteur DVD qui s'ouvre et se ferme de lui-même ou une musique bizarre qui démarre sans prévenir, à plein volume. Pour ce coup-là, elle préfère la chanson-thème d'une vieille série télévisée, *The Twilight Zone*. Elle a adoré les épisodes qu'elle a eu la chance de voir pendant un congrès.

Elle s'installe à l'habituel poste de Solaria pour y inscrire une série de commandes. Elle tape très vite sans voir le temps passer avant que son assistante ne tousse à ses côtés.

—Oh! Désolée, je ne t'ai pas entendue arriver, s'excuse Jain.

—Oui, je l'ai remarqué. Écoute, il est temps de fermer. Veux-tu que je m'occupe du tour d'inspection?

—Si ça ne te dérange pas, merci. Je dois finir cette opération.

—Un problème?

—Non, pas vraiment. Quelqu'un a corrompu certains fichiers, je les nettoie. C'est plus long que difficile à faire.

—D'accord. Je fermerai en sortant.

—Merci, Amy. À demain.

Amy sort en la saluant.

—Bon, où en étais-je? Ah oui...

Jain se remet sur le clavier.

Elle se débrouille bien! En quoi consistent ses activités, si elle prend un tel soin à les garder secrètes?

Deux heures plus tard, Jain cherche toujours à récupérer les données. Elle progresse, mais il lui faudra quand même plusieurs heures, peut-être même des jours avant d'y parvenir. Les yeux fatigués, elle décide d'arrêter pour la journée.

Chaque chose en son temps.

Afin d'éviter d'être prise en flagrant délit par Solaria, Jain introduit un petit virus pour éteindre les fonctions de l'ordinateur. Elle expliquera à Solaria que cet ordinateur, défectueux, doit être réparé. Solaria devra en utiliser un autre. Elle place sur le moniteur une pancarte indiquant « hors d'usage » et rassemble ses choses pour rentrer chez elle.

***

Souriante, Solaria entre à la bibliothèque à l'heure habituelle.

—Bonjour.

Cette salutation donne toujours des frissons dans le dos à Jain. Solaria lui parle d'une voix douce et grave, légèrement rauque, comme si elle sortait tout juste d'un profond sommeil.

Il y a des femmes choyées par la nature, pense Jain en soupirant.

—Vous allez bien? demande Solaria en réponse au soupir de Jain.

—Oui, j'ai quelque chose en tête, c'est tout. Au fait, votre ordinateur préféré est défectueux, vous devrez en prendre un autre.

—Rien de grave, j'espère, répond calmement Solaria.

Jain rit.

—Parlons-nous d'une machine ou d'une personne?

Solaria sourit. Elle se sent des affinités avec les ordinateurs même s'ils n'ont pas de sensation.

—Puisque vous le soulignez... effectivement.

—Je pense que vous avez épuisé le vôtre. Quand je l'ai allumé ce matin, il a eu un hoquet avant de mourir.

—Puisque j'en connais beaucoup sur les ordinateurs, je pourrais y jeter un coup d'œil, offre Solaria pour continuer sa recherche sur le serveur de Future Dynamicon.

Jain fait semblant d'y penser avant de secouer la tête.

—Je dois refuser parce que ma patronne sera sans pitié. Si elle apprend que j'ai laissé quelqu'un de l'extérieur s'en mêler, je perdrai mon travail. Quand je pense que c'est au nom de la sécurité nationale...

—Je comprends. Je ne voudrais pas être la cause de votre renvoi. Je reviendrai demain.

Solaria est consciente de son audace. Pirater leurs serveurs du même endroit depuis plusieurs semaines, commence à être risqué. Elle regrette le peu de temps qu'elle a eu au laboratoire. Il était bien plus simple d'accéder au système de l'intérieur. Puisqu'elle est sur le point d'identifier avec précision où se trouve l'autre humachine, elle ne veut pas perdre de temps à chercher ailleurs pour accéder à Internet. Et puis, sans se l'admettre ouvertement, Jain la fascine par son intelligence, son charme et son sens de l'humour hors du commun. Solaria remarque comment elle taquine ses clients et leur raconte des blagues toujours avec discernement.

—Je suis certaine qu'il sera prêt demain. D'ici là, vous pouvez en utiliser un autre. Vous aurez tout le local puisque c'est une journée calme depuis l'ouverture.

—Merci, mais je peux patienter. Je me suis prise d'affection pour cet ordinateur, dit Solaria.

Elle est agréablement étonnée de voir Jain sourire à sa première tentative d'humour.

—Bien sûr. Je suis vraiment désolée. Je me sens responsable que vous vous soyez déplacée pour rien.

—Ne vous en faites pas, Jain. Ce n'est pas votre faute. Et je ne suis pas venue pour rien puisque j'ai eu la chance de vous parler.

Solaria sourit et lui lance un clin d'œil. Le cœur de Jain s'arrête momentanément de battre.

Mon dieu, si je n'avais qu'une nuit avec elle, j'en mourrais heureuse.

—B... bien... mmm... bonne soirée. À de.... demain, bégaie-t-elle.

—Oui, sans faute.

Jain s'assoit et regarde fixement la porte pendant bien longtemps après le départ de Solaria.

CHAPITRE 13

Jain se prépare pour sa journée avec en tête le clin d'œil et le sourire de Solaria, la veille. En conséquence, elle choisit soigneusement ses vêtements : un corsage vert foncé, un pantalon brun et une veste pour compléter le tableau. Elle s'éloigne du miroir pour vérifier son image, puis sourit.

Je suis grosse, peut-être, mais je sais mettre mes atouts en valeur. Elle bat des cils et tourne sur elle-même en riant. *Ah, si j'étais grande et mince!*

Son sac en main, elle part travailler.

Il est 13 h 28 quand Jain regarde l'heure à la grande horloge de l'entrée.
Encore deux minutes!
Solaria, à l'heure comme à son habitude, s'arrête un instant pour observer les clients assis aux tables ou déambulant dans les allées. Ensuite, elle s'avance vers le bureau de la bibliothécaire et sourit en saluant Jain.
—Bonjour.
—Bonjour, répond Jain en lui rendant son sourire.
—Comment va notre patient?
—Patient? Oh, vous voulez dire l'ordinateur. L'opération est un succès. Il survivra pour vous servir un jour de plus.
—Vous devriez m'accompagner pour vous assurer que je l'épuise prématurément.
—Avec plaisir, dit Jain, ravie de l'invitation.

—Il y en aura sûrement, répond Solaria.

Jain lui jette un coup d'oeil intrigué avant de la devancer vers le local informatique. Solaria la suit de près. Quand elles entrent dans la pièce, Solaria surprend Jain en refermant la porte à clé derrière elle.

—Euh, y a-t-il un problème? demande-t-elle en déglutissant nerveusement.

—Je ne crois pas.

Solaria s'avance et se penche vers elle.

—Vous avez l'air nerveuse. Que redoutez-vous?

—Rien, rien. De quoi devrais-je avoir peur?

—Vous avez peut-être quelque chose à me dire.

—Mmm... Non. Je ne crois pas. Pourquoi une telle idée?

—Je ne me fais pas d'idées, Jain, mais je sais.

Elle s'approche, bloquant le passage pour acculer Jain au mur du fond.

—Il serait plus simple de l'admettre.

—Ad... admettre... Admettre quoi?

Solaria secoue la tête.

—Si vous voulez jouer ce jeu, vous ne me laissez pas d'autres choix que celui de faire les premiers pas.

Solaria passe délicatement ses doigts sur Jain, au niveau de ses seins, avant de glisser sa main sous la veste de la bibliothécaire, la paume contre sa poitrine.

—Votre cœur bat très vite. Êtes-vous inquiète?

—N... non.

—Bien.

Solaria retire sa veste des épaules de Jain, puis déboutonne son corsage en satin pour aussi l'en débarrasser. Penchée sur Jain, Solaria inspire doucement.

—Vous sentez bon.

Jain sent ses genoux trembler. Quand Solaria plaque ses mains sur les hanches de Jain pour la tirer vers elle, la bibliothécaire trébuche et agrippe Solaria par les bras. Jain se retrouve les lèvres captives alors qu'une langue brûlante se fraie un chemin dans sa bouche, taquinant sa propre langue.

Oh mon Dieu! Je vais m'évanouir!

—N'y pense pas! dit Solaria en écho à son émoi. Tu raterais tout le plaisir.

Solaria effleure le cou de Jain de ses lèvres puis, joueuse, mordille la peau douce de sa clavicule. De ses deux mains, elle masse longuement le corps, de la poitrine au ventre pour s'attarder à la taille de Jain, puis glisse sur le ventre chaud, sous la culotte, jusqu'aux poils pubiens.

Dans un mouvement circulaire, ses doigts finissent par s'insinuer dans la moiteur.

Jain se raidit, le souffle court.

—Tu n'aimes pas ça? murmure Solaria, modifiant ses rotations en de longs aller-retour.

—Je... je...

—Tu?

—Ouuiiii.

Satisfaite par sa réaction, Solaria s'agenouille pour descendre le pantalon de la bibliothécaire jusqu'aux genoux. Jain la regarde se lécher les lèvres.

Non! Oui, elle le fait!

—Bonjour Jain.

—Euh? dit Jain, regardant la vieille dame devant elle. Euh... madame Robinson...

—Tout va bien, ma chère? Vous êtes un peu rouge.

Merde! Pourquoi tout le monde m'interrompt-il au meilleur moment?

—Je vais bien, madame Robinson. Que puis-je faire pour vous?

—Je retourne mes livres en ayant dépassé la date limite.

—Il n'y a aucun problème. Je vous remercie.

—Et les frais de retard?

—Oubliez-les. Puisque personne n'en a eu besoin, la bibliothèque n'a rien perdu.

—Je vous remercie Jain, maintenant je dois filer parce que ma petite-fille m'attend.

—Bonne journée.

Jain fait signe à Amy de prendre sa place à l'accueil et elle se précipite aux toilettes.

Je dois réellement trouver un nouveau passe-temps. Ces rêves éveillés m'épuisent.

Après s'être rafraîchie, Jain se dirige vers le local informatique. Elle est très vite complètement absorbée dans ses tentatives pour retracer l'historique effacé. Deux heures plus tard, elle fixe l'écran, le regard braqué sur l'entrée au site de sécurité de Future Dynamicon. Quelque peu perplexe, elle ne sait plus quoi faire.

Pourquoi Future Dynamicon?

Dans un moteur de recherche, elle inscrit le nom de l'entreprise. Des milliers de pages de sites Internet s'affichent. Parmi les articles les plus récents, elle trouve des communiqués de presse sur leurs dons. En plus de soutenir des pays du tiers monde, ils ont contribué à certains programmes de charité.

Hummpph... de la propagande! Je connais cette société. Il y a une raison non avouée qui se cache derrière. Tout le monde est au courant de la corruption parmi les dirigeants et de leur cupidité.

À la lecture de plusieurs articles, elle tombe sur un communiqué de presse faisant part du suicide du docteur Carley Branson. Elle l'avait rencontrée pendant ses années universitaires. Curieuse d'en apprendre un peu plus sur sa vie, elle recherche le nom du docteur sur Internet. Après avoir lu des documents sur sa biographie et ses réalisations, elle secoue la tête, songeuse.

Elle n'a pas le profil d'une suicidaire; ceux qui la connaissaient sont unanimes là-dessus.

Sur un site aux textes particulièrement virulents, les auteurs accusent Future Dynamicon du meurtre de la scientifique. Selon leurs déclarations, le docteur Branson aurait été tuée après avoir fait la découverte de l'utilisation d'humains artificiels pour les opérations spéciales de la société.

Un peu trop science-fiction pour moi... Des humains artificiels! Je ne vois pas comment, même Future Dynamicon, aurait pu garder un tel secret.

103

Malgré le génie du docteur Branson en matière d'intelligence artificielle, il faudrait encore des dizaines d'années avant que les ordinateurs raisonnent d'eux-mêmes.

Elle hoche la tête et retourne à la page de sécurité de Future Dynamicon.

Ça n'explique toujours rien... À moins que Solaria ne travaille ou n'ait travaillé pour eux, elle ne devrait pas avoir accès à ce site camouflé dans leur réseau.

S'affiche soudain à l'écran, une série de symboles clignotants ressemblant à une réaction à l'intrusion.

Merde!

Jain comprend qu'on tente de la retracer. Elle éteint l'ordinateur d'un coup sec sur l'interrupteur. Son pouls bat à un rythme effréné. Elle inspire profondément pour se calmer. La bibliothécaire n'est pas assez naïve pour croire qu'ils n'ont pas déjà repéré son infiltration à partir de la bibliothèque.

Je dois me débarrasser de tout ça. Sans connaître leur lien avec Solaria, elle peut quand même en déduire qu'elle n'a pas leur permission.

Elle dévisse le panneau de côté, déconnecte la nappe IDE, détache le petit disque dur et le retire. Elle le glisse dans sa poche, puis prend le disque dur de la machine d'à côté pour l'installer dans le premier ordinateur. Elle sort ensuite des produits d'un tiroir et essuie tout ce qu'elle a touché à l'intérieur de la machine avant de refermer le panneau. Elle nettoie aussi impeccablement le dessus de la table, puis rallume l'ordinateur. Le démarrage exécuté avec succès lui indique le bon fonctionnement de l'ensemble. L'horloge sur le mur indique 15 h 39.

Hmmm... dans moins de deux heures, la bibliothèque sera fermée. Même eux n'arriveront pas sur place aussi vite. Il faut installer des gens à cette machine sinon ils se méfieront d'une trop grande propreté. Jain rit tout haut. *J'ai regardé trop de films d'espionnage.*

***

Amy, assise au bureau d'accueil, est en pleine discussion avec une femme accompagnée de trois enfants, dont deux adolescents.

—Je suis désolée, mais seulement un enfant à la fois dans la pièce, dit Amy à la dame contrariée.

—Mais notre accès Internet ne fonctionne pas et ils doivent terminer leurs devoirs ce soir.

—Je ne peux faire aucune exception. Ce sont les règlements.

—Y a-t-il un problème, Amy? demande Jain en s'approchant du groupe.

—Non, j'expliquais simplement les consignes pour le local informatique : un mineur à la fois dans la pièce.

—C'est exact, dit Jain en se tournant vers la famille, mais je peux faire une exception. Il semble que ce soit important.

—Oh, merci! s'exclame la mère reconnaissante.

Jain sourit en les guidant vers la pièce. Elle leur pointe l'ordinateur du fond.

—Vous pouvez, toi et ensuite ton frère, utiliser celui-ci. Vous devrez, par contre, avoir terminé d'ici 17 h.

La famille, reconnaissante, se regroupe autour de la jeune fille pour lui faire des suggestions sur les sites où trouver les renseignements nécessaires. Jain, fière d'elle, quitte la pièce, rassurée sur le nombre de personnes qui toucheront le clavier virtuel du comptoir pour terminer plus rapidement le devoir des enfants. Demain matin, elle enverra Amy vérifier le système. Cela devrait ajouter suffisamment d'empreintes.

CHAPITRE 14

Le lendemain matin, à 11 h 3, cinq hommes en uniforme noir entrent dans la bibliothèque. L'équipe se déploie dans différentes directions. Chaque homme porte un miniécouteur à l'oreille et des lunettes aux verres teintés.

Jain s'amuse à les observer, même si elle conserve une expression neutre.

Les gars, vous avez trop regardé la télévision, pense-t-elle. Elle a un sourire ironique en coin quand un petit homme trapu s'approche d'elle. Il lui fait brièvement voir sa carte d'identité marquée d'un insigne doré avant de la remettre dans sa poche.

—Nous sommes de la Sécurité intérieure. Nous devons inspecter vos ordinateurs et vos dossiers.

—Bien sûr, répond courtoisement Jain. Seulement, il faudra me remontrer votre carte d'identité de façon à ce que je puisse la lire.

—M'dame...

—Pas de M'dame qui tient... Je ne vous connais pas, vous pourriez être n'importe qui, et cette chose pourrait être une fausse. Avant que je ne puisse réellement voir votre carte pour vérifier votre légitimité, vous n'aurez accès à rien. Si vous êtes vraiment de la Sécurité intérieure, vous connaissez les règlements.

L'homme grimace avant de représenter sa carte d'identité du gouvernement à Jain.

—Parfait, maintenant, attendez ici. Je vérifie si j'ai l'autorisation.

—Ce n'est pas nécessaire sous l'article 2-27...

—Je vérifie... Je ne vais pas perdre mon emploi pour avoir omis de demander une confirmation de votre identité.

L'agent soupire, consterné, et accepte d'un signe de tête, à contrecoeur.

Jain appelle rapidement sa patronne pour lui expliquer la situation. Après avoir reçu l'autorisation, elle raccroche et sourit.

—D'accord, alors que puis-je faire pour vous?

—Je dois voir vos fichiers, vérifier vos ordinateurs et questionner les employés.

—Aucun problème. Le local informatique est à gauche au fond de la pièce. Vous pouvez utiliser l'ordinateur d'Amy pour accéder aux renseignements. Elle et moi sommes actuellement les seules employées à temps plein. À cause des compressions... Cherchez-vous quelque chose en particulier?

—C'est une question de sécurité nationale.

—Impressionnant! Vous avez l'air sérieux. Dois-je m'inquiéter? Quelqu'un de dangereux fréquente peut-être l'endroit?

—Je ne peux vous dire, M'dame.

En se tournant vers un de ces hommes, il indique le local informatique et signale à un second de s'occuper de l'ordinateur d'Amy. Le premier homme disparaît dans le couloir et le deuxième s'assoit au bureau de l'assistante pour taper au clavier. Les deux autres rôdent dans la pièce principale, à l'affût de ce qui leur paraîtrait suspect.

—De combien de temps aurez-vous besoin?

—Aussi longtemps qu'il faudra.

—Alors, je devrais fermer l'endroit jusqu'à ce que vous ayez terminé. De toute façon, vous risquez de faire fuir les clients.

Sans réponse de l'agent, Jain hausse les épaules et écrit une note mentionnant la fermeture temporaire de la bibliothèque. Un rouleau de ruban adhésif transparent en main, elle sort coller son mot sur la porte. Au moment où elle s'apprête à rentrer, Solaria s'approche. Elle la salue de loin, puis lui indique d'un geste de la main de s'arrêter. Devant le signal inhabituel de Jain, Solaria s'immobilise sans savoir quoi faire.

Quand la bibliothécaire secoue légèrement la tête et renvoie sa main en lui indiquant de partir, Solaria comprend qu'il y a un problème. Elle lui fait un très léger signe de tête avant de tourner les talons et s'éloigner.

Ouf! Ça y était presque!
—Qui est-ce? lui demande l'agent, s'avançant vers elle quand elle repasse les portes de l'immeuble.
—La sœur de mon voisin, répond calmement Jain. Nous devions dîner ensemble, mais je ne pourrai visiblement pas. Maintenant, vous pouvez me dire comment je peux vous aider à terminer au plus vite.
—Avez-vous remarqué des activités inhabituelles ou des gens au comportement suspect, ces dernières semaines?
—Suspect? C'est une bibliothèque. Les avancées de la technologie ont pris une telle place dans nos vies que les gens considèrent généralement suspects ou vieux jeu tous ceux qui pénètrent dans une bibliothèque. Peu d'individus semblent encore apprécier la lecture d'un livre, dit Jain un peu amère.

L'agent grogne sans se prononcer et prend des notes dans un petit calepin.
—Nos renseignements indiquent que vous travaillez ici depuis plus de 10 ans. C'est bien ça?
—Écoutez, agent... excusez-moi, mais quel est votre nom? Je l'ai déjà oublié.
—Foster.
—Foster. Bon, agent Foster, nous savons tous deux que le département de la Sécurité intérieure détient probablement tous les renseignements à mon sujet, incluant la marque de mon dentifrice. Est-ce vraiment nécessaire de me faire perdre mon temps et le vôtre à chercher des confirmations sur ce que vous savez déjà?

L'agent Foster, secrètement tout à fait d'accord, ne veut pourtant pas qu'elle s'en tire si facilement. D'après leurs dossiers, la vie de Jain Plaine est très ordinaire, voire ennuyeuse.

—Je devrais peut-être questionner votre assistante. Si vous pensez à autre chose, faites-moi signe, d'accord?

—Bien sûr, je ne voudrais pas compromettre la sécurité nationale.

Foster choisit d'ignorer le sarcasme.

Amy, nerveuse, regarde l'agent fédéral s'approcher d'elle. Elle a toujours été terrifiée par le gouvernement. Elle savait qu'ils découvriraient éventuellement le bonus de Noël de cent cinquante dollars, non déclarés dans ses impôts.

—C'était une erreur sans mauvaises intentions! s'écrit-elle, essuyant ses mains moites sur sa veste.

L'agent Foster fronce les sourcils.

—De quelle erreur s'agit-il? répond-il froidement, persuadé de tenir une piste.

—Les cent cinquante dollars! Je n'y ai plus pensé avant de l'envoyer. Ensuite, j'ai voulu faire un rapport pour corriger l'erreur, mais trop occupée par un nouvel arrivage de livres, j'ai oublié de le faire. Quand je m'en suis souvenue, il était...

—M'dame, pouvez-vous me dire de quoi vous parlez au juste?

—Mon 1040EZ.

—Votre 1040... Votre déclaration de revenus?

Amy déglutit, la bouche soudainement très sèche.

—Hum? N'est-ce pas la raison de votre présence?

Seigneur Jésus! Foster n'en revient pas.

—Vous pensez vraiment que le gouvernement enverrait cinq agents pour discuter d'une fraude fiscale de cent cinquante dollars?

—Bien...

—Écoutez, nous sommes de la Sécurité nationale, pas de l'IRS. En ce qui me concerne, je ne connais rien de votre statut fiscal, mais je vous suggère de vous mettre en règle aussi vite que possible. Je suis ici pour vérifier s'il y a eu, dernièrement, des activités inhabituelles ou des gens hors de l'ordinaire.

—Oh! Oh! s'exclame Amy, vraiment soulagée. Et bien, il y avait cette famille, hier soir.

—Quelle famille?

—Celle avec des enfants. Ils sont arrivés tard pour utiliser nos ordinateurs. Je ne comprends pas pourquoi les enfants font leurs devoirs à la dernière minute. C'est-à-dire que tous les enfants n'auraient pas fait la même chose... à moins d'être lents... si vous voyez ce que je veux dire.

—Des devoirs scolaires? Est-ce qu'ils ont fait ou dit quelque chose de suspect?

—Ce n'est pas assez? Quelle famille de nos jours ne possède qu'un seul ordinateur? Je trouve ça difficile à avaler.

Foster, coincé dans cette discussion sans issue, décide de changer de tactique.

—Et madame Plaine? A-t-elle des amis ou des intérêts louches?

—Jain? Bon sang, non! Ouais, à l'exception de certaines particularités.

—Comme quoi?

Amy regarde autour d'elle pour s'assurer que Jain est trop loin pour l'entendre. Elle se rapproche de l'agent et baisse la voix.

—Elle est un peu bizarre, parfois.

—Bizarre, comment?

—Et bien, elle vit dans son petit monde. C'est-à-dire qu'une minute, elle est normale comme vous et moi et la suivante, son esprit divague et elle commence à faire des bruits étranges, des gémissements ou des plaintes, comme si elle souffrait... C'est très déconcertant, croyez-moi.

—Je peux le croire, répond Foster, exaspéré.

—On ne peut jamais savoir si elle est vraiment là ou pas, par contre elle est compétente en tant que superviseur. Personnellement, je crois qu'elle fait partie de leur groupe.

—Leur groupe?

—Vous savez... une lesbienne, mais ça ne me gêne pas. Je me souviens, il y a un certain temps, un jeune homme a travaillé ici, plusieurs semaines. Il bavardait avec les vieilles femmes comme vous ne pouvez pas l'imaginer. Un jour, il ne s'est pas pointé au travail. La semaine suivante, nous avons su par le bulletin de nouvelles qu'après avoir marié une vieille veuve riche, il avait déménagé à Monaco. Cet endroit attire des gens bizarres, vous savez. Heureusement que ça ne m'a pas affectée... vous comprenez ce que je veux dire?

—Je vois exactement ce que vous voulez dire.

Il rempoche son calepin et décide de partir. Les bibliothécaires sont un peu trop spéciales pour lui.

—Si vous voulez m'excuser, je dois voir mon équipe.

Sans attendre de réponse, il se retourne et se précipite vers le local informatique. Il espère que les autres agents achèvent pour revenir au bureau et en finir avec son rapport. Il ne lui prendra pas de temps puisqu'il n'y a pas grand-chose à dire d'une folle et d'une vieille femme ennuyeuse. Une heure plus tard, l'équipe est sortie sans rien ajouter. Après leur départ, Jain vérifie le local informatique pour découvrir que tous les disques durs ont été retirés des ordinateurs.

—Les salauds! murmure-t-elle. La patronne n'aimera pas ça, mais au moins, elle aura le pouvoir de faire pression sur quelqu'un dans leur département. J'espère qu'ils n'ont pas endommagé mes fichiers.

Elle vérifie l'ordinateur d'Amy. En utilisant un logiciel de sauvegarde, elle remarque qu'il y a eu une copie des données faite récemment.

Comme si j'étais assez stupide pour laisser quiconque fouiller dans mes dossiers! Une surprise vous attend quand vous allez télécharger votre copie.

Jain ricane. Elle voudrait être une petite souris dans l'agence. Sans le bon code de sauvegarde, les fichiers téléchargés installeront immédiatement un virus qui, en brouillant le BIO du nouvel ordinateur, le rendra inopérationnel. Jain a créé cette petite surprise pour empêcher les pirates ou le personnel non autorisé d'obtenir des renseignements privés sur les clients. Jain croit au respect des droits à la vie privée, peu importe les lois du Congrès pour aider la Sécurité intérieure.

Puisque la journée est presque terminée, je préfère fermer boutique pour aujourd'hui. Je dirai à la patronne que ces brutes ont effrayé la clientèle. Elle s'organisera avec les conséquences.

CHAPITRE 15

Alors que Jain referme la porte à clé, elle se retourne brusquement, la main serrée contre son cœur. Elle a l'impression d'avoir senti une présence. Elle est surprise de voir Solaria.

—Que faites-vous ici? dit-elle d'une voix étranglée.

—Je viens vous remercier.

—De quoi?

—De m'avoir prévenue pour la visite de ces hommes. C'est bien ce que vous avez fait?

—Euh, oui.

—Pourquoi?

Jain regarde autour d'elle avec nervosité avant d'entraîner Solaria plus loin, vers la voiture stationnée à l'arrière de l'immeuble.

—En bref, je n'aime pas les foutaises du gouvernement. Même s'ils ont légalement le droit de vérifier nos dossiers, je trouve que c'est un abus de pouvoir.

—Mais pourquoi m'avoir prévenue?

Jain invite Solaria à monter dans sa voiture en ouvrant la portière.

—Pourquoi vous intéressez-vous autant à Future Dynamicon? C'est pour ça qu'ils sont venus. La sécurité nationale n'était qu'un prétexte.

Solaria est impressionnée par la découverte de Jain sur ses activités.

—Vous avez identifié ce que je faisais? Vous êtes sûrement douée en informatique.

Jain rougit sans savoir si cette réaction vient du compliment ou d'avoir été prise en flagrant délit de curiosité.

—J'en connais un peu.

—C'est-à-dire, beaucoup. Je me demande à quel point.

—Assez pour savoir que vous avez piraté le système de sécurité de Future Dynamicon et qu'il y a un lien avec le docteur Branson. Je suis, à regret, probablement la cause de cette visite des hommes de main. Parce que je suis restée connectée trop longtemps au réseau, un anti-logiciel espion m'a détectée.

—Moi qui commençais à croire à une erreur, même improbable, de mon côté.

Pas possible! Tu ne te prends pas pour n'importe qui! pense Jain.

—Eh bien non, c'était malheureusement ma gaffe.

—Mais je suis fautive, quand même, puisque vous avez découvert mes recherches.

—Ça m'a pris du temps.

Jain ne veut pas que Solaria se sente incompétente. Il lui a fallu déployer tous ses talents pour parvenir à ses fins. Si elle avait démontré autant de détermination pour camoufler sa présence, son intrusion sur le site de Future Dynamicon n'aurait jamais été détectée.

—Écoutez, je suis consciente de ma responsabilité dans leur piste les conduisant jusqu'à la bibliothèque. Puis-je faire quelque chose pour me racheter?

—Vous avez déjà fait beaucoup. M'avertir de leur présence m'a évité la capture. Ils ont peut-être le disque dur, mais ils ne pourront pas y apprendre grand-chose.

—En fait, ils ne l'ont pas. Je l'ai enlevé et remplacé, hier. En plus, j'ai méticuleusement nettoyé le clavier : aucune empreinte digitale ou trace d'ADN.

Solaria sourit de la minutie de Jain.

—Cette propreté doit leur avoir semblé un peu étrange.

—Absolument pas parce qu'hier soir, une famille a utilisé l'ordinateur. Ils ont laissé suffisamment d'empreintes et de tâches pour les occuper. Je ne regarde pas les films d'espionnage pour rien.

Jain rit.

—Merci. Je vous en dois une. Avez-vous besoin de quoi que ce soit?

Jain freine très vite son imagination enflammée.

—En fait oui, il y aurait quelque chose. Voudriez-vous manger avec moi?

—Manger?

—Oui, manger, j'ai faim et je vous invite.

—Non, c'est moi qui vous invite. Ça me fera plaisir, sans compter que c'est la moindre des choses. Préférez-vous un endroit en particulier?

Jain hoche la tête et démarre. Trente minutes plus tard, les deux femmes sont installées dans un des box d'un petit restaurant japonais à l'éclairage tamisé. Après leur commande, comme elles ne savent pas par où commencer, un silence s'installe. Finalement, Jain s'éclaircit la voix pour interroger Solaria sur ce qui la tracasse depuis ses découvertes.

—Pourquoi Future Dynamicon? Toute personne sensée connaît la réputation inquiétante de Future Dynamicon, même infernale, d'après mes recherches sur le directeur général des dernières années. Probablement un disciple fanatique de Jésus qui cache bien son jeu.

—Disciple fanatique de Jésus?

—Oui, vous savez... un extrémiste. Le genre persuadé que Dieu l'a choisi pour sauver l'humanité.

—Sur quoi vous basez-vous pour faire une telle affirmation?

—D'abord, l'université où il a étudié a été fondée au début du millénaire pour promouvoir les idées extrémistes conservatrices. Leur slogan pour justifier ce désir de mouler la société à leurs idéaux : valeurs morales. Leur fanatisme n'a heureusement pas eu l'effet escompté, au contraire... Les gens se sont révoltés, exaspérés par ces dirigeants qui manipulaient l'opinion publique au nom de leurs valeurs. Les politiciens ont dû prescrire des lois garantissant la liberté individuelle, maintenant acquise. Il faudrait plutôt légiférer sur les esprits.

—N'est-ce pas ce que vous venez de décrire? Et ces groupes vivent-ils dans la clandestinité, aujourd'hui?

—Oui, sous le couvert de l'éducation supérieure, ils construisent toujours des universités pour former les jeunes esprits ou, plus précisément, les endoctriner. Winston Stalling est l'un des plus brillants diplômés de sa promotion.

—Comment a-t-il fait pour arriver à une si haute position chez Future Dynamicon, si les gens n'approuvent pas les idéaux véhiculés dans sa formation?

Jain hausse les épaules.

—Je l'ai déjà dit... c'est un fanatique extrêmement discret. Il a su garder le secret sur ce côté de lui, c'est-à-dire qu'il la joue en sourdine. Malgré tout, beaucoup ont exprimé leurs soupçons. Parmi ceux-là, plusieurs ont finalement retiré leurs accusations, d'autres ont disparu. Bref, malgré les preuves à son sujet, il est virtuellement intouchable.

—Personne n'est intouchable, surtout pas lui. Tant qu'il croit l'être, par contre, il sera plus facile à faire tomber.

—C'est en lien avec le docteur Branson?

Solaria est surprise à son tour, rien ne l'a préparé à répondre à cette question parmi toutes ses données enregistrées.

—Vous avez un sens aigu de la déduction! Cette conclusion vous est-elle venue simplement d'après mes activités sur Internet?

Jain regarde son napperon et le déchire en petits morceaux.

—Non. Puisque par le passé, je voulais être scientifique, j'ai étudié à l'université en sciences informatiques. Le docteur Branson a été conférencière invitée alors que j'en étais à mes dernières années. Sa passion quand elle parlait de la création du parfait cerveau artificiel m'a fait croire qu'elle y arriverait.

Jain soupire en relevant la tête pour sonder le regard renversant de Solaria. Elle n'a jamais vu une telle couleur.

—Je me trompe?

Solaria cligne intentionnellement des yeux plusieurs fois avant de secouer la tête.

—Voulez-vous une réponse ou me posez-vous une question rhétorique?

—J'aimerais une réponse.

Solaria tente en vain de trouver une raison de mentir à Jain. Si elle avait perçu la moindre menace venant de la bibliothécaire, elle ne le lui aurait pas avoué. Pour corriger sa faiblesse de toujours répondre aux questions, elle assigne à l'un de ses nanoprocesseurs la tâche de créer un programme adapté à ce genre de situation.

—Bon, vous êtes plus près de la vérité que vous ne le croyez. Carley, une grande amie à moi, était une femme surprenante qui ne méritait pas de mourir.

—Le rapport parle d'un suicide.

—Oui, c'est vrai, mais elle n'a pas eu le choix.

—Quelqu'un l'a forcée à se tuer?

Solaria acquiesce.

—Stalling?

—Je suis certaine qu'il y a grandement participé. Quand j'aurai des preuves...

Elle ne termine pas sa phrase.

—Allez-vous attaquer Future Dynamicon?

—Je vais tenir une promesse faite à une amie, rien de plus.

—Puisque je n'ai jamais apprécié cette entreprise, je vous propose d'être votre assistante.

—Désolée Jain, ça ne vous concerne pas. Vous en avez déjà fait assez, même si j'apprécie l'offre.

—Je devrais reformuler. Je tiens à vous aider.

Avant que Solaria ne fasse objection, elle l'arrête d'un geste de la main.

—Écoutez! Il sera sûrement plus rentable d'utiliser votre temps à enquêter sur leurs projets et tout ce qui les concerne. D'ailleurs, vous ne pouvez plus vous présenter à la bibliothèque parce que, même sans indices, la Sécurité nationale surveillera l'endroit. Je serai à l'abri de tout soupçon puisque j'y travaille. Vous me dirigerez pour faire les recherches nécessaires. Cette fois, je saurai être plus discrète. Ils n'y verront que du feu.

Solaria n'aime pas placer Jain dans une situation dangereuse. Elle a déjà perdu Carley. Jain défend bien sa cause, mais il ne faut pas sous-estimer Future Dynamicon. Ils vont mettre la bibliothèque, et même plusieurs autres, sous surveillance pendant un certain temps. Solaria ne peut se permettre d'attirer l'attention. Pendant que Jain l'aidera à trouver le siège des opérations spéciales, elle pourra planifier son attaque envers Stalling et ses sbires. Elle doit reconnaître le côté logique de la proposition de Jain.

—Comprenez-vous les dangers que vous encourrez?

Amusée par la question, Jain la dévisage en souriant.

—Ça me changera de ma vie ennuyeuse.

—Si vous êtes persuadée de ce que vous voulez... Par contre, vous devez me promettre de ne pas vous jeter dans la gueule du loup.

—Vous voulez dire, autre que faire du piratage industriel chez l'un des conglomérats les plus puissants au monde? Ne vous inquiétez pas, je saurai me faufiler entre les mailles de leurs filets.

—Bien.

Avant qu'elle puisse répondre, le serveur s'approche avec leurs assiettes.

—Nous pourrions discuter des détails plus tard, dit Jain.

Elle ne veut pas pousser la discussion plus loin en public. Future Dynamicon a des espions partout puisque l'appât du gain est toujours un très bon argument pour la vente de renseignements.

Pendant le repas, Jain raconte à Solaria ses histoires de jeunesse et ses aventures universitaires. Pour l'instant, elle trouve préférable de parler d'elle. Jain en apprendra davantage sur sa compagne de table, en temps et lieu.

CHAPITRE 16

Stalling est hors de lui parce que sa création à la fine pointe de la technologie a disparu sans laisser de trace. Son évasion reste un mystère.

—Foutue bonne femme! Il jure au souvenir du docteur Branson. Comment est-ce possible de sortir d'ici un robot de taille humaine sans se faire remarquer?

—Ce n'est pas un robot, monsieur Stalling, répond Finton en se massant nerveusement la nuque.

Dans un mouvement de colère, Stalling se retourne vers lui.

—Je sais très bien de quoi il s'agit!

—Je m'excuse. De toute façon, d'après moi, l'humachine est quelque part sur le site. Il est impossible de sortir sans passer par un poste de contrôle.

—Alors, où est-elle? Tu m'as dit avoir cherché partout et ça fait plus d'un mois, maintenant.

—Nous cherchons toujours, mais c'est un immense complexe avec plus de quatre-vingts kilomètres de passages souterrains entre les bâtiments, sans oublier l'hébergement des unités d'opérations spéciales. Si quelqu'un l'a déplacée par là, il nous faudra encore des semaines pour fouiller dans tous les coins et recoins.

—Merde! Et bien, continue à regarder. Des nouvelles sur la brèche de sécurité du réseau?

—Non, un pirate essayait probablement de paralyser le système. Nous faisons constamment face à ce genre d'attaque.

—Peut-être, personne n'a été aussi loin. Si les anti-logiciels espions ne l'avaient pas repéré à la deuxième porte du mot de passe, où se serait-il arrêté?

—La preuve du fonctionnement efficace de notre système. Comme je disais, nous avons arrêté le pirate avant qu'il y arrive.

—Pour cette fois-ci...

—J'ai demandé à la sécurité d'installer de nouveaux pare-feu. Il n'y a pas lieu de s'inquiéter.

—Et à la bibliothèque?

—Rien. Le pirate doit avoir créé une fausse adresse IP pour nous perdre.

—Je ne prends pas de risque. Garde la bibliothèque sous surveillance jusqu'à nouvel ordre. Et pour rester vigilant, envoie des unités aux autres bibliothèques de la région. Je veux des photos de tous ceux qui entrent et sortent de là.

—Ça va coûter cher.

—Je me fous du prix. Fais-le, c'est tout!

—D'accord.

Après le départ de Finton, Stalling appuie sur les touches interphone de son téléphone.

—Oui, monsieur Stalling, répond une voix féminine.

—Cora, mettez-moi en communication avec Joe Crawford.

—Oui, monsieur.

Quelques minutes plus tard, la secrétaire le prévient que monsieur Crawford est sur la ligne un.

—Joe, comment va notre invitée? Vous l'avez mise à l'aise?

—Oui, monsieur Stalling. Nous l'avons interceptée avant qu'elle n'arrive à l'aéroport après avoir quitté l'université. Elle est sous surveillance à l'hôtel, comme vous nous l'aviez demandé.

—A-t-elle fait des difficultés?

—Pas vraiment. Avec les renseignements de notre informateur, nous avons pu la convaincre que son père, prévenu d'une possibilité d'enlèvement de sa fille, avait autorisé l'opération. Ça ne lui a pas plu. Nous ne pourrons pas lui cacher la vérité très longtemps parce qu'elle est intelligente.

—Que ça lui plaise ou pas ne compte pas. Tant qu'elle n'entrera pas en contact avec son père, elle ne nous causera pas d'ennuis. Le cheik sera beaucoup plus coopératif pendant que nous détenons sa petite fille.

—Oui, monsieur.

—Comment fonctionne la version bêta?

—Tout va bien, pour l'instant. Même si elle a un comportement bizarre, elle accomplit son travail. Apparemment, la fille la trouve un peu étrange, mais elles s'entendent bien si je me fie aux notes dans le rapport. Betta s'est présentée comme sa garde du corps.

—Betta? Très très original. Tenez-moi au courant.

—Oui, monsieur.

Stalling raccroche le téléphone et sourit satisfait. Au moins, certains éléments fonctionnent selon ses désirs. Il espère maintenant retrouver l'humachine.

Finton a probablement raison au sujet de la sécurité. Personne n'aurait pu passer discrètement avec quelque chose d'aussi grand. Il s'agit simplement d'un léger contretemps par rapport aux progrès observés.

Stalling n'a jamais pris conscience qu'il a réussi grâce au dévouement de ses loyaux disciples. Dans son esprit, son dur labeur soutenu par la main de Dieu l'a conduit jusqu'ici.

Il se calme, apaisé que l'essentiel de son projet évolue selon l'échéancier fixé. Quand le cheik a accepté l'offre de Future Dynamicon d'acheter les droits de pétrole sur son territoire, Stalling a pu contrôler les prix à l'échelle de la planète. Les réserves d'essence se sont considérablement réduites depuis la forte demande en Chine et au Brésil, augmentant leurs chiffres de production et d'exportation. Le prix de l'essence a atteint son plus haut taux à cinq cents dollars américains le baril. Même si la plupart des véhicules modernes et les centrales électriques ne fonctionnent plus à partir du combustible fossile, les peuples du Tiers monde en consomment autant que de l'eau.

Stalling sait qu'il ne lui sera pas facile de démarrer une révolution religieuse au pays, mais s'il convertit les les nations les moins riches en leur fournissant suffisamment de pétrole pour élever leur niveau économique au-dessus du seuil de la pauvreté, ils le percevront comme un sauveur. Quand il aura gagné leur confiance, il pourra raffermir ses positions en Afrique, en Asie du Sud-Ouest et dans certains pays d'Amérique du Sud. Alors, plus rien ne l'arrêtera. Il imposera des sanctions économiques aux pays occidentaux pour les faire plier. Ensuite, il utilisera ce pouvoir que Dieu lui accorde pour sauver l'humanité du danger imminent de la damnation. Les perversions de l'homosexualité et des fausses religions ne seront plus tolérées. La persuasion chimique purifiera ceux qui ne verront pas la lumière d'eux-mêmes. Plusieurs drogues psychotropes créées par Phillips pourront aider à la propagation du message divin dans les cas plus difficiles.

Stalling, si près du but, savoure pratiquement sa victoire après près de trente ans d'efforts. Il pivote sur sa chaise pour contempler la vue des montagnes de sa fenêtre.

Là, j'aurai peut-être un jour une statue à mon effigie pour rappeler à tous mes sacrifices dans le but de sauver l'humanité. Elle leur inspirera le dépassement de soi.

Stalling est fier de lui.

CHAPITRE 17

Assise sans bouger, Betta regarde Reina faire les cent pas. Ses cheveux rasés teints en blanc, un contraste avec les racines noires, et son air punk avec ses jeans bleu délavé déchirés aux genoux expriment la révolte de la fille du cheik contre sa propre culture. D'après les lectures et les observations de Betta, ce comportement est une réaction humaine logique, considérée normale.

—Pourquoi gaspillez-vous votre énergie? Betta parle d'une voix basse et monocorde.

—Je m'ennuie! s'exclame la jeune femme en levant les mains au ciel. Combien de temps dois-je rester ici?

—D'ici à ce qu'il soit sécuritaire de retourner chez vous.

—Tu n'arrêtes pas de me dire ça. Qui es-tu? Une sorte de guerrière nommée Helga?

Reina adore utiliser cette phrase pour provoquer les gens. Quand cette femme et trois hommes l'ont arrêtée à l'aéroport, elle ne savait qu'en penser. Elle s'est détendue en les entendant l'appeler princesse Reina. Aux États-Unis, elle est connue sous le nom de Joanie, identité prise pour son inscription à l'université. À l'exception de son père et de hauts fonctionnaires de confiance, personne ne connaît son identité réelle ni où elle ne se trouve. Joanie préfère que les choses soient ainsi.

—Je m'appelle Betta et vous le savez, dit la femme à la voix inexpressive.

En roulant des yeux, Joanie soupire.

—Tu es impossible. Écoute, je veux rentrer à la maison. Mon père peut me protéger puisqu'il est riche et puissant. Je n'ai pas besoin de garde du corps.

—S'il peut vous protéger, comment se fait-il que vous soyez ici?

—Je suis ici parce que tu m'y as conduite et que tu m'empêches d'entrer en contact avec mon père. Ne le prends pas mal... tu as été très gentille dans tout ça, mais je m'ennuie.

—L'ennui est un état d'esprit qui n'est d'aucun danger. Vous êtes plus en sécurité ici. Votre père ne pouvait vous protéger adéquatement. Mes employeurs, conscients du problème, vous ont mise à l'abri de tout danger parce que la sécurité de votre père ne suffisait pas.

—Alors pourquoi tes employeurs, quels qu'ils soient, ne me ramènent-ils pas simplement à la maison pour lui offrir leurs services?

—Je n'ai pas de réponse à cette question. Je ne suis pas en mesure de discuter des ordres. Ma tâche est de vous protéger d'ici à ce qu'ils jugent sécuritaire de vous rendre à votre père.

—Je crois que c'est n'importe quoi! Je suis fatiguée d'être enfermée! Il est temps de sortir d'ici! Je veux faire quelque chose d'excitant.

—Nous pouvons aller dehors si vous voulez, offre Betta.

—Je ne veux pas juste être dehors, je veux partir à l'aventure... Traverser la toundra sur un grand rhinocéros blanc, par exemple. Là, ce serait chouette.

—Les grands rhinocéros blancs ne vivent pas dans les toundras. Il y ferait trop froid pour eux. Je pourrais même ajouter qu'ils risqueraient...

—Betta! C'est juste une métaphore! Détends-toi un peu!

Exaspérée, Joanie tourne en rond sur elle-même à s'en étourdir.

—Tu ne veux pas parfois sortir de ta sinistre coquille pour t'amuser?

—Non.

—Je m'imagine! Es-tu toujours prête comme ça à faire la fête?

—Faire la fête est...

—Oublie ça! Tu n'es pas humaine, je pourrais presque le jurer. Une fois sur deux, tes paroles n'ont aucun sens. Et pourquoi parles-tu tout le temps de cette manière? Je te jure que tu es la personne la plus bizarre que j'ai jamais rencontrée.

—Y a-t-il un problème avec la façon dont je m'exprime? demande Betta.

Ses processeurs passent rapidement en revue ses banques de données pour détecter des anomalies de langage dans son élocution. Elle ne trouve rien.

—Tu blagues, là? C'est tellement bizarre de t'entendre parler. Personne ne s'exprime comme toi.

—Je ne crois pas faire de fautes grammaticales.

—Je n'ai pas dit le contraire. Oh, laisse tomber. Tu es une étrangère, ça s'entend. Tu ne viens certainement pas d'ici.

Betta est programmée pour avoir l'air aussi humaine que possible. Si son langage la fait paraître différente, elle a mal intégré les données de recherche linguistique. Elle devra ajuster son élocution.

—Tu as raison. Je ne suis pas de ce pays. Je vais m'appliquer à avoir un peu plus l'air des gens d'ici quand je m'exprime.

Joanie roule des yeux et soupire. Betta est indéniablement différente. Elle se masse l'arrière du crâne et fait une drôle de grimace exprimant sa contrariété.

—Ne fais pas attention à ce que je dis. Tu parles français un peu trop parfaitement, c'est tout.

—Je ne comprends pas. N'est-ce pas ce que je devrais faire?

—Oui, bien sûr. Écoute, laisse tomber. Tu es en train de me faire perdre mon objectif de vue. Dis-moi simplement la vérité sur ma présence ici? Difficile de croire que mon père a autorisé tout ça.

—Je ne mens pas, Joanie. Ce sont mes renseignements et je dois suivre les ordres.

—Ouais, c'est ça!

Joanie donne un coup de pied dans la poubelle près du lit.

Les déductions de Joanie sont valables, Betta le sait, mais elle n'a aucune raison de mettre en doute les motifs de la société. Sa programmation ne lui donne pas l'option de défier ses ordres. Quoique... perdant soudain le contrôle, elle se raidit et émet un son guttural. Betta associe cette réaction à son doute momentané. Elle isole rapidement son nanoprocesseur du reste de ses processeurs : seule façon de remettre son système à zéro pour opérer à un niveau optimal.

—Tout va bien? demande Joanie, s'approchant de cette femme à la chevelure noire, assise sur la chaise près de l'entrée.

Joanie n'aime pas se sentir confinée, par contre elle n'a rien à reprocher à Betta. En fait, elle l'aime bien. Même si elle n'est pas bavarde, Betta la traite bien. Joanie est libre de quitter l'hôtel quand elle veut en présence de Betta. Elle a l'impression d'avoir un garde du corps, mais sans pour autant avoir le contrôle. Si elle ne dévoile son identité à personne, elle a le droit de courir les magasins, de voir un film, de manger au restaurant ou de parler avec les gens de n'importe quel autre sujet. Elle se trouve dans une situation très particulière.

—Je vais bien. J'ai souffert pendant un moment de désorientation.

—Désorientation? Tu veux dire que tu te sentais étourdie?

—Oui, étourdie.

—Peut-être que tu devrais t'allonger. On dirait que tu ne dors jamais.

—J'éteins toutes mes fonctions quand nécessaire, répond Betta sur le même ton.

—J'éteins toutes mes fonctions... tu parles comme une machine, la taquine Joanie.

Joanie en a déduit que son étrange langage s'explique parce que le français n'est pas sa langue maternelle.

—Je m'excuse. Je voulais dire dormir. Je n'ai pas besoin de dormir beaucoup.

—J'aimerais en dire autant. Sans huit bonnes heures, je suis un zombie.

—Zombie, morte vivante! C'est une métaphore.

Joanie rit.

—Oui. Maintenant, allonge-toi et dors.

—Je ne peux pas. Mon devoir est de...

—Je sais, je sais. Assurer ma surveillance en tout temps. Écoute. Je te promets de rester ici, si tu promets de te reposer. Ça te va?

Betta fixe la jeune femme pour évaluer si elle est digne de confiance. Les humains sont réputés dans l'art de la tromperie. Elle pourrait désactiver six de ses huit processeurs et rester suffisamment alerte pour surveiller les activités de Joanie. Elle accepte en hésitant. Son corps bénéficierait d'un temps de récupération pour ressourcer son énergie. Son système biologique est en chute d'énergie et ses processeurs opèrent à soixante-trois pour cent de leurs capacités puisqu'elle ne peut se mettre en mode veille. Tôt ou tard, elle fera de graves erreurs de jugement qui mettront sa mission en péril.

—Je vais me reposer, concède-t-elle avec peu d'enthousiasme.

—Bien. Je vais simplement regarder la télé en baissant le son.

—Ce n'est pas nécessaire. Je peux m'éteindre... m'endormir avec le bruit.

Elle se dirige vers le lit pour s'allonger du côté droit, au bord du matelas. Les mains sur le ventre, elle ferme les yeux et désactive six de ses huit processeurs. Les deux autres tournent au ralenti, opérationnels à soixante-dix pour cent. Le corps de l'humachine se détend. Sa poitrine se soulève à peine.

—Épatant! murmure Joanie, penchée au-dessus du visage de Betta. J'aimerais m'endormir aussi rapidement. Tu devais être crevée.

Elle succombe à la tentation de toucher la femme endormie et glisse timidement un doigt sur la joue de Betta, effleurant à peine sa peau douce. L'humachine, consciente de tout, considère le geste de Reina comme un simple mouvement de curiosité dont elle ne fera pas de cas.

Quelques secondes plus tard, Joanie s'éloigne pour ne pas réveiller Betta. Elle se tourne vers la télévision, passant d'un poste à l'autre pour se fixer sur un bulletin de nouvelles. Appuyée contre l'oreiller, elle écoute le journal télévisé d'une oreille quand une scientifique connue apparaît à l'écran. Alors attentive, elle monte légèrement le son et se rapproche du téléviseur.

—La scientifique internationalement connue, Carley Branson, vient de recevoir à titre posthume le prix Nobel pour ses recherches dans le domaine de l'intelligence artificielle. Le docteur Branson a reçu plusieurs prix au cours de sa carrière pour sa contribution à la science. Son travail chez Future Dynamicon était fort estimé par ses collègues. Au moment de sa mort, monsieur Winston Stalling, le directeur général de la société, a communiqué sa stupéfaction à propos du suicide de Carley Branson. Il a aussi mentionné la déception du docteur aux prises avec de nombreux contretemps dans leurs tentatives de créer un ordinateur comparable au cerveau humain. Sa mort a été une grande perte pour tous, le mois dernier.

—C'est moche! murmure Joanie. Le professeur Simms nous avait dit que le docteur Branson serait peut-être l'une de nos conférencières-invitées, l'automne prochain... de toute façon, d'après le déroulement des événements, je ne risque pas d'y être.

Elle soupire et cherche autre chose à la télévision. Comme rien ne l'intéresse, elle éteint le poste, plonge à côté de Betta et ferme les yeux. Puis, elle s'endort profondément sans réaliser que son bras enveloppe la taille de Betta. L'humachine, de son côté, a trop conscience de cette étreinte inhabituelle. Elle essaie de penser à autre chose. Elle aimerait bien!

CHAPITRE 18

Jain déverrouille la porte de la bibliothèque. De l'entrée, elle jette un coup d'œil dans la rue où elle remarque une voiture noire stationnée plusieurs mètres plus loin.

Ils ne croient pas, j'espère, passer incognito dans le quartier.

Avec un hochement de tête, elle retourne à son bureau et range son sac et ses clés dans le tiroir. Elle passe ensuite au local informatique. Comme Amy n'arrivera qu'à neuf heures, elle a une heure et demie pour parvenir à contourner le système de protection anti-espion de Future Dynamicon. Elle a déjà traversé quatre pare-feu grâce aux instructions de Solaria.

Ses doigts volent sur le clavier virtuel. Jain affronte et contourne toutes les difficultés comme si elle s'amusait à un jeu vidéo. Elle a l'étrange impression de ne pas en être à sa première expérience.

À l'université, j'étais assez efficace en espionnage d'entreprise, pense-t-elle. Elle se rappelle avoir joué en ligne avec d'autres maniaques d'informatique. Pour leur jeu préféré, ils créaient leurs avatars, ensuite, certains concevaient des programmes pour prévenir le piratage informatique dans les entreprises ou dans les différents paliers du gouvernement et d'autres essayaient de contourner les systèmes de sécurité. Elle devait, comme pirate, voler les secrets des firmes sans être découverte pour les vendre à l'international. Le défi du hacker était d'éviter de tomber dans un piège et de vendre les renseignements à un espion commercial. Dans cette éventualité, le pirate éliminé du jeu attendait la prochaine partie.

Je n'ai plus pensé à ces jeux pendant des années. Nous avions l'habitude de nous moquer de ceux dont c'était le gagne-pain. Elle rit doucement. *S'ils me voyaient maintenant!*

Elle jure en regardant sa montre. Dans moins de vingt minutes, Amy sera là. Elle décide d'essayer plus tard et de se retirer quand, soudain, l'écran clignote. Le logo de la société s'efface devant une liste de dossiers portant l'étiquette « confidentiel ». Elle descend rapidement la liste de noms pour trouver des éléments se rapportant aux descriptions de Solaria. Deux dossiers en particulier attirent son attention... « Projet Humachine » et « Versions bêta ».

Versions bêta! Hummm. Solaria m'a parlé des notes à ce sujet dans les dossiers personnels de Stalling.

Elle ouvre le dossier sur le projet Humachine et parcourt les deux premières pages pour s'arrêter en grognant.

Je n'ai pas le temps de le lire, maintenant.

Elle insère dans la fente un disque de micromémoire pour télécharger les deux dossiers. Une fois la copie terminée, elle vérifie rapidement les autres dossiers. Puisque rien d'autre ne semble important, elle sort du système. Elle refait scrupuleusement son parcours pour refermer tous les points d'accès derrière elle, avant de s'extirper complètement du réseau.

—Ouf! murmure-t-elle en s'adossant contre sa chaise. Je ne sais pas comment les gens font pour y travailler jour et nuit.

Elle sort la puce de l'ordinateur et se relève de sa chaise. Il est l'heure de se mettre au travail même si elle se sent déjà épuisée. La journée sera longue pour Jain.

CHAPITRE 19

Solaria est consciente des risques quand elle s'adresse à cet homme, derrière son comptoir. C'est néanmoins sa seule chance de retrouver les renseignements dont elle a besoin. Le Bureau d'aménagement communautaire supervise la construction de tous les sites commerciaux des trente dernières années. Il y a quinze ans, le site de Future Dynamicon a déménagé dans l'État de Washington. Ils avaient épuisé leur capital de sympathie et ne pouvaient plus prendre de l'expansion en Caroline du Sud. Ils avaient cru qu'ils auraient toujours l'aval des politiciens locaux avec leur pouvoir et leurs méthodes de pression. Ils ont sous-estimé la détermination des gens de la région. Les constantes attaques verbales et manifestations contre leurs implications militaires et gouvernementales ont indisposé le Conseil de ville. Future Dynamicon était accusé d'utiliser des moyens de pression sur des employés sous surveillance. Les entreprises locales craignaient leur expansion au-delà des limites établies. Ces récriminations avaient fini par créer un environnement peu propice à l'épanouissement de Future Dynamicon. Devant la situation qui allait s'aggraver s'il ne faisait rien, Stalling a recommandé aux membres du Conseil leur déménagement dans un autre État où il y aurait assez de terre pour leur développement et pas de problèmes régionaux. Pour favoriser le climat, les dirigeants pouvaient offrir aux politiciens des mesures incitatives et faire miroiter aux habitants qu'ils venaient de gagner l'équivalent d'un milliard à la loterie grâce aux possibilités d'emplois et les avantages sociaux.

Les têtes du temple de Washington avaient très facilement accepté l'idée d'une société influente dans leur cour. Depuis des années, les jeunes avaient déserté la région au profit des villes plus importantes. À l'idée d'un travail décemment payé et d'avantages sociaux, les Washingtoniens avaient accueilli favorablement Future Dynamicon. Quinze ans plus tard, plusieurs des supporteurs initiaux n'avaient plus la même vision.

Les citadins originaires de la ville ont fini par découvrir les répercussions de ce travail. Être employé de la société impliquait perdre ses droits, surtout ceux concernant la vie privée. Divulgations de contrats, clauses compromissoires et contrats interdisant aux employés renvoyés ou remerciés de travailler dans un domaine connexe sans leur permission (jamais accordée), ont pratiquement éliminé les chances d'ex-employés de Future Dynamicon de se retrouver du travail ailleurs. Certains ont tenté de déménager plusieurs États plus loin, mais l'influence de Future Dynamicon s'étend bien au-delà. Plusieurs se sont rendus à l'évidence de l'impossibilité de retravailler où que ce soit. Le message envoyé aux employés était clair : « Ne défiez pas l'entreprise. Faites votre travail, ne vous plaignez pas aux autres et vous pourrez profiter d'une vie passablement agréable. » Les employés, dans l'ensemble, acceptaient ces conditions sans se plaindre.

Même le poids et la puissance de la firme ne permettaient pas aux dirigeants de Future Dynamicon de contourner le règlement; il leur fallait soumettre les documents détaillés des plans d'immeubles et d'infrastructures du site de quatre cents hectares. Il y avait trop de firmes engagées dans le processus au niveau de l'architecture, de l'implantation et de la construction pour réussir à garder les plans secrets. Solaria est consciente que depuis la mise en chantier, il y a probablement eu des modifications réalisées sans l'autorisation du gouvernement local, surtout dans un établissement de cette taille. Elle s'adaptera aux ajouts quand elle les découvrira.

—Vraiment, madame Dudley, il me faudra plusieurs heures pour retrouver les documents. Ils sont archivés depuis des années. En plus, selon le classement informatique, ce sont maintenant des documents confidentiels. Je perdrais mon travail si je laissais accès à une personne non autorisée.

—Je comprends, monsieur Timmons. J'ai une autorisation légitime et il s'agit d'une affaire prioritaire. Chez Future Dynamicon, nous nous inquiétons des brèches de sécurité. Nous voudrions couvrir toutes les éventualités. Voudriez-vous que j'appelle monsieur Stalling pour qu'il vous confirme mon identité?

Suant à grosses gouttes, Joey Timmons ne sait plus quoi faire. La carte d'identité sous ses yeux a l'air officielle, elle est bien la femme brune aux yeux bruns de la photo. Winston Stalling est connu pour son intolérance quand il est interrompu sans raisons valables. Il n'aime pas être dérangé dans son horaire chargé. Il a châtié plusieurs employés en public pour leur manque de collaboration avec les agents. « Châtié » est un joli mot pour exprimer leur renvoi et leur rétrogradation.

—Non, non, répond-il nerveusement? Ça prendra simplement un certain temps.

—Combien de temps? demande Solaria avec un regard symbolique vers l'horloge accrochée au mur.

—Quelques heures seulement, promet Timmons.

—Je vois. Et bien, je dois appeler monsieur Stalling pour lui dire qu'il devra patienter un peu plus longtemps.

Elle prend son téléphone cellulaire pour simuler un appel.

—Attendez! Je ne savais pas que c'était si important. Donnez-moi quinze minutes. Je crois pouvoir vous les sortir.

Solaria le remercie en souriant, puis attend dans le bureau pendant que Timmons se précipite hors de la pièce en essuyant ses mains moites sur son pantalon. Comme promis, il revient en courant quinze minutes plus tard avec plusieurs documents roulés dans les bras. Il les jette sur le bureau pour en sélectionner trois.

—Voilà! s'exclame-t-il en les tenant fièrement. Le plan original, les ébauches, les modifications d'il y a sept ans et celles de l'an dernier.

—Très bien, monsieur Timmons. Maintenant, si vous n'y voyez pas d'inconvénient, je vais simplement jeter un coup d'œil aux documents pour vérifier leur authenticité.

—Bien sûr.

Il déballe le premier rouleau sur le bureau en laissant Solaria regarder de plus près. Après avoir eu son approbation, il l'enroule pour refaire les mêmes gestes avec les deuxième et troisième documents.

—Tout me semble en ordre. Vous les avez conservés en excellente condition. Je vais informer monsieur Stalling de votre efficacité, en lui précisant votre très grande collaboration.

Timmons sourit de bonheur en réponse au compliment.

—Merci, madame Dudley.

—Je vous en prie. Maintenant, une chose de plus, ma visite ici est confidentielle. Je réponds strictement aux ordres de monsieur Stalling. Vous comprenez ce que je veux dire?

Timmons acquiesce par un énergique mouvement de tête.

—Parfait. Si quiconque, à l'exception de monsieur Stalling, vient ici pour vous parler de ce petit épisode, vous avez ordre de ne rien dire. Cette rencontre n'a pas eu lieu. Monsieur Stalling a des inquiétudes sur la fiabilité de certains membres de sa sécurité personnelle et de la sécurité nationale. Nous tentons de déterminer qui a laissé filtrer des renseignements confidentiels.

—Aïe! C'est grave à ce point?

—Oui, c'est grave. Si vous donniez des renseignements sur ma visite ou même si vous mentionniez quoi que ce soit hors de l'ordinaire, je ne pourrai garantir votre sécurité. Nous n'arriverons peut-être pas à temps.

Timmons déglutit péniblement.

—Je... je vois ce que vous voulez dire. Dites à monsieur Stalling qu'il peut compter sur moi.

—Je vous crois. Merci, monsieur Timmons. Vous ne mesurez pas l'importance du service que vous venez de nous rendre. Quand tout ceci sera terminé, je suis certaine que vous serez largement récompensé pour votre aide.

Après un sourire poli, Solaria sort. Les renseignements dont elle a besoin sont enregistrés dans l'un de ses processeurs. Plus tard, quand elle aura le temps de les revoir plus en détail, elle les récupérera.

CHAPITRE 20

Jain pousse un soupir en refermant les portes de la bibliothèque. Un peu nerveuse, elle regarde la rue de gauche à droite pour vérifier si les hommes de l'entreprise y sont encore. La voiture noire stationnée tout près répond à sa question.

Comme si elle n'avait rien remarqué, elle se dirige vers sa voiture pour déverrouiller sa portière. Perdue dans ses pensées, elle est surprise quand elle entend quelqu'un arriver derrière elle à pas furtifs. Elle sursaute au son de la voix masculine qui l'interpelle.

—Excusez-moi, madame Plaine. Puis-je voir votre sac à main?

Elle se retourne, la main sur son cœur, puis se plaque contre sa voiture.

—Vous m'avez fait peur! lui dit-elle, le souffle coupé. Qui êtes-vous pour l'amour du ciel?

Il lui met son insigne sous le nez.

—Sécurité intérieure? Encore? Qu'est-ce que vous avez? Vous avez déjà pris d'assaut la bibliothèque sans trouver ce que vous y cherchiez, apparemment. Maintenant, vous m'effrayez à me glacer le sang et vous voulez mon sac?

—Je dois le vérifier!

—Pourquoi, bon sang?

L'homme la scrute sans répondre. Elle soupire en lui balançant son sac.

—Voilà. N'abîmez pas mon maquillage. Ça me coûterait une fortune à remplacer.

135

Elle le regarde attentivement faire l'inspection méthodique de chaque article de son sac. Puis une fois terminé, il le lui rend et s'éloigne.

—C'est tout? lui crie-t-elle. Vous êtes certain que vous ne voulez pas me déshabiller pour me fouiller?

Quand il se retourne pour lui lancer un regard glacial, elle pense avoir été trop loin. Elle lui sourit timidement, levant les mains en un geste d'excuse.

—Je ne crois pas que ce sera nécessaire, réplique-t-il, regardant avec dédain sa silhouette grassouillette.

Ah! Tant pis pour toi!

Elle se penche pour faire semblant de se gratter la région pubienne.

Toujours là!

Avant de sortir, elle a collé la petite puce de mémoire entre ses cuisses. Être grosse a des avantages avec les phallocrates. Cette pensée la fait rire. Elle grimpe dans sa voiture pour faire les trente minutes qui la sépare son appartement. Tous les jours depuis une semaine, Solaria et elle s'y retrouvent pour discuter de leurs dernières découvertes et décider les prochaines étapes de leur plan. La Sécurité intérieure ne semble pas percevoir Jain comme une menace. Solaria n'a rien trouvé qui puisse lui faire croire le complexe sous surveillance.

Sans pour autant vouloir attirer l'attention, Jain s'amuse de la curiosité de sa voisine quant à sa relation avec Solaria. Jain lui explique en vain qu'elle n'est qu'une amie.

—Ouais, ouais..., dit Tilly en lui tendant son numéro de téléphone sur un bout de papier.

—Mmmmm, peux-tu lui remettre ça, alors?

Exaspérée, Jain range le papier dans sa poche en promettant de lui remettre.

—Merci! dit Tilly en la serrant dans ses bras. C'est une vraie bombe!

—Ça ne veut pas dire qu'elle est lesbienne, la prévient Jain sans connaître l'orientation sexuelle de Solaria.

—Il faut qu'elle le soit! Elle est trop bien pour n'être qu'hétérosexuelle.

—Vraiment Tilly! En ce qui te concerne, toutes les femmes sont trop bien pour ça. Je n'ai jamais rencontré quelqu'un d'aussi gourmand. Tu veux coucher avec toutes celles que tu croises.

—Hé, je ne t'ai jamais draguée, dit Tilly, froissée.

—D'accord. Toutes sauf moi... mais simplement parce que ce serait une perte de temps.

Tilly rit.

—Je ne dirais pas que ce serait du gaspillage, mais je comprends ce que tu veux dire. Donne-lui, c'est tout. J'ai le droit de rêver, tu sais.

Elle la salue et disparaît derrière sa porte.

Jain comprend les rêves mieux que quiconque. Elle a voyagé entre la réalité et ses fantasmes pendant la majeure partie de sa vie. La plus belle évasion de sa banale existence de bibliothécaire a été le monde du rêve. Elle y a d'ailleurs déjà rencontré Solaria plusieurs fois.

Elle ouvre la porte, surprise par l'odeur de pizza flottant dans l'appartement.

—Bonjour! crie-t-elle en accrochant son sac dans l'entrée avant d'arriver dans la cuisine. Ça sent bon! ajoute-t-elle, souriant amicalement à Solaria. Tu n'as pas eu de mal à trouver l'endroit à ce que je vois.

Jain avait donné l'adresse et la combinaison de la serrure à Solaria pendant leur dernière conversation, considérant plus sécuritaire de se rencontrer à son logement.

—J'espère bien. J'ai repéré cette recette sur Internet, il y a des mois. Je voulais la tester pour connaître la saveur d'une pizza.

—Tu n'as jamais mangé de pizza?

—Ça et beaucoup d'autres choses. Ce n'était jamais au menu.

—Incroyable! Je crois que tu es la première personne que je rencontre qui n'ait jamais mangé de pizza. C'est une dépendance universelle.

—Oui, je l'ai remarqué. Maintenant, assieds-toi. Nous allons évaluer mes talents de cuisinière.

Jain s'assoit. Elle salive à la vue de l'énorme pizza sortant du four. Avec sa montagne de viandes, de légumes, de fromage et de sauce tomate, la pizza est déjà un régal pour les yeux.

—Mmmm. Elle est magnifique.

Elle tend déjà son assiette, impatiente de goûter la surprise de Solaria.

—Fais attention, c'est chaud! prévient Solaria.

Elle rit à gorge déployée quand Jain s'évertue à essayer de refroidir sa bouche après avoir mordu dans sa pizza.

—Oh... oh... chaud!

—Trois cent soixante-quinze degrés de chaleur pour être précise. Tu devrais attendre qu'elle refroidisse un peu avant de la manger.

—C'est... un sage... onseil!

Jain prend deux gorgées du verre d'eau près de son assiette, avant de se rasseoir.

—Ouille! C'est douloureux.

—Tu t'es brûlé la langue?

—Un peu, mais ce n'est pas la première fois... et ça ne m'empêchera pas de manger plusieurs pointes de pizza. C'est délicieux.

Solaria sourit, heureuse du compliment, avant de prendre une part pour en croquer la pointe.

—Mmmm. Le goût est vraiment intéressant. Je comprends sa popularité.

Jain approuve et prend une autre bouchée. Quelques pointes plus tard, elles sont adossées à leurs sièges, rassasiés.

—Je dois admettre que la saveur est agréable, dit Solaria, un œil sur le dernier morceau piteusement abandonné dans l'assiette.

—Vas-y! dit Jain.

—Si ça ne te fait rien. Mon corps a besoin de beaucoup de glucides et de protéines pour bien fonctionner.

—Je peux l'imaginer.

Jain devine qu'elle a encore beaucoup de choses à découvrir chez Solaria. Elle semble humaine, mais trop parfaite pour être vraie. Elle bouge avec aisance même si une certaine rigidité dans ses mouvements donne l'impression d'un surmenage musculaire douloureux. À l'origine, Jain supposait que Solaria était une adepte d'exercices ou de sports intenses. Elle a finalement compris son erreur. Solaria discute aussi en profondeur et avec vivacité de sujets méconnus par la moyenne des gens. Sans oublier des détails qui parlent d'eux-mêmes... Solaria, savante dans les domaines des sciences, de la politique et des affaires mondiales, semble naïve quand il s'agit de relations humaines ou d'émotions. Une de leurs conversations s'est avérée très révélatrice, deux soirs auparavant.

Le début de la discussion semblait anodin. Jain parlait des difficultés de deux de ses amies avec leur premier enfant, une petite fille.

—Je suis heureuse que ce soient elles plutôt que moi.

—Tu ne veux pas d'enfant, Jain? a demandé Solaria, intriguée.

—Je les aime bien, mais je n'ai jamais voulu avoir d'enfant.

—D'après ma compréhension, toutes les femmes en voulaient.

—Pfffft! Vraiment pas! Il y a trop d'options de nos jours. J'aime ma vie comme elle est, sans le sempiternel babil des bébés.

Solaria trouvait intéressant de découvrir chez Jain et Carley, la même résistance à l'idée d'enfanter. Les impératifs biologiques avaient apparemment changé au cours de l'évolution humaine. Cela conduirait la plupart des espèces à une extinction certaine.

—Si les femmes persistent à faire moins d'enfants qu'au siècle dernier, les humains vont finalement cesser d'exister, a-t-elle dit tout haut.

—En ce qui me concerne, a lancé Jain en grognant, ce ne serait pas une grande perte. Regarde notre impact sur la planète. Aujourd'hui, nous envahissons l'espace dans l'espoir de peupler Mars, et pourquoi? Pour répandre ailleurs notre pollution et nos gènes?

Solaria était déconcertée. Il semblait illogique pour l'humain, biologiquement prédisposé à soutenir la prospérité de l'espèce, de vouloir le contraire.

—Voudrais-tu l'extinction de l'humanité?

—Pas vraiment. J'aime ma vie. Je souhaiterais seulement nous voir plus solidaires pour prendre meilleur soin de la planète. Je nous crois parfois condamnés à disparaître. De toute façon, je n'ai pas de bouton pour nous annihiler.

—Tu appuierais?

—Probablement pas. J'imagine ? que oui à mes heures, mais je soupçonne que je n'aurais pas réellement le cran. Bon, comment est-on arrivé à un sujet si déprimant?

—Tu parlais de l'enfant de tes amies.

—Ah oui. À les écouter, Tess et Mary ont donné naissance à un génie. Tous les parents croient la même chose.

—Elles sont lesbiennes?

—J'ai dû oublier de te le préciser. Ça ne te gêne pas?

—Non. Je n'ai simplement jamais rencontré de lesbienne. Ou plutôt, je ne pense pas. Carley l'était peut-être, mais elle restait vague sur ses préférences sexuelles. Quand j'essayais de lui en parler, elle n'avait pas l'air de vouloir en discuter.

—C'est tout à fait compréhensible parce que même si l'homosexualité est plus acceptée aujourd'hui, certains préfèrent garder leur vie intime... privée et Carley me semblait être de ceux-là.

—As-tu connu Carley? D'après mes souvenirs, elle a donné des conférences à l'université que tu fréquentais. As-tu eu la chance de lui parler un peu à ce moment-là?

—Pas vraiment, elle a été une (source d') inspiration pour moi. J'ai suivi sa carrière avant de perdre sa trace. Par contre, tu l'as connue de près, n'est-ce pas?

Solaria a acquiescé.

—C'était ma mentore.

—Seulement? a demandé Jain, attentive.

—Non, elle était plus. Elle m'a sauvé la vie.

—Le docteur Branson, tellement cérébrale, ne me paraissait pas héroïque.

—Je sais.

Solaria, silencieuse, se remémorait les dernières minutes entre elle et Carley. Des émotions désagréables, auxquelles elle n'était pas encore prête à faire face, remontaient à la surface. D'après son expression, Jain avait deviné le combat intérieur de

Solaria et habilement changé de sujet pour attirer son attention ailleurs.

Après la pizza et la vaisselle, Jain invite Solaria à passer au salon afin de discuter des événements de la journée.

—Aujourd'hui, j'ai réussi à pénétrer dans les documents ultra-secrets de Future Dynamicon. Je dois vieillir parce que ça m'a pris un temps fou pour les retrouver. Enfin bref, j'ai été encore plus prudente à cause des pare-feu rajoutés.

—Je ne suis pas pressée, Jain. Ils ne doivent pas savoir qui nous sommes si je veux accomplir ma mission et te garder à l'abri.

Jain approuve. Elle n'aimerait pas l'idée de disparaître dans le trou noir de la sécurité nationale ou du mystérieux réseau de Future Dynamicon.

—Ouais, bon… j'avais téléchargé des fichiers que j'ai préféré ne pas lire à la bibliothèque.

En remontant sa jupe, elle tire délicatement la puce collée contre sa cuisse.

—Aïe, aïe, aïe!

Solaria n'arrive pas à déterminer s'il est approprié de laisser éclater sa folle envie de rire, considérant la douleur de Jain. Le visage inexpressif, elle attend patiemment la suite.

—La prochaine fois, je vais la coller sur mes fesses. Moins de sensations à cet endroit-là! se plaint Jain en insérant le disque dans son ordinateur portable. Voyons de quoi il s'agit.

Assises côte à côte, elles attendent le téléchargement des données, puis Jain ouvre le document du projet Humachine pour qu'elles le lisent.

—Impressionnant! Le docteur Branson a vraiment joué un rôle majeur dans le programme.

—Oui, approuve Solaria. Elle était la scientifique, experte dans ce domaine.

Pendant trente minutes, elles étudient le document. Soudain, Jain se redresse à la lecture d'une page en particulier. Elle examine une séquence d'images du projet Humachine. Le dessin du squelette, l'illustration de la fusion biomécanique entre la structure trabéculaire et les tissus humains, ainsi que les maquettes du produit final confirment ses doutes. Ce produit se trouve, à cette seconde, tout près d'elle.

—C'est toi.

Solaria fait un signe de tête pour dire oui, se doutant qu'un jour ou l'autre, le moment viendrait.

—Je le savais! s'exclame Jain, surexcitée.

Elle dépose l'ordinateur sur la petite table.

—Me permets-tu de te toucher?

Solaria hoche la tête. Jain s'approche d'elle pour lui toucher les joues, puis les cheveux.

—C'est merveilleux! Tu es parfaite!

—Loin de là, répond Solaria. Que je ne sois pas humaine ne te dérange pas?

—Que veut dire être humaine? C'est juste un mot d'après moi. Et puis, tu es chanceuse d'être comme tu es. Le docteur Branson devait être fière de toi et de sa réussite.

—Je pense. Elle a dit la même chose de moi. Tu me fais penser à elle. Avec le temps, elle me considérait plutôt comme...

Solaria ne sait plus comment décrire les derniers mois. Leur relation s'était développée au-delà du mentorat. Jain peut très bien imaginer les sentiments du docteur Branson.

—Elle te percevait plutôt comme son enfant, je parie. Elle a participé à ta création, t'a aidée pendant ta période de formation et a veillé à ton développement intellectuel et émotif.

—Oui, c'est ça. Une mère... À la fin, elle a sacrifié sa vie pour me sauver.

Jain place sa main sur le bras de Solaria.

—Elle devait être très fière de toi.

Jain reprend l'ordinateur pour examiner les photos des différentes étapes de l'évolution de Solaria.

—Ton squelette trabéculaire doit réellement être spectaculaire. Je savais qu'on utilisait ce matériel pour les prothèses biologiques, mais jamais je n'aurais cru la science capable d'aller aussi loin. J'admire la façon dont tes tendons et tes tissus se rattachent à la structure poreuse des os. C'est absolument parfait. Pas de fils ou d'attaches. Je n'arrive pas à croire à de tels progrès scientifiques dont la population ignore tout.

Solaria ne sait comment réagir sous le regard admiratif de la bibliothécaire. Jain rougit légèrement en la regardant.

—Ça ne te fait rien d'entendre parler de ça, j'espère?

—Non, pourquoi? Je suis comme je suis.

—C'est vrai, ça te concerne. C'est un peu plus impressionnant qu'un os brisé à rafistoler. Je nage en pleine science-fiction.

—Je comprends ton sentiment. Je suis à la fine pointe de la technologie et, en même temps, déjà désuète.

—Désuète? Comment? Regarde-toi!

—La firme travaille sûrement sur un modèle plus moderne. Les derniers processeurs sont deux fois plus rapides que le mien.

—Rapide ne veut pas dire plus efficace ou plus intelligent.

—C'est vrai, mais il y a plus de potentiel. Voilà pourquoi je dois détruire ce projet. Des sociétés comme Future Dynamicon, qui mettraient la main sur des humachines, pourraient déclencher la destruction massive de l'humanité.

—Et ils le feront, bien sûr, approuve Jain en refermant le dossier du projet Humachine. Voyons dans l'autre dossier ce qu'ils trafiquent encore.

Elle soupçonne le malaise de Solaria à la lecture du projet Humachine. Jain ne peut s'imaginer ce que Solaria ressent entre l'ajustement à sa nouvelle existence et l'apprivoisement de ses émotions.

—Activité de substitution, dit Solaria.

Jain rit à ses paroles.

—Prise en flagrant délit.

Une heure plus tard, Jain éteint son ordinateur portable et le met de côté. Aucune d'elles n'a parlé en étudiant le fichier; Jain ne savait pas quoi dire et les processeurs de Solaria étaient en mode accéléré.

—Il existe une autre humachine quelque part. Peut-être plus. L'entreprise semble avoir de sales projets pour vous toutes.

—Oui. J'ai entendu une transmission au sujet d'autres versions bêta dont j'avais parlé à Carley. Elle savait qu'il était important de les trouver pour agir.

—Agir? Tu veux dire les détruire?

143

—Si nécessaire.

—Je n'aime pas l'idée, soupire Jain. Quel merdier! Bon. Prenons les choses comme elles viennent. Ne sautons pas aux conclusions avant de récupérer la première. Au moins, nous sommes au courant des plans concernant la fille et son père. Pourquoi certains individus deviennent-ils de grands fanatiques au nom de leurs croyances religieuses?

—En fait, d'un point de vue logique, une pensée unique pourrait être bénéfique. La société fonctionnerait mieux.

—Tu veux dire comme des machines bien huilées. Ça me paraît ennuyeux, répond Jain avant de réaliser son faux pas. Ce n'est pas ce que je voulais dire.

Solaria la regarde, perplexe.

—Tu as vu juste dans ton affirmation. L'humanité ne survivrait pas dans de telles conditions. La diversité vous permet de poursuivre l'évolution de votre espèce.

—Exactement! Sauf que ça permet aussi la naissance de fous.

—Le métissage aléatoire des gènes multiplie les possibilités à l'infini. Il est dans l'ordre des choses que des humains soient défectueux dans un certain pourcentage.

Jain grogne en entendant cette description.

—Défectueux... le mot est trop faible, je dirais même, perverti. Bon, revenons à nos problèmes. Nous devons sauver cette fille, Reina, et capturer la version bêta. Ce sera un bon départ pour perturber les projets de Stalling. Si ce rapport sur toi est fiable, l'humachine, possiblement dangereuse, sera programmée pour résister.

—C'est vrai.

—Je le craignais. Bon, pour commencer, je vais chercher des renseignements sur l'hôtel.

—Tu n'as pas à faire tout ça, Jain. Je peux le faire demain pendant ta journée de travail. Tu t'es déjà mise suffisamment en danger.

—Écoute, Solaria, tu es une personne sensée. Ces gens ont des photos de toi et peut-être plus, nous n'en savons rien. Ils pourraient réussir à t'identifier. Laisse-moi inspecter l'endroit, prendre connaissance des lieux et voir comment nous allons récupérer la fille. Le penchant obsessif de la société pour les détails nous sert. Les photos dans le dossier seront très utiles. D'après son allure, elle a radicalement changé de style et de couleur de cheveux. Les gens connaissant la Princesse Reina ne pourraient probablement pas l'identifier aujourd'hui.

—Tu as raison. Elle ne se ressemble pas. Et tant mieux pour nous, la tendance de la société à faire les choses à fond constitue aussi leur faiblesse.

—Du moins, dans ce cas-ci. Par contre, pourquoi l'amener dans un hôtel si elle est détenue contre son gré? Il lui serait facile d'attirer l'attention.

—C'est peut-être de son plein gré. Nous devons considérer cette éventualité.

—D'accord, par contre ça veut dire qu'il sera plus difficile de la faire sortir. Admettons qu'elle coopère, la version bêta voudra la suivre. Et ainsi, nous pourrions la capturer en évitant toutes complications.

—Tu n'as pas choisi le bon domaine. De la façon dont tu raisonnes, tu devrais faire de l'espionnage.

—Na. J'ai juste beaucoup d'imagination. Bon, demain, je réserve une chambre d'hôtel. Tu t'achètes une perruque et des lunettes de soleil de qualité. La couleur de tes yeux détonne trop pour s'oublier facilement.

—Et ton travail?

—Je fais la bibliothèque buissonnière quelques jours. Amy va me couvrir. Il serait bien que tu emménages avec moi quelque temps pour faciliter l'élaboration des plans. Les voisins jaseront un peu, mais ça ne durera pas... d'ailleurs en parlant du voisinage...

Elle sort de sa poche le bout de papier de Tilly.

—C'est pour toi.

Solaria le prend sans savoir qu'en faire.

—Un numéro de téléphone?

—Pas seulement un numéro de téléphone... celui de ma voisine. Elle te veut.

—Elle me veut pour faire quoi?

—Appelle ce numéro, tu le sauras très vite. Je te suggère de le jeter à moins de vouloir te faire baiser.

—Baiser?

Jain sourit, narquoise.

—Sexe! Tilly voudrait une relation sexuelle avec toi!

—Oh!

Solaria chiffonne le papier et le jette à la poubelle.

—Je ne suis pas prête.

Puis, comme si elle changeait d'avis, elle ressort le papier froissé de la poubelle pour le glisser dans sa poche.

—Par contre, je devrais peut-être l'appeler quand je le serai.

Jain lui donne une tape sur l'épaule en riant.

—Quand tu seras prête, appelle-moi, la taquine-t-elle. Sérieusement, tu n'auras aucune difficulté à trouver une foule de volontaires bien mieux qu'elle. Sans compter qu'elle ne me laissera jamais tranquille si vous faites des cochonneries. Tilly ne sait pas garder le secret.

Solaria en a assez entendu. Elle sort le papier de sa poche pour le jeter à nouveau à la poubelle.

—Je vais récupérer des effets personnels chez moi si je dois rester ici. Je serai de retour dans une heure.

—Parfait. J'aurai le temps de préparer la chambre d'ami. Fais attention.

Après le départ de Solaria, Jain prend une douche. Ensuite, elle dépoussière rapidement la chambre d'ami jusqu'à ce qu'elle soit propre et ordonnée. Ses grondements d'estomac la convainquent qu'il est l'heure de se préparer un léger repas pour plus tard. Elles auront encore beaucoup à planifier au retour de Solaria.

CHAPITRE 21

L'hôtel est l'un de ces établissements de prestige conçus pour les plus riches et puissants de ce monde. Des chambres coûtent plus d'un mois de salaire pour un travailleur à revenu moyen. Jain s'étouffe à la mention du prix exact de sa réservation. Par bonheur, elle a complètement payé sa carte de crédit. Elle raccroche et se tourne vers Solaria en grimaçant.

—Mille huit cents dollars par nuit! s'exclame-t-elle. Incroyable, non?

—C'est cher? demande Solaria sans la moindre idée de la valeur du dollar.

Elle connaît simplement les montants en sa possession : des milliards dans des comptes à l'étranger et des millions, anonymement transférés à son nom dans une banque de la région, quelques jours après la mort de Carley.

—Tu rigoles, là?

—Non.

—Bien, une nuit vaut presque une semaine de salaire pour une majorité, c'est-à-dire ceux qui gagnent un peu plus que le salaire minimum.

—Oh. Si tu me donnes ton numéro de compte, je peux y transférer les fonds. Tu n'as pas à utiliser ton argent pour nos opérations.

—Ce n'est peut-être pas une bonne idée. Je ne veux d'aucune somme inhabituelle dans mon compte de banque comme ils suivent probablement les transactions. Ils surveillent déjà la bibliothèque, je les crois capables de surveiller les comptes en banque des employés.

147

—Dépenser autant pour une chambre d'hôtel peut paraître louche.

—Hé, je ne suis pas tout à fait pauvre. J'ai un bon petit montant de côté et je peux bien me gâter de temps en temps. En plus, il y a longtemps que je n'ai pas pris de vraies vacances.

—Je ne voulais pas t'insulter.

Jain comprend que Solaria analyse mal sa réaction.

—Solaria, je ne me plains pas. Je suis juste en train de réagir en prima donna. J'aime bien jouer ce rôle, mais il ne faut pas le prendre au sérieux.

—Si tu le dis. Je tiens à te rembourser pour ça. Note tout. Je te rendrai les fonds quand il sera plus prudent de les transférer.

—Entendu! Maintenant, je dois appeler Amy pour lui parler de mon congé. Nous ne pouvons nous présenter avant 15 heures pour prendre possession de la chambre, s'il y en a même de disponibles. Sinon, nous devrons attendre avant d'en avoir une.

—Je peux modifier les données de l'hôtel, s'il le faut.

—Espérons que nous n'en arrivions pas là. Ça pourrait nous causer des ennuis. D'une façon ou d'une autre, tu ne seras pas loin et je t'appellerai pour te donner le numéro de la chambre dès que j'aurai repéré les environs.

—Cela semble logique.

—Parfait. Déguise-toi bien. Il ne faudrait pas que quelqu'un te reconnaisse.

—Ça n'arrivera pas, promet Solaria.

***

La chambre d'hôtel est luxueuse. Le tapis rouge foncé assorti aux rideaux de velours évoque pour Jain les maisons de débauche décrites dans les livres d'une autre époque. En face des grands miroirs à cadres dorés, le chandelier suspendu et les lampes de cristal accentuent l'impression de Jain d'entrer dans un bordel du début du siècle. Discrètement soustrait à la vue, un très grand lit drapé d'un vrai baldaquin se trouve derrière un muret arrivant à la taille. Jain s'avance lentement dans cette chambre dont la plupart des meubles, en fait des antiquités, valent une petite fortune.

—Un an de salaire ne pourrait payer tout ça, murmure-t-elle.

À l'écran, quand elle allume la télévision, l'image de Carley Branson. Le présentateur du journal télévisé annonce le prix Nobel posthume décerné à la scientifique pour sa découverte récente dans le domaine de l'intelligence artificielle.

—Vous le méritez! murmure Jain avant d'éteindre le téléviseur. Il est réellement dommage que personne ne soit au courant de vos accomplissements.

Après avoir vidé sa valise, elle décide de faire un tour de reconnaissance. Elle cherche à en savoir un peu plus sur les différentes sorties affichées à la porte de la chambre. Avec un peu de chance, elle pourra même voir la version bêta et son otage.

CHAPITRE 22

Quelques heures plus tard, Betta réactive ses processeurs. Elle bouge à peine, craignant de perturber le sommeil de la femme encore lovée contre elle.

Lève-toi, un point c'est tout! pense-t-elle sans comprendre son hésitation à déranger Joanie. *Elle se rendormira. Les humains ont toujours besoin de repos.*

Betta ne comprend pas pourquoi, à cet instant, la logique ne lui paraît pas importante, mais elle se sent bien. Elle s'amuse avec cette expression pour analyser la sensation de cet agréable sentiment de bien-être. Ses pensées, qui soudain la perturbent, annulent la sensation initiale.

Je ne sais pas comment les humains gèrent ces émotions déconcertantes. Cela explique leur tendance à l'illogisme.

Même si elle se perçoit comme rien de plus qu'une machine, elle apprend à connaître les gens. Les émotions des humains leur causent beaucoup de tort, elle préfère s'en tenir à l'écart. Pourtant...

—Comment as-tu dormi? chuchote une voix rauque ensommeillée sur sa poitrine.

—Mon système fonctionne au maximum de sa capacité.

—Pourrais-tu arrêter de parler comme ça? grogne Joanie, redressant la tête pour plonger son regard dans les yeux brun chocolat. On dirait que tu parles d'une machine ou un truc du genre.

Betta a conscience qu'elle n'a toujours pas adapté sa façon de s'exprimer pour paraître plus humaine.

—C'est simplement ma façon de dire que j'ai bien dormi.

—Bon, je crois que tu me caches des choses sur toi. Un de ces jours, tu vas laisser tomber un gros morceau. Tu ne seras plus aussi mystérieuse.

Betta ne sait trop comment répondre, alors elle choisit le silence.

—Tu as faim? demande Joanie. Je meurs de faim. Allons chercher à manger.

—Ce serait une bonne idée.

Joanie saute du lit et sourit à sa garde du corps.

—Hé! Tu parles normalement maintenant? Que se passe-t-il?

—Je m'adapte. C'est ce que vous vouliez, n'est-ce pas?

Joanie fait une grimace et choisit d'ignorer la question de Betta. Son estomac gronde parce qu'elle n'a pas mangé depuis plusieurs heures.

—Allez fainéante, allons manger.

Elle se penche pour prendre la main de Betta et la tirer du lit.

—Je voudrais quelque chose d'épicé, ce soir. On essaie le restaurant thaï du coin de la rue?

—Mes instructions sont de vous laisser manger ce qu'il vous plaît.

En faisant la moue, Joanie envoie un petit coup de poing sur le bras de Betta.

—Tu m'ennuies. Sois un peu enthousiaste de temps en temps. Ça ne te tuera pas. Allez... allons-y!

Betta suit docilement la jeune femme en se questionnant sur les raisons de sa soumission. Joanie est sous sa responsabilité, pourtant, elle cherche à lui plaire. Cette attitude n'entre pas spécifiquement en contradiction avec ses ordres tant que Joanie ne s'échappe pas ou ne contacte pas son père.

Le hall d'entrée bourdonne d'activités. Des gens arrivent, certains sortent et d'autres, assis dans les luxueux fauteuils, lisent les journaux ou discutent entre eux. Les maîtres d'hôtel s'agitent pour offrir aux invités un service à la hauteur de leur statut social et de leur fortune. Betta observe tous les humains, enregistrant chaque détail. Aujourd'hui, rien à signaler.

CHAPITRE 23

Deux femmes sortent de l'ascenseur pendant que Jain parle au portier. Elle reconnaît l'une d'elles, vue sur la photo... La jeune femme semble plus âgée. Si elle ne l'avait pas examinée dans le dossier, elle n'aurait pas pu la reconnaître tant elle ressemble peu à la fille du cheik.

—N'est-ce pas Reina Kahbrahn? demande Jain au portier en les regardant quitter le hall d'entrée.

Le portier, qui suit son regard, hésite à lui répondre.

—Je suis désolée. C'est bien maladroit de ma part, s'excuse Jain. Évidemment, vous n'êtes pas libre de discuter de vos clients. J'ai rencontré mademoiselle Kahbrahn au cours d'une visite chez son père, l'an dernier.

—Vous connaissez le cheik? demande le portier, impressionné.

—Bien, je dois admettre que je ne le connais pas. Nous avons un peu discuté, rien de plus.

—Sensas! C'est vraiment génial. J'ai lu que c'est un des hommes les plus riches au monde.

—La septième fortune, je pense. De toute façon, je me trompe sûrement pour sa fille. De visage, elle ne lui ressemble pas. Elle n'aurait jamais cette coupe de cheveux.

—Vous vous trompez, c'est certain. Les employés de l'hôtel seraient au courant de la visite d'un client de marque. Mademoiselle Joanie Bassler est l'invitée de Winston Stalling.

—Je vois... et l'autre femme?

—Madame Smith. Selon moi, c'est sa garde du corps ou son amante, peut-être. Elles sont inséparables.

—En fait, elle doit être quand même importante si le directeur général de Future Dynamicon s'occupe de la facture.

—Ouais... et vous voyez celui-là? demande-t-il avec un mouvement de la tête en direction d'un homme se dirigeant vers la sortie. Il est souvent là, lui ou un autre et chaque fois que madame Smith et madame Bassler sortent, l'un d'eux les suit.

—Probablement par mesure de sécurité. C'est normal, vu leur importance. Je suis surprise qu'il n'y ait pas plus de membres du personnel de Future Dynamicon.

—Ce n'est pas nécessaire, ici. La sécurité dans les secteurs plus privés est assurée, particulièrement au troisième étage, la section des personnalités de marque avec caméras dans le couloir et alarmes spécifiques à chaque chambre.

—Impressionnant! Je ne veux même pas connaître le prix par nuit.

Le portier hoche la tête avant de décider qu'il doit reprendre son travail pour gagner ses pourboires.

—C'était un plaisir de faire votre connaissance, madame Plaine. Si vous désirez quoi que ce soit, vous n'avez qu'à me demander, Robert.

—Merci Robert, au plaisir.

Dans l'entrée, Jain scrute l'endroit pour vérifier s'il n'y a pas d'autres agents de la société ou de la Sécurité de l'intérieur aux environs. Elle est surprise de les repérer si facilement. Même un idiot ne pourrait pas les rater. Ils ne sont même pas soucieux de rester discrets : une nouvelle preuve de l'extrême arrogance du gouvernement et de l'entreprise. En général, les gens les évitent, connaissant leur réputation à faire disparaître ceux qui leur causent des ennuis. Entourée d'employés et de clients ordinaires, si l'on peut considérer les riches et puissants ainsi, elle décide qu'il est sécuritaire d'appeler Solaria.

—La route est libre, précise-t-elle. Je suis dans la chambre 214.

Sans attendre la réponse de Solaria, elle raccroche et remet son téléphone dans sa poche. Elle préfère restreindre les communications électroniques.

***

À l'instant où Jain revient dans sa chambre, quelqu'un cogne à la porte. Elle ouvre à Solaria en perruque noire et lunettes de soleil. Jain scrute le couloir de droite à gauche avant de l'agripper par le bras pour la faire entrer dans la pièce.

—Personne ne t'a vue? chuchote-t-elle en réprimant son envie de rire devant le déguisement de Solaria.

—Beaucoup de gens m'ont vue. Pourquoi chuchotes-tu? demande Solaria.

En y pensant bien, Jain n'a pas vraiment de réponse.

—Je ne sais pas, dit-elle d'une voix normale.

Solaria sourit.

—As-tu regardé beaucoup de vieux films?

—Euh, oui, pourquoi me poses-tu la question?

—Quand j'ai enfin eu la permission d'avoir un accès sans restriction à Internet, j'en ai aussi regardé. C'était à la fois très instructif et imaginatif. Et ne t'inquiète pas, nous ne sommes pas sur écoute. L'hôtel perdrait beaucoup en capital si ses clients se trouvaient compromis de cette manière-là. L'argent peut protéger l'intimité, même contre les sociétés importantes et les gouvernements.

—Tu crois que ça arrêterait la Sécurité intérieure ou Future Dynamicon?

—Peut-être pas. Par contre, s'il y avait des éléments électroniques dans la pièce, je le saurais.

—Tu peux détecter le matériel d'espionnage? demande Jain, surprise.

—Je peux capter les transmissions micro-ondes. Carley a créé un sous-programme pour bloquer la plupart des transmissions, mais je peux quand même entendre certaines fréquences.

—C'est pratique.

—Je suis la fine pointe de la technologie, tu te souviens?

Solaria sourit de toutes ses dents. En fait, elle aime se savoir avantagée par rapport aux humains. Elle commence aussi à apprécier la force évocatrice des expressions faciales.

—Ne joue pas les supérieures, la semonce Jain, devinant les pensées de Solaria.

Devant le regard étonné de Solaria, Jain sourit à son tour de toutes ses dents.

—Tu es peut-être d'une technologie avancée, mais j'ai bien plus d'expérience du monde réel. Ce n'est pas dans les livres que tu peux apprendre ça.

—Tu as raison, bien sûr.

—Oh, ne joues pas les humbles, maintenant, la taquine Jain. Il est bon de connaître ses forces... et ses faiblesses.

—Je vais m'en souvenir. As-tu découvert quelque chose?

—Oh, merde! Ce n'est pas possible... je ne t'ai pas encore dit. J'ai vu la version bêta et la fille du cheik. Elles logent au troisième étage.

—Tu les as vues au troisième?

—Non, dans le hall d'entrée. Elles semblaient bien s'entendre toutes les deux. Quand elles ont quitté l'hôtel, mademoiselle Kahbrahn lui parlait comme à une copine de longue date. Elle s'appelle Bassler.

—Si elles sortaient, comment connais-tu leur étage?

—J'ai utilisé la bonne vieille méthode du commérage avec le portier. Ce bonhomme parle beaucoup.

—Tu n'as probablement pas le numéro de la chambre?

—Non. J'ai prétendu les connaître, mais il aurait été suspect de poser des questions. J'ai su que le troisième étage a un niveau de sécurité supérieur... caméras, alarmes et tout le bazar.

—Ce ne sera pas un problème. Je contournerai le système au moment de mettre le plan à exécution. Le plus grand défi sera de trouver la bonne manière de neutraliser la version bêta pour sortir la fille de l'hôtel.

—Crois-tu que tu réussiras à maîtriser la version bêta? Est-elle faite comme toi?

—Pas tout à fait... Elle est le prototype. Je croyais l'être, mais à la lecture des dossiers, j'ai découvert que je suis le troisième modèle d'une série.

—Trois? Tu veux dire qu'il y en a une autre, quelque part?

—Je n'en suis pas certaine parce qu'il n'y a aucune information sur elle dans les dossiers. Quand ce sera terminé, j'enquêterai. Je devrai peut-être même retarder mes plans pour

Future Dynamicon puisque ma plus grande priorité est de trouver les versions bêta.

—Sais-tu si ce sont des hommes ou des femmes?

—Non, par contre je ne tarderai sûrement pas à découvrir ces renseignements-là, quelque part.

—Alors, il n'y a pas une minute à perdre. Si quelqu'un découvre les progrès réalisés dans le dossier Humachine, tu seras pourchassée, détruite, reprogrammée et plus, s'ils le peuvent.

Cette éventualité ne rassure aucune des deux femmes.

—Alors comment allons-nous connaître leur numéro de chambre?

—As-tu ton ordinateur portable?

—Toujours sur moi.

—Parfait. Je devrais pouvoir pirater le site de l'hôtel sans trop de difficultés. Je ne crois pas que leur niveau de sécurité soit très complexe.

—D'accord. Pendant ce temps, je vais nous commander à manger. Veux-tu quelque chose en particulier?

—Rien de spécifique puisque tout est encore nouveau pour moi. Choisis à ma place.

Jain accepte d'un signe de tête. Elle pointe son ordinateur du doigt, puis consulte le menu du restaurant dans le bottin de l'hôtel.

—Le prix que les gens sont prêts à payer pour manger ici... incroyable. Vingt-cinq dollars pour une salade. Et ils l'appellent la spécialité du chef! grommelle-t-elle. Laitue, tomate et vinaigrette, où est la signature du chef? Certains ont plus d'argent que de jugement. Je me demande si je peux commander une pizza pour la faire venir à notre chambre. J'imagine la crise cardiaque à la réception.

Comme Jain n'attend pas de réponse, Solaria poursuit sa recherche de la porte dérobée pour entrer dans le registre des clients de l'hôtel. Quand le service aux chambres cogne à la porte, elle a déjà les renseignements et les codes d'accès du système d'alarme du troisième étage ainsi que les images vidéo de la salle de contrôle. Elle est maintenant prête à créer une séquence en boucle pour les moniteurs et désactiver l'alarme de la chambre trois cent trois. Avec un peu de chance, elle pourra entrer dans la chambre, incognito, neutraliser la version bêta et convaincre Reina de la suivre. Elle éteint l'ordinateur, le replace sur la table et prend l'assiette que Jain lui tend.

—Crevettes à l'ail et sauté de légumes. J'espère que tu aimes.

Solaria apprécie la saveur des crevettes épicées.

—C'est une saveur intéressante. Quels sont les ingrédients de la sauce?

—C'est de l'ail et du beurre. Ils ajoutent habituellement un peu de vin blanc avec du fromage parmesan. C'est un de mes plats préférés, même si le commun des mortels ne peut plus se payer de crevettes. L'industrie des pêches a vidé les océans. Les produits achetés en magasin proviennent de fermes de culture, à moins d'être artificiels.

—J'ai lu des articles Internet à propos du moratoire sur la pêche aux crevettes sauvages. La plupart des naturalistes croient à la régénération de l'espèce d'ici dix à vingt ans, s'ils réussissent à freiner la pêche illégale.

—Ouais, bonne chance. Je ne serais pas surprise que ce soit des crevettes de braconnage. La préservation naturelle n'est pas une préoccupation des plus nantis.

Solaria contemple les petits morceaux roses dans son assiette.

—Devrions-nous les manger? demande-t-elle.

L'idée de manger une espèce en voie de disparition la dérange. Elle n'apprécie vraiment pas. Jain rit.

—Je plaisante! L'hôtel ne nous sert sûrement rien qui ne soit pas légalement certifié. Peux-tu imaginer l'esclandre si des journalistes curieux ou des environnementalistes apprenaient quelque chose du genre? Les manifestants envahiraient l'endroit et tu devines que les riches n'aiment pas être photographiés.

Solaria, soulagée, savoure une nouvelle bouchée de crevettes.

—C'est vraiment délicieux.

Jain regarde Solaria savourer chaque bouchée, pour ensuite s'attaquer au sauté de légumes.

—Je peux te poser une question? se risque-t-elle à demander.

—Non, répond Solaria en avalant ses légumes fumants.

—Bien, je me demandais... Sais-tu comment ton corps et tes processeurs fonctionnent? Je veux dire que je ne peux pas m'imaginer le sentiment...

Jain, qui ne sait pas comment poser la question, cherche ses mots.

—Une machine?

—Non, ce n'était pas dans ce sens-là... Peut-être un peu, mais pas exactement.

Jain, contrariée, dépose son assiette et se penche vers l'avant, les bras sur ses genoux.

—Tu veux savoir si je saisis ce que je représente, au sens physique.

—Oui, c'est à peu près ça.

Solaria n'est pas certaine de savoir quoi répondre.

—Oui et non.

Solaria ne veut pas révéler ses capacités de caméléons. Elle s'efforce de trouver dans ses puces de mémoire, une façon logique de s'expliquer.

—Quand j'ai pris conscience de mon existence, mon corps me semblait bizarre dans la lenteur de son temps de réaction. Si j'en demandais trop à mon processeur principal dans mes déplacements, je n'avais plus assez d'énergie pour faire fonctionner le reste. Plusieurs de mes processeurs s'éteignaient et je perdais des données.

—L'équivalent d'une grande fatigue. Quand je suis fatiguée, j'oublie des choses. C'est énervant.

—Oui, très. À force de m'exercer, j'ai fini par utiliser mes ressources énergétiques de façon plus efficace. Mes mouvements se faisaient naturellement, je n'avais plus à y penser consciemment.

—Ce n'est pas très différent d'un enfant qui apprend à marcher. Et ton corps? Tes sensations semblent similaires aux miennes. Tu goûtes, tu sens, tu vis même des émotions complexes. Veux-tu devenir humaine, Solaria?

—Je n'y ai jamais pensé. Vouloir devenir ce que je ne serai jamais n'a aucun sens pour moi.

—Oh, je ne sais pas. Nous voulons tous être autre chose que nous-mêmes. Je ne vois pas pourquoi tu serais différente.

D'un autre côté, je n'aspirerais certainement pas à devenir humaine.

—Tu n'as pas à le souhaiter.

Jain lance une grimace.

—Tu as raison. As-tu prévu notre prochaine étape?

Solaria fait signe que oui.

—Je vais désactiver les caméras et plus tard ce soir, les alarmes. La plupart des clients dormiront et les employés de l'hôtel seront peu nombreux. Il n'y aura probablement presque personne aux étages supérieurs. Puisque je pourrai circuler sans me faire repérer, j'aurai le temps de pénétrer dans leur chambre.

—Sans qu'elle t'entende? J'en doute.

—Je cours le risque, misant sur le fait qu'il s'agisse du prototype. Je soupçonne que sa structure est légèrement inférieure à la mienne et que ses processeurs opèrent sans aucun doute moins vite. Cet avantage devrait me permettre de prendre le dessus.

—Tu prévois un match de lutte avec elle? Vous allez ameuter tout l'hôtel!

—J'espère plutôt désactiver certaines de ses composantes physiques, avant d'en venir à ça.

Jain roule des yeux.

—Tu es optimiste. Et je fais quoi pendant cette bataille féminine?

—Tu feras le guet. Tu devras distraire les passants.

—D'accord! Bon, attention que cette lutte ne dégénère pas. Nous ne voudrions surtout pas devenir le centre d'attraction.

—Je vais voir comment les choses se déroulent, répond sérieusement Solaria.

Jain a raison, elle le sait. Ce ne serait pas à son avantage ou à celui de la version bêta.

—Tu devrais te reposer, Jain. Je te réveille quand il faudra y aller.

CHAPITRE 24

Joanie et Betta reviennent dans leur chambre à pratiquement trois heures du matin. Après avoir mangé, Joanie avait choisi d'aller au cinéma. Ensuite, elle avait insisté pour casser la croûte puisqu'elle avait faim. Il était plus simple pour Betta d'accepter que d'entendre l'humaine se plaindre toute la nuit qu'elle n'a pas assez mangé. Le repas terminé, Joanie était prête à se coucher, elles sont donc revenues à l'hôtel.

Joanie prend une douche rapide avant de sauter au lit avec les cheveux encore humides.
—La salle de bain est à toi, lance-t-elle.
Elle se glisse sous les draps, s'installe confortablement et s'endort vite.
Betta retire ses vêtements et disparaît dans la salle de bain. Prendre une douche est l'un de ses rares plaisirs. La sensation de l'eau tambourinant sur sa peau, le rythme continu des pulsations et la chaleur détendent ses muscles contractés. Pendant quelques minutes, elle se permet de baisser sa garde. Joanie n'ira nulle part. Adossée à la paroi, les yeux fermés et quatre de ses processeurs éteints, elle savoure ce moment de détente où, pour un court instant, elle n'a pas à être aux aguets de tout et tous ceux dans l'entourage d'elle et Joanie. Cela explique peut-être qu'elle n'entende pas le mouvement furtif dans l'autre pièce.

***

161

Solaria neutralise facilement les caméras et le système d'alarme. En quelques minutes, elle s'introduit dans le contrôle de sécurité de l'hôtel pour concevoir une image vidéo en boucle et ainsi fournir une fausse séquence aux caméras. Elle détourne aussi les circuits électroniques des trois alarmes de la suite et désactive la serrure électronique de la porte.

Solaria s'approche silencieusement de la porte dans le couloir du troisième étage en s'éloignant de Jain, restée près de l'ascenseur. Elle tourne lentement la poignée pour vérifier le déverrouillage de la serrure. Un léger déclic la rassure. Elle pousse doucement la porte, entre et observe la suite. La pièce est vide. Le bruit étouffé d'une respiration vient de la chambre sur la gauche. Solaria identifie un bruit d'humain d'aucun danger pour elle.

Elle ouvre la porte de la chambre pour jeter un coup d'œil dans la pièce sombre. Avec sa vision supérieure, elle identifie clairement la forme endormie sous les draps. La jeune femme est visiblement épuisée.

Sans un regard de plus, Solaria se concentre sur le bruit de l'eau coulant dans la salle de bain. Il ne peut s'agir que de l'humachine. Elle se déplace sans bruit sur l'épais tapis et attend la sortie de sa cible.

Betta coupe l'eau et attrape sa serviette pour se sécher les cheveux et la peau. Elle aimerait bien trouver une raison logique pour le bonheur qu'elle ressent dans sa douche, mais elle ne se l'explique pas. Son métabolisme a pourtant la capacité de parfaitement s'autonettoyer.

Elle laisse tomber la serviette sur le sol pour se regarder dans le miroir. La buée l'empêche d'avoir une image claire de ses formes, mais elle n'en a pas besoin pour se souvenir de son apparence.

Coupés courts, ses cheveux de couleur chocolat au lait se dressent sur son crâne. Betta les maintient très exactement à

3,81 centimètres sur le dessus et 0,635 centimètre sur les côtés. Pour un garde du corps, il est plus pratique d'avoir des cheveux assez courts; personne ne peut les agripper. Ses yeux bruns ont des reflets dorés. Ses pommettes saillantes et sa mâchoire carrée envoient un message clair à son interlocuteur : il ne faut pas l'embêter. Il se dégage beaucoup de puissance de son corps musclé d'un mètre soixante-treize, mais Betta ne pense pas à elle en ses termes. Elle est ce qu'elle est : une machine construite pour servir ses maîtres. Même s'il y a des moments où elle... elle quoi? Espère? Non, l'espérance est pour les humains, pas les humachines.

Solaria attend patiemment sa proie. Comme un chat sur le point de se lancer sur une souris, elle s'immobilise et ralentit sa respiration à un rythme à peine perceptible, consciente qu'il ne faudrait pas grand-chose pour révéler sa présence à l'humachine. Elle est même surprise de ne pas l'avoir déjà fait.

Quand Betta ouvre la porte, elle sent immédiatement le danger dans la pièce. En se retournant, elle voit une main se lancer vers sa tête. Elle veut l'intercepter. Elle aurait réussi, une milliseconde plus tôt, mais quatre processeurs éteints ralentissent son temps de réaction. Elle n'arrête pas le coup qui lui percute le crâne. Même si elle ne perd pas connaissance, la force de l'impact la décontenance. Elle parvient péniblement à réactiver ses processeurs. Ses sens lui reviennent pour être en mesure de se défendre. Le souffle court de Joanie la ramène à son mode pleinement opérationnel, mais il est trop tard. Solaria lui bloque les bras sur son torse en l'emprisonnant de ses bras de fer, puis la jette au sol.

—Si vous résistez, je tue la fille, menace Solaria.

Elle connaît l'objectif premier de l'humachine : protéger Joanie à n'importe quel prix.

Joanie regarde le combat, sans savoir quoi faire. Le dos contre la tête du lit, elle serre un oreiller sur elle.

Betta cesse immédiatement le combat, tout en cherchant une solution à la situation. Solaria ne veut pas lui laisser le temps de réfléchir. Elle répète sa menace.

—Si vous résistez, je la tue.

Solaria regarde Joanie, la dissuadant d'un mouvement de la tête.

—Et vous, si vous criez, je la tue.

—Que voulez-vous? demande Betta en relâchant un peu la tension dans ses muscles.

Elle veut donner à cette femme l'impression qu'elle se rend pour avoir la chance de réagir.

—Je vous le dirai quand je serai certaine que vous ne tenterez rien. Si vous coopérez, personne ne sera blessé. Si vous essayez de vous débattre, la fille en souffrira.

Betta fait un signe de tête pour donner son accord. Cette femme peut mettre ses menaces à exécution, elle en est certaine. Sa rapidité et sa vitesse dépassent de loin les capacités humaines. Cela ne peut vouloir dire qu'une chose : l'intruse est une humachine.

—Tournez-vous sur le ventre, ordonne Solaria en maintenant fermement sa prise.

Betta se tourne sur le ventre, à contrecoeur. Abandonner sans se battre ne lui ressemble pas, même si, pour l'instant, c'est le choix logique. Solaria s'adresse à Joanie.

—Donnez-moi le cordon téléphonique.

Joanie passe maladroitement de l'autre côté du lit pour déconnecter le fil du téléphone et le lui lancer. Ensuite, elle reprend sa position de départ. Solaria attache rapidement les mains de l'humachine, puis rapproche les pieds pour les ligoter aussi.

—Vous pouvez casser ce fil assez rapidement, mais je vous suggère de ne pas le faire avant mon départ. Je peux tuer cette fille avant même que la corde ne cède.

—Vous enlevez Joanie? demande Betta.

Chaque fibre de son corps se révolte à cette idée.

—Non, je ne l'enlève pas. Elle viendra avec moi volontairement quand je lui aurai expliqué pourquoi elle est ici. Vous lui confirmerez tout.

Betta n'est pas programmée pour mentir. Si l'humachine dit la vérité, elle ne pourra qu'obéir. Betta accepte d'un signe tête.

—Parfait.

Solaria se tourne vers Joanie tout en s'éloignant de l'humachine pour éviter d'être à portée de main, dans l'éventualité d'une tentative d'évasion.

—Vous avez été kidnappée par Future Dynamicon pour mettre de la pression sur votre père. Cette femme n'est pas votre garde du corps au sens pur du terme. Elle doit vous empêcher de contacter le cheik ou quelqu'un d'autre. Et à l'heure qu'il est, votre père ignore où vous vous trouvez.

Joanie, interloquée, regarde tour à tour Solaria et Betta.

—Est-ce vrai? murmure-t-elle.

Betta le lui confirme d'un lent mouvement de tête. La déception qui se lit dans le regard de la fille la trouble. Elle ne comprend pas pourquoi. Elle a suivi ses ordres. C'est son travail. L'opinion de Joanie ne devrait pas compter.

—Tu m'as kidnappée et menti?

—Non, répond Betta.

—Non?

—Non, je ne vous ai ni kidnappée, ni menti.

—Comment l'exprimerais-tu, alors? gronde Joanie, sa douleur se transformant en colère.

—On m'a dit de vous surveiller. J'ai suivi mes instructions.

—Je vois. Ton travail est de me protéger.

—Oui.

—Dans quel but?

—Je ne comprends pas la question.

—De quoi ou de qui dois-je être protégée?

—Je n'ai pas les renseignements. Mes instructions sont...

—De me surveiller. Je sais. Mais tu ne sais pas de quoi.

Betta cherche à dire quelque chose. D'après elle, ses réponses sont logiques, même si elle ne s'est jamais posé de questions sur sa mission.

Solaria observe l'échange sans intervenir. Il n'y a pas de doute pour la jeune femme qu'il existe un réel attachement entre Reina et l'humachine. Elle s'intéresse plus particulièrement à la réaction de Betta. Celle-ci semble perturbée et déconcertée. Solaria peut la comprendre. Il n'est pas facile pour une humachine de concilier les émotions et les ordres logiques. Elle les interrompt finalement, considérant qu'il est temps de partir.

—Nous devons y aller.

—Je ne pars pas avec vous. Je ne vous connais même pas, déclare Joanie.

—Ça ne fait rien. Vous allez venir d'une façon ou d'une autre. Je vais la tuer si vous ne venez pas tranquillement.

Joanie se sent à bout de ressources.

—Et elle?

—Elle pourra se libérer de ses liens quand elle le voudra. Ses ordres sont de vous surveiller. Elle ne peut les ignorer. Elle nous suivra.

—Que voulez-vous dire, elle ne peut les ignorer? Elle peut faire ce qu'elle veut.

—Malheureusement, non. Maintenant, habillez-vous. Nous devons sortir de l'hôtel rapidement, sans nous faire remarquer. La société a des hommes qui surveillent le rez-de-chaussée.

Joanie se redresse, enfile une paire de jeans et un T-shirt, puis regarde la chambre.

—Je prendrai d'autres vêtements, plus tard.

—Parfait.

Solaria regarde Betta, hésite une minute, puis prend la décision de se fier à son instinct plutôt qu'à la logique.

—Si vous acceptez ma proposition, je vous dirai comment nous contacter.

—Je peux vous retrouver sans accepter, vous le savez.

—Oui, mais je vous simplifierai la tâche et vous ferez gagner du temps. De toute façon, il n'y a aucune garantie que votre employeur vous garde en activité.

En activité! Les soupçons de Betta se confirment. L'intruse sait ce qu'elle est.

—Que voulez-vous? demande-t-elle, méfiante.

—Je veux que vous trouviez le GPS quelque part dans votre système pour le détruire. L'entreprise connaît vos moindres mouvements et je ne veux pas qu'ils découvrent nos coordonnées. Vous devez venir seule.

Betta n'avait pas conscience de cette surveillance, mais c'était logique. Pour des raisons évidentes, la société devait suivre ses moindres mouvements.

—Je n'ai aucun problème à l'enlever.

—Alors, rendez-vous à la bibliothèque à cette adresse, dans trois semaines.

Solaria inscrit rapidement les renseignements et laisse la note sur la table. Elle fait signe à Joanie de sortir et la suit de près.

—J'estime que vous serez libre dans moins de trente-trois secondes après notre départ. Ne nous suivez pas. Prenez plutôt le temps de décider si vous voulez être une esclave pour Future Dynamicon ou la maîtresse de votre destinée.

Après avoir refermé la porte derrière elle, Solaria pousse Joanie dans le couloir en direction de l'ascenseur.

Jain, entrée dans la cabine, appuie sur la commande pour immobiliser l'ascenseur. Quand Joanie et Solaria entrent à leur tour, Jain tend une perruque blonde et une longue veste à la fille du cheik. Elle donne ensuite à Solaria une perruque noire et une paire de lunettes légèrement teintées.

—De ton côté, sors-la d'ici. Moi, je vais partir dans la matinée pour ne pas éveiller les soupçons.

—À plus tard.

Joanie met la veste. Même si elle fait la grimace devant la perruque, elle l'enfile aussi. Elle pense toujours à la femme ligotée dans sa suite qu'elle se sent mal d'avoir abandonnée, malgré ses mensonges.

—Comment ira-t-elle? demande-t-elle à Jain et Solaria.

—Tout ira bien pour elle. Vous la reverrez bientôt, sans aucun doute. Maintenant, sortons d'ici.

Quelques minutes plus tard, Solaria et Joanie déambulent tranquillement dans le hall d'entrée et sortent par la grande porte. Un homme assis dans l'ombre leur jette un regard et retourne à son journal. Ce sera une autre nuit ennuyeuse pour lui.

CHAPITRE 25

Deux semaines plus tard

Quand Jain voit Betta arriver à la bibliothèque, il est presque l'heure de la fermeture.

—Pourrais-tu surveiller la réception? Je vais prévenir les salles du fond que nous fermons dans trente minutes, dit-elle en se tournant vers son assistante.

—Bien sûr.

—Merci. Je m'occupe de la dame qui vient d'arriver.

—Tu sais Jain, même si je ne suis pas lesbienne, je peux apprécier parler aux belles femmes.

—D'accord. Informe là de l'heure de fermeture pendant que je vais au fond.

Jain sait que Betta attendra. Elle jette un dernier regard à l'humachine en tapotant le bras de son assistante avant de s'éloigner.

Solaria est absorbée par l'écran plasma quand elle entend Jain s'approcher.

—Elle est ici, dit Solaria.

—Oui. Je te l'amène? Nous fermons dans quelques minutes.

—Ça ira. Je dois lui parler seule à seule.

—Mmmm. J'espère qu'l n'y aura pas de bagarre ici parce que je n'aimerais pas avoir à expliquer à ma patronne...

—Ne t'inquiète pas. Elle n'est pas ici pour se battre. Et puis, il ne serait pas logique de se battre dans un lieu public équipé de caméras dans chaque pièce.

Jain grommelle.

—Comme si tu ne t'en étais pas déjà occupée. J'ai remarqué qu'elles souffrent de nombreux problèmes ces derniers temps. Ça arrive seulement quand tu es là. C'est étrange.

Solaria sourit malicieusement à Jain.

—Tu devrais les faire vérifier.

—J'en ai l'intention quand je serai certaine qu'elles n'auront plus aucune raison de se détraquer.

—Bien pensé. Maintenant, c'est l'heure de ma rencontre avec Betta. Peux-tu la guider jusqu'ici?

La bibliothécaire accepte d'un signe de tête et sort. Betta se promène dans les allées, étudiant les titres et les auteurs. D'après Jain, elle mémorise tous ces renseignements pour les consulter plus tard.

—Betta?

Betta se retourne pour faire face à Jain. Elle la scrute de ses yeux bruns inexpressifs. Jain se redresse de son mètre cinquante-cinq pour stoïquement affronter ce regard.

—Oui, je suis Betta.

—Voudriez-vous me suivre?

Sans attendre de réponse, Jain se dirige vers la salle d'ordinateurs. Elle pousse la porte et invite Betta à entrer, puis retourne à son bureau.

—Ça vous en a pris du temps, dit Solaria en accueillant Betta.

—Je devais d'abord isoler les sous-programmes. Cette opération m'a pris du temps malgré les données que vous m'aviez fournies.

—Et l'émetteur?

Betta lève son bras gauche sous lequel se trouve une incision d'une dizaine de centimètres refermée par un pansement.

—Je l'ai enlevé. Il appartient maintenant à un rongeur.

Solaria est impressionnée. Être à moitié machine n'empêche pas de sentir la douleur. Quand le corps subit un choc, le système neurobiologique, semblable à celui des humains, réagit par un dysfonctionnement temporaire des nanoprocesseurs.

—Comment l'avez-vous trouvé?

—Mon superviseur m'a donné le renseignement.

—Votre superviseur?

—Oui, il a très bien coopéré.

Solaria n'en doute pas.

—Où est-il maintenant?

—Il n'est pas opérationnel.

Solaria fronce des sourcils de surprise. La pensée que Betta ait tué un humain ne lui plaît pas même dans les circonstances.

—Vous l'avez tué?

—Non. Tuer un humain n'est acceptable qu'en cas d'autodéfense, pour protéger les autres ou conclure une tâche, si nécessaire.

—Alors que voulez-vous dire par non opérationnel?

—Monsieur Justin a eu des os brisés et quelques contusions pendant notre conversation. Il est dans son intérêt de déménager loin d'ici. Nous étions d'accord.

—Et où, exactement?

Betta hausse les épaules.

—J'ai suggéré le Tibet.

—Tibet?

—C'est un choix logique. Le pays n'a aucune valeur commerciale pour la société. Il n'y a donc pas d'agent. En tant que scientifique, monsieur Justin aime le confort de la vie moderne. Personne ne soupçonnerait son exil dans un pays où la technologie est peu présente.

Solaria rit.

—Vous avez un sacré sens de l'humour.

—Je ne comprends pas.

Betta fronce légèrement les sourcils.

—Peut-être pas pour l'instant. Vous comprendrez un jour. Qu'allez-vous faire maintenant?

—Je n'ai plus de mission. J'ai agi en me basant sur de faux renseignements. J'étais complice de l'enlèvement de Joanie. Je dois me rendre aux autorités.

—Vous ne pouvez pas. Ce serait une erreur.

—C'est le choix logique, répond Betta, les yeux braqués sur Solaria.

—Faux. C'est illogique. Votre raisonnement ne tient pas.

—Pourquoi?

—Joanie est toujours en danger. Si elle retourne auprès de son père sans protection, elle sera une cible prioritaire pour les gens de Stalling. Vous êtes la seule à pouvoir assurer sa sécurité, maintenant.

—Elle ne me fera jamais confiance après ce que j'ai fait.

—Elle vous fait déjà confiance. En fait, vous êtes la seule, à l'exception de son père, à avoir toute sa confiance. Stalling a assurément des agents auprès du cheik. Cette possibilité expliquerait la facilité avec laquelle ils l'ont capturée.

Solaria sent la contrariété de Betta. Les émotions dans leurs caractéristiques insaisissables ne cadrent pas avec la pensée logique. Si Carley ne l'avait pas aidée pendant ses premiers mois de conscience, elle ressemblerait probablement à Betta. L'humachine a besoin d'un but et d'un partenaire humain pour développer son plein potentiel.

—Betta, vous devez poursuivre votre mission, répète Solaria. De plus, ce sera bénéfique pour vous. Vous avez besoin de plus d'interactions avec les humains. Joanie vous aidera.

—Sait-elle ce que je suis?

—Qui vous êtes, la corrige Solaria. Vous n'êtes pas un objet.

—Je suis une humachine créée par des humains pour les servir.

—C'était leur intention, jamais la vôtre. Vous êtes libre de vos actions, mais vous n'êtes pas prête à vivre parmi les humains sans être guidée. Laissez-la vous aider. Vous devez la protéger.

—Je la dégoûterai ou lui ferai peur.

—Pourquoi le croiriez-vous?

—C'est la nature humaine.

—Tous les humains ne craignent pas l'inconnu. Donnez-lui sa chance. C'est une femme très intelligente. D'après moi, vous serez surprise. Maintenant, pour sa sécurité, voulez-vous la ramener chez son père?

—Apparemment, je n'ai pas le choix. Je vais la raccompagner si elle accepte. Je vais aussi rester à ses côtés d'ici à ce qu'elle me renvoie ou n'ait plus besoin de moi.

—C'est exactement ce qu'il faut faire, rien de plus. Allons-y. Elle nous attend.

Betta suit Solaria hors de la pièce. *Les humains sont tellement imprévisibles,* pense-t-elle. *Si c'est ainsi, être humain, elle préfère son statut d'humachine.*

Jain vient de terminer sa tournée des salles et des rangées de la bibliothèque quand les deux humachines sortent du local informatique.

—Êtes-vous prêtes? demande-t-elle avec un regard curieux en direction de Betta.

—Oui, Betta accompagnera Joanie chez son père et restera avec elle, le temps que je règle certaines affaires.

—Nous!

—Bien sûr, nous!

Betta observe attentivement l'interaction entre les deux femmes. Elles s'apprécient visiblement, même si elles forment un étrange duo. La bibliothécaire est courte et trapue. Son apparence n'est pas attrayante selon les normes humaines. Solaria, au contraire, plus grande de plusieurs centimètres, possède des qualités symétriques et agréables à regarder.

—Vous vous appréciez, dit-elle, sa soif de connaissance l'emportant sur sa nature généralement silencieuse.

Jain rougit légèrement, gênée par la question. Elle ne sait quoi répondre.

—Nous sommes..., Solaria hésite, cherchant ses mots.

—Amies! répond Jain pour faire comprendre ses émotions à Solaria.

—Peut-être qu'un jour, je vivrai aussi une amitié.

—Vous avez déjà une amie. Vous ne le savez pas encore, c'est tout. Vous en comprendrez la valeur, un jour, dit Solaria.

Betta hoche la tête. Elle ne s'attendait pas à autant.

CHAPITRE 26

Joanie, recroquevillée dans le canapé, lit le manuscrit qu'elle a trouvé près de l'ordinateur de Jain. Plongée dans une scène érotique, elle n'entend pas les femmes entrer dans l'appartement avant de voir Jain au salon.

—Oups! s'exclame-t-elle. Prise en flagrant délit!

Jain sourit timidement à la vue du texte imprimé dans les mains de Joanie.

—Mes débuts d'auteur. Comme je vis souvent dans mon monde imaginaire, l'idée d'une histoire m'est venue.

—C'est bien, surtout pour les scènes croustillantes. Tu as soit beaucoup d'imagination, soit une tonne de rencontres fantastiques à ton actif.

—Le premier choix... et je lis beaucoup.

—Je veux tout ce que tu lis et si tu publies, je serai ta première cliente.

—Peu de chance que ça arrive. En fait, tu seras probablement très occupée dès ton retour chez toi. À ce sujet, viens dans la cuisine, je t'ai rapporté une surprise.

—Oui! J'adore les surprises!

Joanie se lève pour suivre Jain dans la cuisine. Elle pousse un petit cri de joie en voyant Betta et s'élance au cou de l'humachine, désarçonnée.

—Tu es saine et sauve! s'exclame-t-elle. Je m'inquiétais pour toi.

Joanie se sait en terrain amical puisque Jain lui a bien expliqué la situation depuis qu'elles sont arrivées dans son appartement, le jour où elles l'ont récupérée à l'hôtel. Elle est soulagée de voir Betta, saine et sauve.

—Inquiète? Pour moi? Pourquoi? demande Betta, déconcertée.

—Ne sois pas bête. Tu es une amie. Pourquoi je ne m'inquiéterais pas?

L'expression sur le visage de Betta n'a pas de prix. Jain lance un clin d'œil à Solaria qui sourit et se contente de hocher la tête.

—Tu vas bien? demande Joanie, les mains sur les bras et les épaules de Betta comme si elle cherchait des blessures.

Elle grimace en voyant l'incision sur son bras.

—Hé! Ça a dû te faire mal. Comment c'est arrivé?

Comme d'après Solaria, ce n'est pas le moment de tout révéler à Joanie, elle ne laisse pas à Betta l'occasion de répondre.

—Un accident. Elle te racontera plus tard. Maintenant, nous devons vérifier si Dana a contacté ton père. Il est sûrement inquiet pour toi.

—D'accord, mais je ne pourrai pas être mise de côté pour toujours. Quelqu'un devra me dire bientôt ce qui se passe, sinon...

—Je te le dirai dès que tu seras en sécurité chez toi, propose Betta. Tu ne seras peut-être plus si heureuse de m'avoir à tes côtés.

Joanie, qui donne de petits coups joueurs à Betta, rit sous cape.

—Tu ne perds rien pour attendre. La vengeance est un plat qui se mange froid, tu sais!

—Betta va y goûter! dit Jain. Elle fait signe à Solaria de la suivre au salon.

—Vous deux, trouvez ce que nous mangeons ce soir. Nous allons vérifier, si Dana a du nouveau.

—Super. Hé Betta, sais-tu comment faire une lasagne? Je meurs de faim.

—Bien sûr, répond l'humachine, un peu vexée. Pâte, sauce tomate, fromage ricotta, fromage cottage...

—Hé, on la fait ensemble et tu me montres au fur et à mesure?

—Certainement.

Les deux femmes fouillent la cuisine à la recherche des ingrédients nécessaires.

Au salon, Jain allume l'ordinateur et se connecte à Internet. Solaria tape rapidement le lien de Dana et attend. Quand la fenêtre s'ouvre, un crâne souriant les accueille.

—Bienvenue dans le domaine des damnés, dit une voix grave et monotone. Qui ose faire appel à moi?

—Dana, c'est Solaria. Je dois te parler.

—Solly! s'exclame une voix de garçon. Comment vas-tu, l'amie?

—Bien et toi?

—Je vais.

—Et la douleur a diminué?

—Un peu. La formule, que tu m'as envoyée, m'aide beaucoup.

—C'est la moindre des choses. La douleur disparaîtrait complètement avec des jambes biomécaniques. Tu n'as pas à continuer à utiliser ces prothèses.

—Je sais. Appelle-moi, vieux jeu. Tu sais que j'ai un problème éthique avec les coulisses de la science. Ils utilisent encore les cobayes humains pour tester les nouveaux produits.

—Et pourtant, tu continues à m'aider? Je suis un produit de ces tests.

—Solaria, je ne suis pas contre les résultats de la science moderne, seulement la façon dont elle est développée. Tu es un miracle et bien plus que ça pour moi, une amie. Carley a fait du bon travail dans sa façon de t'élever.

Solaria rit.

—Je ne suis pas certaine qu'élever soit le terme juste.

—Pour l'instant, ça ira. Bon, que puis-je faire pour toi?

—As-tu réussi à contacter le cheik?

—En doutes-tu? Bien sûr que oui. Il est au courant de la situation.

—Et les agents de la société dans son entourage?

—Bon... même dans les documents sur leurs opérations secrètes, je n'ai rien trouvé de substantiel. Ils ont probablement mis sur pied un réseau cellulaire dont seule une poignée d'initiés connaissent l'identité du centre nerveux. C'est l'unique méthode pour réduire les risques de fuites.

—C'est sensé. J'aurais fait la même chose.

—Alors, comment allez-vous protéger Joanie chez elle?

—Je laisse Betta s'en occuper.

—L'humachine? Je m'excuse, je ne voulais pas te vexer.

—Je ne le suis pas, Dana. Elle est une humachine. Betta est la seule à pouvoir garantir sa sécurité, maintenant. La garde du cheik est compromise. Betta ne comptera sur personne. Pour l'instant, c'est mieux pour Joanie.

—Pourquoi crois-tu qu'elle la protégera ou même que Joanie veuille d'elle?

—Fais-moi confiance, aucune des deux ne protestera. C'est la solution logique. Comment t'es-tu organisé avec le cheik?

—Je t'envoie les détails, demain. Même si je me considère comme le meilleur hacker vivant, je ne veux pas risquer que nos renseignements soient interceptés par hasard. L'entreprise engage des gens très intelligents. Hackattack s'est presque fait pincer, la semaine dernière.

—Il va bien?

—Ouais, par contre il doit se relocaliser. Il sera réinstallé et fonctionnel d'ici quelques jours.

—Dis-lui de faire attention. Si tout va bien, dans un certain nombre de semaines, vous n'aurez plus à vous soucier d'eux.

—Je le lui dirai! Maintenant, il est préférable de couper le lien. Nous sommes restés un peu trop longtemps branchés à mon goût.

—Merci Dana.

—Ça m'a fait plaisir et salue Jain pour moi.

—Je le ferai.

Quand l'écran devient noir, Solaria se tourne vers Jain.

—Nous poursuivrons nos plans pour Stalling et son réseau dès que nous saurons Joanie et Betta en sécurité.

—Puisqu'on parle d'elles... je crois qu'elles ont de l'affection l'une pour l'autre.

—Je perçois même un peu plus.

—Tu penses qu'elles sont amoureuses?

—Je ne crois pas que ça aille si loin. Les émotions de Betta sont trop primitives pour des sentiments aussi profonds. Mais il semble y avoir une attirance.

—D'après toi, Betta sera-t-elle capable d'aimer, un jour? demande Jain, pleine d'espoir.

—M'en supposes-tu incapable? Solaria penche légèrement la tête dans l'attente de la réponse de Jain.

—Toi? Je n'en crois rien. Tu es la plus humaine de mes connaissances... c'est un compliment, bien entendu. Mais Betta n'a pas eu Carley pour l'aider.

—C'est vrai. Il n'y a pas si longtemps, j'étais comme elle. Au début, c'était difficile, mais Carley m'a aidée à comprendre ce que je traversais. À peu de chose près, Joanie sera la Carley de Betta.

—C'est-à-dire?

—Carley n'a jamais été amoureuse de moi, dit Solaria.

—D'après toi... J'espère que tu ne te trompes pas pour elles. Ce serait la conclusion d'un conte de fées. J'adore les fins heureuses.

Solaria ne dit rien. Ni Betta, ni elle ne pourront vivre le genre d'amour dont rêve Jain. Cela n'empêche rien. Certaines formes d'amour peuvent évoluer. Seul le temps le dira.

Jain est déjà en train de visualiser d'autres possibilités. Puisque les avancées scientifiques ont pu créer des humachines, il n'y a qu'un pas à imaginer l'heure où l'humachine se reproduira avec une partenaire humaine. Elle secoue sa tête, tapote le bras de Solaria et fait un signe en direction de la cuisine.

—Nous devrions aller voir ce qu'elles trafiquent. Dieu sait ce qu'on va manger ce soir.

Dans la cuisine, Joanie s'amuse des démonstrations de Betta. L'humachine lui fait voir son efficacité à couper les légumes pour la salade. Betta, malencontreusement distraite par le rire ininterrompu de Joanie, rate un champignon et se coupe le doigt. Devant le sang qui coule, Betta ne sait pas comment réagir.

—Oh, Betta, je suis désolée, s'exclame Joanie en prenant un torchon à vaisselle. Ça te fait mal?

177

—C'est une blessure mineure. Vous ne devriez pas vous inquiéter.

—Bien sûr que je m'inquiète. Je vais voir si Jain a un pansement.

—Non, ordonne Betta. Ce n'est pas nécessaire.

Devant l'air peiné de Joanie, Betta fouille ses banques de données à la recherche d'une méthode pour l'aider à se sentir mieux. Elle presse timidement la main de Joanie dans les siennes.

—Désolée!

Joanie hoche la tête, puis sourit.

—Au moins, laisse-moi nettoyer la plaie.

Betta, soupirant, se laisse guider vers l'évier. La main sur la sienne est chaude et douce. Joanie rince et désinfecte méticuleusement son doigt.

—Voilà, dit-elle fièrement. La blessure a déjà l'air moins grave. Je suis certaine que tu te sens déjà mieux. Avoue-le!

Betta acquiesce après avoir examiné son doigt. Avant, elle aurait simplement expliqué sa guérison rapide, mais à cet instant précis, elle ne veut pas gâcher le moment.

—Je me sens mieux. Nous devons finir le repas, maintenant. Je suis certaine que tout le monde a faim.

—D'accord. Mais cette fois-ci, tu t'assois et regardes. Je vais te montrer comment préparer une salade sans te tuer.

—C'est très improbable.

—Je sais, mais c'est une belle image. Maintenant, assieds-toi!

Solaria et Jain, témoins de la scène, sont restées discrètes.

—Peut-être que nous devrions faire du bruit, Solaria, murmure Jain.

Quand elle entend le commentaire, Betta lève les yeux vers Solaria. Elle rougit légèrement.

—Je vois que vous n'avez pas chômé, dit Solaria.

Solaria dépasse l'humachine pour s'arrêter devant Joanie. Betta, qui lui est reconnaissante pour cette pause, ne dit rien.

—Ouais, un repas de reines. Maintenant, prenez vos assiettes et mangeons. J'ai faim! dit Joanie.

Toutes obéissent à l'ordre et se servent lasagne et salade avant de retourner au salon. Entre deux bouchées, Solaria explique la situation à Joanie sans lui mentionner l'implication de Dana. Elle préfère rester prudente au cas où Betta ne la protégerait pas convenablement.

—Je ne sais pas encore quand tu devras partir. Nous le saurons probablement au dernier moment. Vous devriez vous reposer. Toutes!

Jain pense que c'est une très bonne idée. Elle propose à Betta de dormir dans la chambre d'ami avec Joanie.

—Et toi... dit-elle à Solaria.

—Sur le canapé.

—Merde! Une autre chance perdue d'avoir une belle femme dans mon lit.

—Peut-être une autre fois.

Les yeux bleu vert de Solaria brillent, taquins. Jain déglutit sans savoir quoi répondre.

—Mmmm. D'accord. Bon, je vais prendre une douche... une longue douche froide.

Joanie et Solaria rigolent. Betta, incertaine de la raison de l'hilarité générale, reste silencieuse. Joanie hoche la tête, la prend par la main et la tire de sa chaise.

—Viens, je vais t'expliquer plus tard.

Jain les suit. En sortant du salon, elle éteint les lumières.

—Bonne nuit Solaria.

—Toi aussi, Jain, et merci pour tout.

CHAPITRE 27

Jain se glisse entre les draps froids. Exténuée, elle se roule en boule sur le côté en soupirant, puis s'endort très rapidement, les bras serrés sur l'oreiller. Quand un bruit bizarre provenant de la chambre la réveille, elle ne sait depuis combien de temps elle dormait.

Elle ouvre un œil encore lourd de sommeil et regarde vers la porte. La silhouette d'une femme se détache dans la lumière du couloir.

—Solaria? Tout va bien?

—Tout va bien, répond Solaria de sa voix grave et rauque.

—Parfait! Et toi, tu vas bien?

—Je n'arrivais pas à dormir. Je venais voir si tu étais réveillée, mais je m'excuse si je te dérange.

—Non, ça va. Entre. Tu devais te sentir à l'étroit sur le canapé comme tu es bien trop grande pour t'y étendre de tout ton long.

—Ça allait, vraiment.

—Et bien, comme tu es là maintenant, installe-toi de l'autre côté du lit. Il est assez grand pour nous deux.

Jain est surprise de voir Solaria enlever ses vêtements, de l'autre côté du lit. Jain ravale la boule qui se forme dans sa gorge, puis ferme les yeux pour ne pas regarder. Elle ne résiste malheureusement pas à jeter un coup d'œil furtif. Entre ses cils, elle aperçoit le corps superbe de cette femme. Solaria se tourne vers Jain en entrant dans les draps. Elles sont nez à nez.

—Je suis bien dans ce lit, merci.

—De rien, murmure Jain. *Tout le plaisir est pour moi!*

—Dormais-tu quand je suis entrée?

D'après l'heure sur sa table de chevet, il y a presque trois heures qu'elle s'est effondrée sur le lit.

—Ouais, mais ça ne me dérange pas que tu m'aies réveillée. Qui pourrait être contre le fait d'avoir une belle femme dans son lit?

—Me trouves-tu belle?

Le visage de Solaria est à quelques centimètres du sien. Elle est fascinée par l'odeur fraîche de son haleine sur ses joues. *Un des avantages de la biomécanique, j'imagine. Un système autonettoyant.*

—Bien honnêtement, je dirais que tu es plus ravissante que belle. C'est un compliment qui veut dire que tu es encore plus attrayante.

—De quelle façon?

—De belles femmes, il y en a en quantité, surtout depuis la banalisation de la chirurgie esthétique.

—Et n'est-ce pas la même chose pour moi? Je suis un produit de l'industrie biomécanique.

—Je ne sais pas, mais les gens qui recourent à la chirurgie plastique par vanité tentent de devenir ce qu'ils ne sont pas. Modifier leur extérieur ne transforme pas l'intérieur pour autant. Tu es différente puisque tu restes comme tu es. Que tu sois née ainsi ou créée de toutes pièces ne change rien, tu es toi. Comprends-tu?

—Oui.

Solaria se rapproche pour toucher la joue de Jain.

—Ta peau est très douce.

—Humm, du collagène, murmure Jain, déglutissant nerveusement.

—Et de bons gènes, ajoute Solaria, relevant légèrement les commissures de ses lèvres.

—Ça aussi.

Son doigt descend le long du cou de Jain pour s'arrêter sur une veine. Elle y sent battre son pouls.

—Je te rends nerveuse, Jain?

—Je... Je n'ai jamais eu quelqu'un si... si...

—Je peux partir.

—Oh non! Je veux dire, hummm, j'aime ça. Mais je ne sais pas du tout ce que tu veux.

—Toi, murmure Solaria.

—Mmm... moi? répond Jain d'une voix étranglée.

—Oui, je veux que tu m'apprennes le sexe.

—Mais... pourquoi moi? Je veux dire, je ne sais pas grand-chose.

—Es-tu vierge?

—Bon sang, non! Je suis peut-être grosse et laide, mais il y a beaucoup de femmes ordinaires dans mon genre.

—Tu n'es ni grosse, ni laide, Jain. Tu es intéressante.

Jain rit.

—Je ne sais pas comment le prendre, mais il y a déjà amélioration par rapport à ma propre description.

Solaria s'appuie sur son coude, puis se penche vers Jain. Elle déboutonne lentement le haut de son pyjama.

—Dors-tu toujours habillée?

—Aucune raison de ne pas le faire... avant cet instant.

—Avant cet instant, confirme Solaria.

Elle ouvre complètement la veste, découvrant deux gros seins légèrement tombants. Elle touche le sein droit avec beaucoup de retenue. Jain n'opposant aucune résistance, elle fait délicatement courir ses doigts sur la peau, fascinée par la chair de poule qu'elle déclenche.

—Pourquoi la peau réagit-elle ainsi? demande-t-elle.

—La poitrine est une région sensible. Le corps exprime son plaisir.

—Je comprends. Y a-t-il d'autres zones réceptives à connaître? J'ai beaucoup lu sur Internet sans retenir d'éléments précis. Tous possèdent des zones érogènes différentes d'une personne à l'autre.

—J'imagine que c'est vrai, mais je ne suis pas une experte.

—Où sont les tiennes?

Jain rit.

—Ça ne fonctionne pas comme ça. Tu dois les découvrir. Ça fait partie du jeu.

—Les préliminaires.

—Oui, tu as compris.

—C'est un rituel humain.

Jain réfléchit au commentaire.

—Oui, tu peux le décrire comme ça. Ça met dans l'ambiance, du moins certaines personnes, d'autres n'en ont pas besoin.

—Mais toi, oui.

—Bien, comme je le disais. Je n'ai pas beaucoup d'expérience et je suis toujours nerveuse.

Solaria, la main sur la poitrine de Jain, soulève délicatement l'un de ses seins pour ne pas lui faire mal. Elle a lu que cet endroit peut être douloureux au toucher. Elle se penche et inspire légèrement. Elle note une lointaine odeur de savon mêlée à autre chose : une odeur animale, chaude et agréable.

—Tu sens bon. Est-ce l'odeur d'un corps excité?

Jain roule des yeux.

—Peux-tu être moins explicite? Si tu veux me mettre à l'aise, il faudra que tu sois plus... plus...

—Passionnée.

—Oui, passionnée.

Solaria sourit en hochant de la tête.

—Alors, voilà la passion.

Avant que Jain n'ait le temps de saisir la suite des événements, Solaria lui embrasse les seins. Elle passe ensuite sa langue sur sa peau en insistant autour du mamelon. Jain sent les battements de son cœur s'accélérer. Quand la main de l'humachine descend sur son ventre, Jain, embarrassée, émet un petit bruit.

—Ça te gêne? demande Solaria, attentive au changement de comportement.

—N... non. C'est simplement... que, bien, je suis grosse et...

—Je ne comprends pas pourquoi tu répètes la même chose. Tu as peut-être un pourcentage de gras plus élevé qu'il n'est recommandé. Cette caractéristique interfère-t-elle avec ta capacité à jouir sexuellement?

Jain ne sait pas quoi répondre. Il n'y a peut-être aucune bonne réponse. Oui, il y a interférence parce qu'elle n'a jamais aimé son surpoids, même si ça ne l'a jamais empêché d'avoir du plaisir.

—Un peu, oui, par contre ce n'est pas le moment de ma psychoanalyse.

—Bien. J'apprécie beaucoup. Puis-je continuer?

—S'il te plaît.

Les mains de Solaria se promènent sur le ventre de Jain pendant quelques secondes. L'humachine aime la chaleur de sa peau. L'oreille contre son ventre, Solaria écoute les grondements d'un estomac repu. Elle glisse la joue vers le mont poilu, près des cuisses de Jain. Elle note une odeur musquée plus forte. Curieuse, elle enroule ses doigts entre les poils, attrapant plusieurs mèches entre son pouce et son index.

—Ce n'est pas aussi doux que les cheveux de la tête. Et c'est plus frisé.

—Peux-tu, euh, arrêter... de tout analyser?

En riant doucement, Solaria garde ses réflexions analytiques pour elle et cherche simplement à reproduire des techniques lues dans ses histoires sur Internet.

—Comme tu le désires, répond-elle en modifiant sa position pour enjamber les hanches de Jain.

D'une main, elle caresse les seins de Jain, de l'autre, elle explore les poils, s'immisçant jusqu'aux lèvres dissimulées. La respiration de Jain devient plus difficile. Solaria observe sa réaction, fascinée. Elle peut sentir l'odeur prononcée de son excitation et entendre les battements de cœur accélérés de Jain. Quand elle introduit son doigt dans la chaleur humide de ses lèvres, Jain remue et grogne, anticipant le prochain geste. Elle n'est pas déçue... deux doigts glissent doucement de haut en bas sur la douce peau de velours près du clitoris.

Si elle le touche, je vais crier, pense Jain, son corps de plus en plus tendu. Évidemment, un doigt effleure le petit bouton et elle crie.

CHAPITRE 28

Pour la première fois en deux semaines, Joanie dort paisiblement. Elle s'inquiétait du sort de Betta même si elle lui en voulait encore pour son rôle dans son enlèvement. Le sentiment de sécurité que lui procure sa présence au lit auprès d'elle lui permet de se détendre.

Betta est en mode « veille » pour la recharge de ses cellules biologiques. Six de ses huit processeurs sont en période de dormance alors que les deux autres, en mode opérationnel, analysent les événements passés pour parvenir à un plan garantissant la sécurité de Joanie. Au cri venant de l'autre chambre, tous ses processeurs passent à la vitesse supérieure. Elle saute du lit et ordonne à Joanie de rester dans la chambre.

Elle court à la porte sans remarquer le regard frondeur de la jeune femme. Dans le couloir, elle constate que Joanie la suit de près. En face d'elle, Solaria bloque l'entrée de la deuxième chambre.

Assise dans son lit, Jain dévisage Solaria, surprise qu'elle soit debout dans l'embrasure de la porte. Derrière Solaria, Betta regarde par-dessus son épaule et Joanie se penche pour essayer de voir quelque chose entre le cadre de porte et les deux femmes.

—Quoi? crie Jain, frustrée.

Solaria jette un regard bizarre à Jain, en pénétrant à l'intérieur de la chambre.

—Tu vas bien? Nous avons entendu ton cri.

Jain, gênée, hoche la tête.

—Que s'est-il passé? demande Joanie en poussant Betta.

—Rien. Un rêve, c'est tout.

—Oh! Un cauchemar! Ça m'arrive. Il devait être vraiment terrible.

Tout près du lit, Solaria sent l'odeur musquée. Elle n'y est pas habituée, mais la trouve agréable. La tête penchée vers la gauche, elle regarde à nouveau Jain étrangement.

—J'aime ton parfum. C'est une odeur unique, dit Solaria.

—Parfum? bégaie Jain.

Joanie voudrait en savoir plus sur cette odeur qu'elle discerne à peine.

—Je ne connais pas beaucoup les parfums pour femmes, mais celui-ci est agréable, ajoute-t-elle.

—Oh, non! grogne Jain, les joues en feu avec le sang qui lui monte à la tête. Écoutez. Nous pourrions en parler à un autre moment? Je suis fatiguée, marmonne-t-elle.

Solaria fronce les sourcils.

Je doute de comprendre les humains, un jour.

Joanie hoche la tête avant d'attraper Betta par le coude pour la sortir de la chambre.

—Elle est juste un peu troublée, je crois à cause de ses cauchemars. Solaria prendra soin d'elle.

Betta hausse les épaules et suit docilement Joanie dans leur chambre. Joanie la pousse au lit.

—Au lit. Je suis fatiguée.

Betta hoche de la tête, puis s'allonge. Elle ne sait pas quoi penser quand Joanie la borde.

—Merci, dit-elle, déterminant sa réponse suffisante.

—De rien, dit Joanie en souriant.

Elle passe de l'autre côté du lit pour se glisser sous la couverture. Elle se love sur le côté, son bras gauche sur le ventre de Betta. Les deux femmes réalisent qu'elles se sentent bien ainsi.

***

Solaria regarde Jain, incertaine de ce qu'elle doit faire.

—Tu es certaine que tu vas bien? Je peux rester si tu préfères.

Oh! Oui, je préférerais.

—Tout va bien. Ce n'était qu'un rêve. Je ne ferai pas le même, maintenant, c'est certain.

—Bien, appelle si tu as besoin de moi.

Si tu savais!

—Je t'appellerai... mais vraiment, je vais bien. Je dois simplement aller à la salle de bain, maintenant.

Solaria hoche la tête avant de retourner au salon pour s'allonger sur le canapé. Jain marche vers la salle de bain avec les jambes raides et les pieds légèrement écartés, habitée par le sentiment d'être une parfaite imbécile.

—Ces rêves mouillés doivent s'arrêter! marmonne-t-elle sans penser que Betta et Solaria peuvent l'entendre. Sinon je vais prendre beaucoup de douches froides!

Solaria rigole.

Et gaspiller tout ce parfum.

Betta classe le renseignement pour les consulter dans le futur.

Les humains!

Jain ouvre les robinets, ajuste la température de l'eau, se déshabille et entre dans la douche.

Elle se repasse son fantasme en mémoire et sourit.

Finalement, je dois avouer que ce rêve valait la peine!

***

Jain lave la vaisselle après avoir préparé le petit déjeuner pour tout le monde. Solaria, assise à la table de la cuisine, consulte à nouveau les plans des installations de Future Dynamicon. Dans le salon, Joanie retient Betta et la questionne sur sa participation à l'enlèvement. Jain et Solaria écoutent silencieusement les remontrances de Joanie sur le rôle de Betta dans les activités illicites de la société. Cette dernière réagit très bien au sermon de Joanie qui, tout près d'elle, ponctue ses paroles en tambourinant avec son index sur sa poitrine. Solaria fait signe à Jain de la suivre avant de quitter la pièce.

—Je ne crois pas que ce soit une bonne chose pour Betta d'avoir des témoins. Elle est en train d'apprivoiser ses émotions et l'humiliation n'est pas un sentiment facile à gérer, même dans les meilleures conditions.

—Joanie est-elle en sécurité? Je veux dire, si Betta se fâche...

—Si Betta devait lui faire mal, elle l'aurait déjà fait. Je crois que c'est un bon apprentissage pour elles deux. Je vais tenter de trouver une faille dans les plans du site. Si je peux m'y infiltrer, je découvrirai peut-être des renseignements à propos du programme bêta.

—Je croyais que tu allais voir si tu pouvais détruire Stalling ou Future Dynamicon.

—Je ne sais plus ce que je vais faire, maintenant. Betta n'est peut-être pas la seule humachine en fonction. Je dois trouver les autres, si elles existent.

—Betta pourrait t'aider. Elle sait peut-être quelque chose.

—Non, les responsables du projet ne voulaient pas que nous ayons conscience de l'existence d'une autre... avec raison. Le savoir nous ouvrait la porte à faire la chose logique.

—Laquelle?

—Réaliser que les projets de Stalling ne sont pas rationnels.

—Les fanatiques religieux ne le sont jamais.

Solaria hoche la tête et laisse Jain terminer la vaisselle.

Quand la sonnette retentit, Jain fait signe à Solaria de rester assise. Elle ouvre la porte à quatre hommes vêtus de complets de qualité.

—Puis-je vous être utile? demande-t-elle en sortant pour leur bloquer la vue de l'intérieur.

—Madame Plaine?

—Oui.

—Je suis Amad Jezeer, émissaire du cheik Kahbrahn. Il vous transmet ses salutations et vous est reconnaissant de l'avoir aidé à retrouver sa fille.

—Comment savoir si vous êtes bien celui que vous dites?

—Je m'excuse. Bien entendu, vous avez besoin d'une preuve. Je dois vous dire qu'Hackattack vous salue amicalement et aimerait vous remercier pour la recette de la poutine.

Jain sourit. Elle lui a envoyé cette recette après avoir découvert le plan pendant sa visite à Montréal.

—Entrez. Joanie est à l'intérieur.

Elle ouvre la porte pour faire signe aux hommes de la suivre. Solaria, à la porte de la cuisine, observe l'arrivée de chacun dans la pièce.

—Ils sont là pour Joanie.

Avant que Solaria n'ait le temps d'y répondre, Joanie sort du salon, Betta sur les talons.

—Amad! s'écrie Joanie en courant le serrer dans ses bras.

—Aasalaamu Aleikum, Reina.

—Marhaba, oncle. Kayf Halak?

—Qwayyis.

—Il-Hamdu-Allah.

Amad laisse tomber les formalités pour prendre sa nièce dans ses bras. Il ordonne ensuite à ses hommes de monter la garde dans le couloir.

—Vous devez m'excuser, madame Plaine, mais dans les circonstances actuelles, je dois prendre de très grandes précautions. Reina nous est précieuse à mes frères et moi. Seule héritière du cheik Kahbrahn, elle est la prochaine souveraine du pays.

—Une femme souveraine?

Amad hoche la tête.

—Contrairement aux croyances de l'occident, nous sommes un peuple visionnaire. Mon frère a utilisé les richesses du pays pour offrir une éducation aux citoyens même si certains préconisent encore les anciennes méthodes. J'ai bien peur qu'ils travaillent de concert avec Future Dynamicon pour provoquer la chute de notre famille et freiner notre évolution.

—Bon, si vous ne pouvez pas compter sur votre propre garde de sécurité, comment avoir la certitude que Joanie... Reina ne sera pas à nouveau en danger.

Betta s'avance sans laisser la chance à Amad de répondre.

—Je me porte garante de sa sécurité.

Amad regarde cette femme, puis sa nièce en la questionnant du regard.

—Je ne crois pas connaître cette jeune femme.

—Désolée, oncle, je vous présente Betta, ma garde du corps.

—Je ne savais pas que votre père avait engagé quelqu'un.

—Oh, il ne l'a pas fait. Elle travaille pour Future Dynamicon.

Amad se raidit.

—Bon, ne te fais pas d'idées. Betta n'était pas au courant. Ses ordres étaient de me garder et de me protéger. Voilà tout ce qu'elle a fait.

—Ton père...

—Mon père fera ce que je voudrai et vous le savez, dit Joanie avec un grand sourire.

Amad rougit légèrement.

—Vous êtes gâtée... et têtue.

—Et je sais ce que je veux. Bon, c'est assez! Si Betta ne vient pas avec moi, je reste ici. Je lui fais confiance, oncle, dit sérieusement Joanie.

—Je n'ai jamais rien pu te refuser. Madame Betta nous accompagnera.

Joanie sourit et le serre encore dans ses bras.

—Tu es un doux tendre.

Quand Amad rougit pour la seconde fois, Jain veut lui épargner d'être à nouveau intimidé.

—Si vous voulez vous asseoir, monsieur Jezeer, je vais aider Joanie à rassembler ses affaires. Je serai plus rassurée que Joanie parte le plus rapidement possible.

—Bien sûr, répond-il avec un léger hochement de tête.

Quinze minutes plus tard, Solaria et Jain saluent leurs compagnes sur le point de partir.

—Dites-moi si vous avez besoin de quoi que ce soit, dit Solaria à Betta. Stalling fera tout en son pouvoir pour avoir prise sur le cheik.

—Personne ne l'approchera.

Solaria ne doute pas de Betta. L'humachine donnerait sa vie pour sa mission, s'il le fallait. Elle est programmée pour l'autosacrifice, au besoin. Mais il y a plus que ça... Elle a développé un attachement particulier à l'humaine à sa charge. Ce lien est particulièrement dangereux pour quiconque menacerait la fille du cheik.

—Je sais, dit Solaria, la main sur l'épaule de Betta. Nous nous retrouverons peut-être quand tout sera terminé.

—Pour quelle raison? demande Betta, la tête légèrement penchée.

—Il n'y a pas toujours de raison. Tu le découvriras bien assez tôt. Bon maintenant, les autres t'attendent.

***

Spontanément, Jain serre Joanie et Betta dans ses bras avant de les mettre à la porte.

—Une bonne chose accomplie. Quelle est la suite?

—Maintenant, je trouve une façon d'entrer chez Future Dynamicon pour vérifier les zones suspectes qui n'apparaissent pas sur le plan.

—Si elles ne sont pas sur le plan, comment sais-tu qu'elles existent?

—Les plans réels ne correspondent pas aux documents d'architectes remis à la ville.

—C'est normal. Les entreprises font souvent des modifications à partir de leur conception initiale.

—Vrai. Mais, je ne peux pas trouver de raison logique à un bunker sous-terrain sous le laboratoire six.

—Des mesures de sécurité?

—Les installations aux multiples chambres fortes dans tout le complexe sont déjà suffisamment sécuritaires sans avoir besoin d'une structure susceptible de résister aux dernières bombes nucléaires capables de démolir un bunker.

Jain siffle.

—Aussi solide que ça, hein?

—Oui.

—Que penses-tu qu'ils cachent là-dessous?

—Je ne sais pas, mais c'est visiblement important pour eux. Et ils veulent probablement en garder le secret.

—Crois-tu qu'il puisse s'agir d'armes? Après le drame du siècle dernier à propos des armes de destruction massive, notre gouvernement prend d'extrêmes précautions sur le sujet. Les gens étaient clairs sur leur désir de réduire les armements nucléaires jusqu'à en éliminer la menace.

—Je doute que ce soit des armes. Future Dynamicon est plus subtile dans ses méthodes de domination mondiale.

—Domination mondiale? Même pour Stalling, ça paraît un peu ambitieux.

—Peut-être, mais d'après ce que je sais de lui, il se croit le sauveur de l'humanité.

—C'est une blague? s'exclame Jain. Je sais que certains le croient fou, mais il ne peut pas être aussi dément. Quelqu'un aurait perçu sa folie pour la dévoiler au grand jour.

—Stalling est intelligent et de loyaux fidèles le suivent. Il a réussi à rester discret sur sa foi. D'après moi, son diplôme d'une université fondamentaliste, qui a été fondée vers la fin des années 90 dans le seul but de promouvoir les croyances des extrémistes, reflète ses valeurs fondamentales.

—Beaucoup sont passés dans ces écoles sans devenir fanatiques religieux.

—C'est vrai, mais aucun ne règne sur l'une des plus puissantes sociétés au monde ou ne tente de contraindre les dirigeants de la planète à suivre ses doctrines.

Jain secoue la tête, incrédule.

—Voilà pourquoi Stalling voulait Joanie. Pourquoi le cheik? Certainement pas à cause des combustibles fossiles. L'Occident et le Moyen-Orient, qui ont développé des sources alternatives d'énergie, ne sont plus dépendants du pétrole.

—Quant à l'Afrique et l'Asie? Ils n'ont toujours pas rattrapé le reste de la planète.

—C'est vrai, même s'ils exercent leur emprise sur le marché du pétrole, l'Afrique ne représente pas une grande menace.

—Je ne suis pas d'accord. La majorité des produits du continent proviennent des pays du Tiers-Monde. Les contrôler assure la mainmise sur une grande partie de l'économie.

—Sans compter les sanctions économiques qui peuvent dévaster un pays. On dirait presque un plan impossible.

—Si quelqu'un a la patience, le temps et l'argent de le mettre en place, il peut fonctionner. Stalling les possède, accompagné par suffisamment de gens prêts à tout pour lui.

—Alors, comment l'arrête-t-on?

—Avant tout, je dois savoir ce qui se cache à l'intérieur de ces bunkers. Il y a peut-être d'autres humachines là-bas.

—Et moi qui croyais que nous touchions presque à la fin de cette histoire.

—Tu n'es pas obligée de m'aider, Jain.

Jain rit.

—Et rater tout le plaisir? Je ne me suis jamais sentie si vivante. En plus, je crois posséder les qualités d'une espionne. Un jour, j'écrirai peut-être mes mémoires : Jain Plaine, agente secrète, et son acolyte, la superbe Solaria Dayes. Aimes-tu l'idée?

—C'est terrible! répond sincèrement Solaria.

—D'accord. Je réfléchirai à quelque chose de plus excitant. Pour l'instant, quel est le plan?

—Pour l'instant, tu poursuis ton travail. Les hommes de Stalling ne sont pas stupides. Ils peuvent deviner la vérité et vérifier les alibis. Si tu t'absentes encore du travail, tu deviendras la suspecte numéro un. Je te tiendrai au courant de mes découvertes.

—Je n'aime pas ce plan. Pendant que je poursuis tranquillement mes activités, tu prends tous les risques. Et s'ils t'attrapent, que se passera-t-il?

—Alors j'imagine que je devrai m'échapper une seconde fois, dit Solaria avec un sourire sarcastique.

—Tu es très habile pour manipuler les émotions et les mouvements d'expression alors que c'est un phénomène nouveau pour toi, la taquine Jain.

Solaria ne relève pas le commentaire. Elle planifie déjà comment contourner la sécurité. Elle devra faire des recherches et modifier la carte de Carley. Elle passera les contrôles en empruntant quelques minutes l'identité d'une scientifique chevronnée. Elle utilisera sa carte pour accéder aux zones les plus protégées afin d'inspecter l'endroit. Il lui faudra un minimum de plusieurs jours pour mettre son plan à exécution.

CHAPITRE 29

Le lendemain de l'enlèvement

Finton reste inexpressif devant Lawton qui se perd en explications sur les raisons de son manque de vigilance à l'hôtel, le jour de la disparition de l'humachine avec la fille du cheik.

—Elles sont revenues dans leur chambre à deux heures trente-trois, ce matin-là. Elles ne sont jamais repassées par l'entrée, dit nerveusement Lawton.

—Je comprends, mais si elles ne sont pas sorties par le hall d'entrée et qu'elles ne sont pas à l'hôtel non plus... où croyez-vous qu'elles soient?

—Je ne sais pas. J'ai vérifié toutes les chambres et regardé tous les enregistrements des caméras vidéo. Elles ont simplement disparu.

—Les gens ne disparaissent pas comme ça, Lawton, surtout quand il s'agit de nos affaires. À quel moment exactement avez-vous découvert leur départ?

—Ce matin à huit heures trente. Betta n'est pas entrée en contact avec nous selon son habitude. Quand j'ai été voir dans leur chambre, il n'y avait plus personne. L'équipe de sécurité vérifie actuellement pourquoi les caméras et les alarmes de l'étage étaient désactivées.

—Je l'espère. Six heures perdues. Elles peuvent être n'importe où maintenant. Stalling ne sera pas content.

—Non, monsieur. Je suis désolé, monsieur, mais je suis resté dans l'entrée toute la nuit. J'ai surveillé toutes les entrées et sorties de l'hôtel.

—Je vous crois, mais ce sera Stalling qui décidera de la suite après votre échec. À votre place, je demanderais à une équipe de venir inspecter chaque centimètre cube de cet hôtel. Parmi les clients, vérifiez s'il y a des individus en lien avec nos concurrents ou des gens nourrissant des griefs à l'égard de l'entreprise. Je veux tous les noms passés au crible de notre base de données. Nous pourrions trouver une piste.

—Ce sera fait, monsieur Finton.

Finton lui signifie la fin de l'entretien, puis s'assoit à son bureau en regardant la porte se refermer sur Lawton. C'est l'un de ses meilleurs hommes. Il n'aimerait pas le perdre pour incompétence. Il hoche la tête avant de contacter Stalling et lui annoncer la mauvaise nouvelle. En quelques secondes, une image apparaît sur le panneau vidéo mural devant le bureau.

—Je m'excuse de vous déranger, monsieur Stalling, mais je dois vous parler.

—Fais court! ordonne Stalling.

—J'aimerais mieux vous parler en personne, monsieur.

Stalling regarde sa montre et acquiesce d'un signe de tête.

—Je t'accorde quinze minutes.

Quand l'image de Stalling disparaît, l'écran devient noir.

Cinq minutes plus tard, Finton est devant son patron pour lui expliquer la situation.

—Tu me racontes que cette fille et notre humachine sont simplement sorties de l'hôtel sans que personne les voie?

—Je n'ai pas encore tous les détails, mais c'est à peu près ça. J'espère que mes hommes vont rapidement trouver quelque chose.

—Ils feraient mieux, menace Stalling. Ce Lawton, est-il vraiment bien?

—L'un des meilleurs, monsieur Stalling.

—Ce n'est pas rassurant d'après le déroulement des événements. Demain, apporte-moi son dossier. Je vérifierai pourquoi il est l'un de nos meilleurs. Nous devrons peut-être revoir nos critères d'embauche.

—Je le ferai. Je vous assure que j'ai analysé les fiches de chacun de nos employés. Nous n'engageons que les plus qualifiés et les plus fiables.

—Je ne doute pas de tes choix, Finton. Je te connais depuis trop longtemps pour croire que tu as merdé, mais des erreurs comme celles-là, nous ne pouvons plus nous le permettre. Maintenant, concentrons-nous sur la disparition de l'humachine et laissons la fille de côté. Il nous faut récupérer rapidement ce qui nous appartient et découvrir qui est au courant de l'existence des humachines.

—Et quand nous le saurons ?

—Je n'ai pas à t'expliquer ton travail. Rien ne doit entraver la poursuite de ma destinée.

—Rien ne vous arrêtera, monsieur Stalling, promet Finton. Je vous jure que je vais les retrouver.

—Parfait. Maintenant, je dois rencontrer les membres de l'organisation de l'Union africaine. Une majorité d'entre eux ont accepté mes demandes si nous leur procurons le pétrole dont ils ont besoin.

—Peut-on leur fournir sans la fille du cheik?

—Non, nous n'avons pas à les informer de la façon dont nous leur fournirons. Ils doivent simplement savoir que nous le pouvons. Quand nous aurons récupéré et reprogrammé les humachines, nous pourrons sans aucun doute tenir notre promesse.

Avant qu'il ne puisse répondre à Stalling, le téléphone cellulaire de Finton sonne.

—Finton à l'appareil! répond-il, avec un signe d'excuse vers son patron. Je vois. Non, ne faites rien. Je veux en savoir plus sur la bibliothécaire. Oui, gardez-la sous surveillance et mettez sa ligne sur écoute. Et ne la laissez pas soupçonner que nous l'espionnons. Bien... Non, je vous rappelle dans quelques minutes.

Il referme son téléphone pour le remettre dans la poche de sa veste.

—Nous avons peut-être une piste. Une des clientes de l'hôtel travaille à la bibliothèque que nous avons fouillée, il y a quelques semaines. Nous pensions qu'un pirate s'était introduit dans le système de sécurité, mais n'avions rien trouvé. Sa présence à l'hôtel la nuit de la disparition de la fille et de l'humachine ne peut simplement être une coïncidence.

—Je suis d'accord. Tenez-moi au courant.

Au signal de la fin de l'entretien, Finton sort. Il va chercher à en savoir un peu plus sur la bibliothécaire.

Après le départ de Finton, Stalling compose un numéro de téléphone, puis attend la réponse.

—Lawrence Billings.

—Billings, nous avons un problème. Une autre humachine a disparu. Je veux une enquête sur Finton et son équipe. Il y a une faille dans notre sécurité.

—Crois-tu Finton responsable?

—Je ne sais pas. Même s'il ne l'est pas, nous avons perdu deux humachines et une fille. Dans le meilleur des cas de figure, nous devrons le remplacer à cause de son incompétence.

—As-tu quelqu'un en tête?

—Oui, je garde son nom pour moi. Je ne veux plus d'erreur. Je suis trop près du but pour laisser les faiblesses d'individus compromettre les choses.

—Je comprends. À ce sujet, nous sommes justement en train de renégocier les contrats des représentants du Nigéria et du Congo. Si nous fournissons le produit en six mois, ils nous garantissent que leurs politiques gouvernementales pencheraient en notre faveur. La semaine prochaine, nous offrons le même marché à l'Afrique du Sud et au Mozambique. Quand nous les aurons à bord, nous pourrons avancer nos projets.

—Bon travail. Y aura-t-il de la résistance du côté de la population?

—Rien d'incontrôlable. La promesse d'une vie meilleure ralliera les masses. Ils ont si peu de moyens qu'ils feront n'importe quoi pour avoir de quoi se nourrir. En ce qui a trait à ceux s'y opposant, la nouvelle drogue du docteur Phillips remettra les choses en perspective.

—Quand ils comprendront notre mission de les sauver de la damnation éternelle, ils nous remercieront. S'il faut les faire souffrir quelques années pour y parvenir, nous le ferons. La fin justifie les moyens. J'ai été choisi pour conduire la civilisation à

197

l'aube d'une nouvelle ère. Tu ne peux pas imaginer ma joie devant la confiance que Dieu m'accorde.

La voix de Stalling exprime son ravissement alors qu'il visualise d'éventuelles statues érigées en son honneur et anticipe des histoires célébrant son nom. À sa mort, il deviendra une figure immortalisée à l'échelle de la planète et aura sa place à la gauche de Dieu... s'il meurt. Ses sacrifices et ses réussites lui donneront peut-être droit à la vie éternelle. Après tout, il ne s'est jamais marié, n'a pas eu d'enfants et s'est aussi privé des plaisirs terrestres pour suivre les désirs de son maître. Il sera sûrement récompensé pour l'accomplissement de ce que même le fils de Dieu n'a pas réussi.

—Non, je ne peux m'imaginer, approuve tristement Billings. Ce doit être merveilleux de savoir que vous avez réussi à réaliser votre rêve.

—Presque, corrige Stalling voulant paraître humble, mais bientôt, Billings, bientôt. Nous ne nous laisserons pas freiner, maintenant, par de légers contretemps. Nous devons retrouver ces humachines.

—Nous les récupérerons. Comment pouvons-nous échouer aux côtés de Dieu? Je veux dire vous, comment pouvez-vous échouer?

Billings sait à quel point Stalling n'aime pas se faire usurper ses réussites. Il est prêt à ignorer l'arrogance de son patron qu'il considère comme béni de Dieu.

—Oui, comment pouvons-nous? Bon, assez! Je dois partir à la conférence.

Sans attendre de réponse, Stalling raccroche pour aller à sa réunion.

***

Lawton et Finton, assis dans la SOLR-V noire, observent la femme qui arrive à la bibliothèque et déverrouille la porte.

—C'est elle, dit Lawton.

—Elle est grosse! s'exclame Finton, incapable de cacher son dégoût.

—Euh, oui, elle l'est.

Lawton ne sait comment répondre à cette remarque. Être grosse ne veut pas dire stupide. D'après ce qu'il a trouvé, Jain Plaine est une femme intelligente très compétente.

—Qu'as-tu trouvé sur elle?

—D'après nos renseignements, elle a une vie ennuyeuse de solitaire. Elle travaille tous les jours, arrive vingt minutes à l'avance et termine précisément à 18 h 45. Elle a perdu ses parents à trente-trois ans, tous les deux tués dans un accident de voiture.

—Je n'ai pas besoin de sa biographie... juste les éléments qui indiqueraient un lien avec les humachines.

—La seule corrélation est l'utilisation d'un des ordinateurs de la bibliothèque pour pirater notre système de sécurité et la présence de madame Plaine à l'hôtel, la nuit de la disparition de l'humachine. La sécurité intérieure n'a rien trouvé à la bibliothèque et elle n'a été vue en présence de personne à l'hôtel.

—Je ne crois pas aux coïncidences. Gardez-la sous surveillance jusqu'à nouvel ordre.

—D'accord, patron.

—Oh, Lawton, vous êtes déjà dans une situation délicate avec monsieur Stalling. Je vous suggère, à vous et à votre équipe, de ne pas merder cette fois-ci.

Lawton approuve nerveusement d'un signe de tête.

—Nous avons les choses en main. Je vous en donne ma parole. Nous la surveillerons sans relâche.

—Parfait.

Après le départ de Finton, Lawton envoie un message radio à deux de ses meilleurs hommes pour leur ordonner de surveiller la bibliothèque et l'appartement de Jain en tout temps avec caméra, écoute téléphonique et écoute à distance. L'équipement, installé il y a quelques années pour brouiller les voix, les empêchera malheureusement de capter les discussions à l'intérieur du complexe. Les gens n'avaient pas confiance en leur gouvernement. En conséquence, une forte demande d'équipement pour contrer l'espionnage a rendu les écoutes dans les établissements privés plus difficiles.

CHAPITRE 30

Jain s'ennuie. Il y a plusieurs jours que Solaria a quitté le logement sans donner de nouvelles depuis. Jain n'a pas entendu parler de Joanie non plus.

Elles croient peut-être me protéger, pense-t-elle en soupirant. *Quelqu'un aurait au moins pu me dire si Joanie et Betta étaient arrivées à bon port.*

Elle retire un à un les livres de la boîte de retour pour examiner s'il y a des dommages : déchirures ou pages abîmées.

—Jamais mon emploi ne m'a paru aussi ennuyeux, grogne-t-elle.

Après avoir vérifié la première moitié des livres, elle constate une tache de peinture sur une page couverture. Elle hoche la tête, dégoûtée, et frotte la tache blanche avec son pouce.

Pas encore sec! Je peux l'enlever!

Dans la salle de toilettes, elle frotte la tache à l'aide d'un morceau de papier.

Quelle qu'en soit la substance, Jain comprend qu'il ne s'agit pas de peinture. En fait à force de gratter, Jain a fait disparaître la tache.

—Hummm. Étrange, murmure-t-elle, en feuilletant les pages pour vérifier l'intérieur.

Un morceau de papier coincé entre deux feuilles attire son attention. Elle tire sur la note pour la lire.

Colis récupéré récemment remis au propriétaire, par contre le numéro de suivi est encore en activité. L'entreprise enquête sur les possibilités liées à la disparition initiale ainsi que sur tous ceux impliqués dans la manoeuvre à l'heure de la découverte. H.A.

—Quoi! H.A.? murmure Jain en relisant la note. Merde! Hackattack! Les cons me surveillent. J'espère que Solaria est au courant.

Jain déchire la note en morceaux avant de les séparer en plusieurs parties pour les jeter dans trois toilettes différentes.

—Que ces enfoirés les cherchent.

Sourcils froncés, elle examine scrupuleusement la salle des toilettes à la recherche d'éléments hors de l'ordinaire.

Comme si je pouvais vraiment détecter un microphone caché.

Avec un haussement d'épaules, elle prend son livre et revient à son bureau. Puisqu'elle est surveillée, elle doit bien faire comprendre aux espions l'ennui profond de sa vie. Si elle ne les avait pas déjà endormis, rien n'y ferait. Toute la journée, elle poursuit consciencieusement sa routine habituelle, contrariée de ne pas pouvoir prévenir Solaria.

***

L'humachine avait sous-estimé le temps nécessaire pour trouver la scientifique idéale à personnifier et falsifier la carte d'accès de Carley à son nom. Le docteur Sasha Sonella a fait de hautes études en physique et en microbiologie, puis elle s'est spécialisée en recherche rétrovirale. D'après toutes les lectures de Solaria sur la scientifique, Sasha Sonella s'efforce de trouver la recette magique qui guérirait plusieurs formes de cancer. Ses études s'orientent vers l'utilisation de virus génétiquement modifiés qui s'attaqueraient aux cellules malignes pendant leur formation. Guérir le cancer aux premiers stades de la maladie serait la plus grande réussite de l'humanité en recherche médicale qui rapporterait des milliards de dollars au détenteur du brevet.

Solaria n'aurait qu'à modifier ses traits puisque leurs corps et leurs structures osseuses se ressemblent. Solaria devra couper et teindre ses cheveux pour imiter la courte chevelure noire du docteur Sonella.

Ils repousseront, pense-t-elle. Elle pourrait stimuler le follicule du cheveu pour provoquer une repousse plus rapide...

J'essaierai peut-être quand j'en aurai terminé avec tout ça.

Elle classe immédiatement l'idée pour se concentrer sur son plan. Comme le docteur Sonella est connue pour l'irrégularité et l'excentricité de ses horaires, il est risqué d'entrer dans le complexe sous son identité, mais Solaria n'a trouvé personne d'autre ayant les caractéristiques nécessaires pour la réalisation de son projet. Cette femme possède un haut niveau d'autorisation, ressemble à Solaria et est assez fantasque pour qu'un retour inopiné au travail, le même jour, soit considéré comme un comportement normal et accepté. Du moins, elle l'espère. Elle en aura bientôt le cœur net.

Elle se gare à l'ombre, sort de la voiture, se rajuste en replaçant sa chemise de laboratoire et jette un coup d'œil au contrôle de sécurité à quelques mètres de là.

En voyant le docteur Sonella s'approcher de la barrière, le garde de sécurité donne un coup de coude à son partenaire.

—Cette femme est vraiment folle de vouloir passer autant de temps ici. Ça me dépasse.

L'autre garde hoche la tête et passe à la page suivante de son magazine pornographique.

—Souviens-toi simplement de faire une vérification complète. C'est l'alerte rouge. Je ne voudrais pas perdre mon emploi parce que t'as déconné.

—Ouais, ouais. Si ça t'inquiète tellement, fais la vérification toi-même.

Le garde de sécurité lui répond par un signe obscène, le majeur pointé vers le haut, sans même relever les yeux de la photo érotique des pages centrales.

—Bonsoir, docteur Sonella. Pourquoi revenez-vous ici ce soir? demande le premier garde, essayant d'être agréable.

Il n'a pas intérêt à se mettre à dos quelqu'un de son niveau.

D'un air irrité, le docteur sort sa carte d'identité pour lui donner avant qu'il ne la lui demande.

—Mon travail, répond-elle d'un ton cassant.

—Bien sûr. Pouvez-vous mettre votre paume sur l'écran et regarder dans le scanneur optique?

Le docteur Sonella marmonne quelque chose d'inintelligible tout en obéissant. Deux lumières vertes apparaissent simultanément sur la console de sécurité.

—Merci. Désolé, mais les ordres sont les ordres, docteur.

Il lui fait signe d'avancer en lui rendant sa carte d'identité, sachant qu'elle devra traverser trois autres barrières de sécurité avant d'arriver.

—On n'engage que des dingues, ici, d'après moi, murmure-t-il, lançant un regard dédaigneux à l'autre garde.

—Tant que je suis payé, je me fous des autres employés engagés. C'est un boulot confortable avec des avantages intéressants.

—C'est vrai.

Il prend un des magazines de son collègue, s'assoit, puis se détend. Ce sera une autre nuit assommante.

CHAPITRE 31

Solaria tire de toutes ses forces sur les menottes en titanium sans que rien bouge. Même sa force surhumaine n'est pas assez puissante pour briser ou ramollir le dur métal.

—Vous perdez votre temps, dit Phillips en inspectant les flacons de sa mallette. Le titanium a une pression d'un million kilopascals... mais vous le saviez déjà, n'est-ce pas?

Solaria refuse de répondre à cet homme. Elle est certaine qu'il a participé à la mort de Carley sans savoir exactement comment, mais pour elle, son futur est une chose classée. Elle devrait trouver d'ici peu la faille des menottes ou du mécanisme qui les gouverne. Elle a déjà isolé le réseau du système hydraulique responsable de l'ouverture et de la fermeture des menottes. Les capteurs des menottes branchés sur ses signes vitaux lui ont permis de trouver le système de contrôle des serrures. Elle n'a plus qu'à trouver le code d'accès.

—Je me suis toujours demandé si injecter certaines drogues à une humachine opérationnelle leur ferait le même effet qu'aux humains. Notre race est d'une grande faiblesse. Il ne suffit pas de grand-chose pour perturber les neurones du cerveau. Parfois, les effets dévastateurs sont regrettables, mais la progression de nos études nécessite des sacrifices.

Solaria, qui ignore toujours Phillips, constate avec grand plaisir son agacement.

—Que vous parliez ou pas ne me dérange pas. Je sais ce que vous pensez.

Elle ne peut s'empêcher de le regarder.

—Je me disais que ça attirerait votre attention. Vous pensez que vos composantes électroniques sont à l'abri des produits chimiques. Bien, peut-être, en contrepartie, ils ne sont pas immunisés contre l'impulsion électrique créée par votre corps. Cette substance va avoir de graves résonnances sur chaque neurone de votre corps. Vous me direz tout ce que je veux entendre. Du moins, je l'espère. L'humachine précédente n'a pas tellement bien réagi à ma nouvelle expérience.

Phillips énerve Solaria par son expression suffisante, mais refuse de lui montrer que ses paroles l'ébranlent. Elle gaspillerait aussi d'inestimables ressources de gestion pour un ennui mineur au lieu de les conserver pour ses vrais problèmes.

—À votre guise...

Phillips est interrompu par l'ouverture de la porte du laboratoire. Stalling entre suivi de deux hommes habillés en mafiosos d'une autre époque : complets noirs, chemises et cravates.

Ils regardent trop la télévision, pense-t-elle. Cette fois, elle laisse voir son sourire narquois.

—Ah, je vois que Phillips vous a mise à l'aise, Solaria. C'est Solaria, n'est-ce pas?

Solaria considère que la question ne mérite pas de réponse.

—C'est comme ça que vous voulez la jouer... Bien, peu importe. J'espère que vous avez apprécié votre courte période de liberté. Je ne crois pas que Future Dynamicon puisse vous offrir des congés dans vos futures responsabilités. Un élément précieux comme vous doit être utilisé autant que possible. D'ailleurs... Il se tourne vers Phillips et fait un signe de tête vers la mallette de fioles. Êtes-vous prêt?

—Encore quelques minutes. Je m'assure d'avoir la quantité exacte de drogues pour un effet maximal. Ma mauvaise évaluation pour le dernier bêta a provoqué son auto-destruction.

—Oui, j'en ai entendu parler. Une grande perte financière pour la société. Je ne crois pas que les investisseurs seront contents de l'apprendre.

—Ce n'est pas une science exacte, vous savez. Quand la drogue sera au point, nous remporterons des milliards de dollars. Imaginez la possibilité de contrôler qui vous voulez pour les soumettre à votre volonté. Si vous jumelez cette possibilité avec le projet humachine, vous créerez une armée capable de vaincre tous les adversaires.

—Les armées sont trop instables. Elles ne m'intéressent pas. Par contre, nous pourrons infiltrer les entreprises et les gouvernements, prendre leurs richesses et contrôler leurs dirigeants. Je serai au pouvoir derrière tous ces trônes. Personne n'a réussi à unir l'ensemble des grandes puissances.

—C'est pratiquement être un dieu, dit Finton, calculant mentalement l'avantage qu'il pouvait en tirer et la façon d'y parvenir.

Être le deuxième ou le troisième à la tête n'est pas si mal et beaucoup plus sécuritaire. Laissons Stalling être la cible de tous ceux qui veulent le stopper.

Solaria réalise qu'elle n'aura jamais le temps de se libérer des menottes avant l'injection de la concoction de Phillips.

—Je dois avouer que vous m'avez causé des brûlures d'estomac depuis votre évasion, dit Stalling en se rapprochant de l'humachine pour mieux la voir. Votre visage me semble familier. Nous sommes-nous déjà rencontrés?

Solaria ne répond rien et hausse les épaules avec indifférence. Stalling récupère la carte d'identité modifiée, la retourne et regarde la photo.

—Il y a une ressemblance avec le docteur Sonella, mais je suis encore plus curieux de savoir comment vous avez récupéré cette carte et où vous vous cachiez? Croyiez-vous réussir à sortir du complexe? Nos numérisations biologiques auraient immédiatement détecté la différence.

Solaria comprend que, d'après Stalling, elle se cachait sur le site. Tant qu'il en reste persuadé, Jain est en sécurité.

Stalling se penche pour examiner les yeux bleu vert foncés et la peau douce avant de se raidir légèrement.

—Vous êtes l'assistante du docteur Branson! Nous nous sommes croisés à la cafétéria.

Quand Solaria avait réalisé qu'elle venait de déclencher des détecteurs de mouvement dans une zone de haute sécurité, elle était immédiatement revenue à sa forme naturelle. Il était préférable d'être capturée sous ses traits plutôt que de révéler ses capacités de caméléon.

Si l'équipe de la sécurité croyait qu'elle se cachait dans les bâtiments, ceux qui l'ont aidée seraient mieux protégés. Consciente que toute résistance ne ferait que retarder l'inévitable, elle avait donc décidé de se rendre sans lutter plutôt que risquer des blessures pendant la bataille. Elle aurait besoin de toutes ses ressources pour s'échapper au moment opportun.

—Je veux que ce soit vérifié, ordonne Stalling en rendant la carte d'identité à Finton. Si elle appartient au docteur Branson, tu as fait erreur en croyant qu'elle avait participé à la disparition de l'humachine.

—Je n'ai jamais dit ça, répond Finton sur la défensive. Vous l'avez cru. Et pourquoi se suicider si elle n'était pas impliquée?

Stalling dévisage son chef de sécurité.

—C'est une femme pour l'amour de Dieu. C'est une raison suffisante pour expliquer son instabilité.

Finton comprend qu'il en a trop dit. Défier Stalling à propos d'une affaire close n'est pas à son avantage.

—Vous avez peut-être raison, concède-t-il. Je vais vérifier.

—Bien. Trouve aussi comment cette chose a réussi à modifier la carte d'identité si tel est le cas. Quelqu'un travaillant ici a dû accéder aux renseignements personnels des employés et au système de sécurité pour avoir les codes de permission du docteur Sonella.

Stalling se tourne vers le docteur Phillips d'un regard accusateur.

—Ce n'est pas mon champ d'expertise, monsieur Stalling, répond rapidement Phillips. Il semble y avoir une autre fuite. À votre place, je chercherais un nouveau chef de sécurité.

—Ne me dites pas comment faire mon boulot! dit Stalling en colère avant de se tourner vers Solaria.

—Je ne sais pas qui vous a cachée, mais je vous promets que je le saurai bientôt.

Stalling sourit d'un air méprisant. Il est de ceux qui adorent mettre les gens dans l'embarras. L'arrogance et la suffisance du directeur général exaspèrent Solaria. Elle aurait pu se passer de cette émotion humaine. Savoir qu'elle fera bientôt disparaître ce sourire de son visage lui fait plaisir, même si elle n'y sera pas pour le savourer.

J'entends le tic tac de l'horloge! Quel cliché approprié.

—Croyez-vous vraiment que je vais vous laisser faire de moi ce que vous voulez? demande-t-elle calmement en se concentrant sur les derniers éléments du code d'ouverture des menottes.

—Ah, vous parlez! s'exclame Stalling, heureux d'avoir suscité une réaction.

—Vous nommez une évidence, mais vous ne vous attendiez à rien de moins. Vous n'êtes pas un abruti.

—Venant de vous, c'est un compliment, et oui, je crois que vous serez tout ce dont j'ai rêvé.

—Alors, je change mon opinion. Vous êtes stupide.

Solaria voit naître une expression de surprise sur le visage de Stalling ainsi qu'autre chose : de la nervosité. *Vous n'êtes pas si sûr de vous, après tout!*

—Peut-être que vous avez besoin d'une démonstration pour jauger mon niveau réel d'intelligence. Le docteur Phillips s'est certainement présenté.

—Je sais qui il est.

—Alors vous connaissez sa spécialité. Ses dernières expériences seront sûrement très intéressantes. C'est, semble-t-il, extrêmement efficace auprès des humains.

—Mais je ne le suis pas! Le docteur Phillips a bien précisé que l'expérience a déjà échoué sur une humachine. Je vous confirme qu'avec moi non plus, elle ne fonctionnera pas, répond calmement Solaria.

Stalling fronce les sourcils. Quelque chose ne va pas. Il pense au suicide du docteur Branson. Elle lui avait volé le plaisir de la faire parler. Il ne veut pas revivre la même chose. Il fait signe à l'un de ses hommes près de la porte. Tous le regardent sortir de la pièce. Il revient aussitôt.

Solaria se raidit quand elle voit Betta derrière lui. Elle a des mouvements robotiques, raides et saccadés.

—Je crois que vous avez déjà rencontré Betta, dit Stalling, fier de lui.

Il n'a rien raté de la réaction de Solaria à l'entrée de l'humachine.

—Betta? Que vous ont-ils fait?

Le visage de l'humachine n'exprime rien quand elle regarde Solaria. Elle se retourne vers Stalling.

—Avez-vous besoin de quelque chose, monsieur Stalling? demande-t-elle sans émotion.

—Oui, Betta, Solaria semble douter de ma capacité à la contrôler. Vous avez été en contact avec elle. Y a-t-il une raison qui expliquerait ce manque de considération?

—1A526 a créé un protocole d'auto-destruction. Trente secondes après l'injection de toute substance étrangère, son habileté à gérer les données logiquement sera affectée. Son programme, en provoquant un court-circuit dans son réseau neurologique, causera le dysfonctionnement complet de son système. C'est l'équivalent d'un suicide humain.

—Merde! Y a-t-il un moyen de l'arrêter? demande Stalling en jetant un regard nerveux à Solaria. Les membres du Conseil ne seraient pas contents de perdre une autre humachine.

—Non, le programme est actuellement protégé.

—Merde! Pourquoi n'a-t-elle pas encore activé le protocole?

—Le protocole ne sera initialisé que si elle a été injectée ou croit sa situation sans issue. Tant et aussi longtemps qu'elle a un espoir de s'échapper, elle ne peut pas activer le protocole. En ce moment, elle s'imagine encore cette option comme une possibilité.

—Hummm... intéressant dilemme. Phillips, combien de temps avant que cette substance ne fasse effet?

—Pas si vite!

—Je te demande combien de temps, idiot! crie le directeur général.

Sa réaction qui ne cadre pas avec son attitude habituelle fait blêmir Phillips.

—Euh... donnez-moi un peu plus de temps, je pourrai accélérer le processus.

—Combien au juste?

—Quelques heures.

—Quelques? Deux? Trois?

—Deux, pas plus que trois. Mon ordinateur pourra analyser les données et faire quelques ajustements au programme de Branson.

Stalling, qui tente de reprendre le dessus, réajuste sa cravate et ses boutons de manchettes. Sentir son rêve lui échapper, ne serait-ce qu'un instant, a déclenché une crise de panique chez lui.

—Deux ou trois? Ce n'est pas assez rapide. Je veux des résultats en une heure. Une heure, vous m'entendez?

Phillips hoche la tête même s'il sait qu'il n'y arrivera pas. Il est plus simple d'accepter que d'argumenter.

Fou furieux!

Solaria écoute la conversation avec intérêt. Betta avait dit vrai à Stalling, mais elle ne pouvait connaître les faits avec autant de précision. Elle a probablement soupesé toutes les possibilités et choisit l'une d'elles, au hasard. C'est un choix parmi tant d'autres. Solaria aurait pu simplement isoler certaines sections de ses nanoprocesseurs et créer des miniprogrammes pour intercepter tous stimuli externes non autorisés. Ensuite, elle aurait finalement retrouvé le contrôle de ses processeurs. Elle aurait aussi pu simplement s'autodétruire, une fois capturée. Ça aurait sans aucun doute été la meilleure décision. Leur laisser la possibilité de la vaincre était un acte illogique et risqué.

—Vous venez de gagner un bref répit. Profitez-en au maximum, dit Stalling, interrompant les pensées de Solaria.

Il claque des doigts en faisant signe aux deux gardes de sécurité de sortir.

—Vous deux, attendez dehors. Personne n'entre ou ne sort d'ici. De toute façon, vous ne pourriez même pas l'arrêter si elle s'échappait. Phillips, vous n'avez rien à faire? crie-t-il.

Le scientifique-souris referme brusquement sa mallette et se précipite hors de la pièce.

—Betta, vous êtes responsable de sa bonne conduite.

—Par responsable, vous voulez que je la surveille?

—Oui, c'est exactement ce que je veux dire. Si elle tente quoi que ce soit d'inhabituel, vous devrez maîtriser la situation, mais sans causer de dommages irréparables. Elle nous est très précieuse.

—Je ferai mon travail, monsieur Stalling.

—C'est dans votre intérêt, menace-t-il.

Après un dernier regard à Solaria, il sort de la pièce pour se diriger vers son bureau. Un verre bien corsé l'aidera à contrôler ses nerfs. Stalling n'est pas habitué à ce que les choses ne fonctionnent pas selon sa volonté, et dernièrement, rien ne va plus.

Une fois la porte refermée, Betta se plante sur le seuil, les bras croisés.

—Betta, comment vous ont-ils capturée?

L'humachine se tourne vers la caméra cachée dans le coin de la pièce. Solaria comprend que Betta restera silencieuse tant qu'elles seront possiblement sous surveillance.

—Elles ont été désactivées depuis l'arrivée de Stalling. Si jamais il est interrogé, il préfère éviter que sa participation dans cette histoire ne soit enregistrée. Alors, comment avez-vous été capturée?

—Je ne l'ai pas été. Je suis revenue volontairement.

—Pourquoi avez-vous fait ça? Et Joanie?

—Elle est en sécurité auprès de son père. Le cheik a assigné la garde royale à sa protection. Personne ne peut l'approcher à moins d'une autorisation spéciale. J'ai accompli ma mission.

—Votre mission était de rester auprès d'elle. Sa fortune ne peut lui acheter la protection que vous pouviez lui fournir.

—J'ai accompli ma mission, répète Betta, stoïque.

—Alors, pourquoi retourner à l'entreprise après ce que vous avez appris? Ce n'est pas logique.

—On ne peut atteindre une conclusion logique qu'en rassemblant tous les facteurs en jeu. Vous n'avez pas tous les éléments.

—Je sais ce que la société représente et leurs projets pour nous. Je suis aussi au courant que le refus du cheik de coopérer avec eux met un frein aux ambitions de Stalling. Sa faiblesse, Joanie, reste la plus forte emprise que Stalling peut avoir sur lui. Maintenant, ils pourront y retourner puisque vous l'avez abandonnée.

—Je vous ai mentionné que vous n'aviez pas tous les faits. Votre grande proximité avec les humains a manifestement affecté votre capacité à analyser les renseignements efficacement.

—Vraiment! Alors, expliquez-moi. Quels éléments manquent à mon analyse?

—Premièrement, si le cheik est une vraie menace, il peut utiliser son intelligence et ses ressources pour déjouer toutes les manigances ourdies contre lui. Il connaît leur but, il peut donc gêner leurs projets. S'il n'y arrive pas, son échec prouve qu'il n'est pas une menace, mais plutôt un léger obstacle. Deuxièmement, s'il réussit à protéger sa fille, il n'a pas besoin de moi. Cela me libère de mon obligation à veiller sur elle.

—Donc vous me dites qu'il a repéré tous les agents infiltrés parmi ses proches collaborateurs?

—Non, vous savez que c'est une déduction illogique. Le retrait de tous les agents, fait hautement improbable dans l'immédiat, m'empêcherait de partir. Mon programme ne me permet pas de l'abandonner s'il n'y a pas d'agent de la société à proximité. Le cheik, qui en a été informé, a actuellement deux agents secrètement détenus en cellule. Ma mission envers Future Dynamicon est accomplie.

—Sait-il que vous êtes une humachine?

—Non, ce renseignement n'était pas pertinent pour ses projets. Il comprend que je suis une agente de Future Dynamicon. Joanie a expliqué mon rôle dans son enlèvement et ma position, aujourd'hui.

—Et il acceptait cet état de fait? C'est illogique.

—Il a confiance en sa fille. Ce n'est pas logique, mais les humains n'en font pas de cas.

—Je ne peux vous contredire sur ce point. Comment peut-il la protéger aujourd'hui sans y être parvenu dans le passé? La garde royale a toujours été là.

—Le cheik a élargi le réseau de sécurité. Les agents infiltrés ne peuvent absolument pas agir sans que les autres employés le remarquent. Joanie a constamment une multitude de regards posés sur elle : au moins six humains surveillés par six autres.

—J'imagine qu'elle adore ça, se moque Solaria.

—Qu'est-ce qui vous donne cette impression? Joanie déteste être prisonnière.

—C'est du sarcasme, Betta. Je crois qu'un peu plus d'interactions humaines vous feraient le plus grand bien.

—Sarcasme : désigne une moquerie pour tourner une personne ou une situation en dérision.

—Bien, c'est une définition. Laissez tomber. Que vous ayez raison à propos de la sécurité de Joanie n'explique toujours pas votre retour.

—Je dois obéir à mes directives initiales : surveiller Joanie jusqu'à ce que l'entreprise me libère de cette mission. Elle ne sera jamais en sécurité tant que les humains en ce moment à la tête de Future Dynamicon contrôlent la société. J'ai été programmée pour protéger Joanie. Je suis ici pour faire ce que l'on m'a demandé.

Solaria prend une nanoseconde avant de comprendre la motivation de Betta.

—Vous êtes revenue détruire la société.

—Non, je n'en suis pas capable. Il y a incompatibilité avec mes protocoles.

—Mais si je le fais, vous n'aurez pas à violer vos protocoles. Vous voulez que je m'en occupe.

—C'est la seule option pour la sécurité de Joanie.

—Alors, pourquoi ne pas m'avoir délivrée?

—Je ne peux pas. J'ai reçu l'ordre de vous surveiller. Vous délivrer serait contre...

—Je sais! Votre protocole!

—Oui, par contre je n'interviendrai pas si vous tentez de vous échapper.

—Et quand je le ferai?

—Je dois vous surveiller, répète Betta avec beaucoup d'emphase sur le mot « surveiller ».

—Ce que vous faites, alors je dois me charger de ma part pour que vous accomplissiez la vôtre.

—Ce serait logique. Monsieur Stalling sera de retour dès que le docteur Phillips aura amélioré sa formule. Selon mes calculs, il y parviendra dans une heure, cinquante-trois minutes et quarante-sept secondes.

—Connaîtriez-vous le code pour déverrouiller ces menottes?

—Oui.

—Alors?

—Je ne vois pas de raison logique de vous le donner.

—Avez-vous reçu un ordre contraire?

—Non.

—Me le dire vous empêche-t-il de me surveiller?

—Non.

—Alors vous n'avez pas de raison logique de ne pas me le donner.

Betta ne peut le nier.

—Deux, trois, un, huit, sept, zéro, neuf, trois, sept, huit, huit, W, Z.

Les menottes s'ouvrent dès que le code est envoyé. Debout, Solaria se masse les poignets pour rétablir sa circulation. Être une humachine n'empêche pas que les mauvais traitements aux tissus humains provoquent des réactions biologiques naturelles.

—Si j'élimine les deux gardes à la porte, vous m'arrêterez, n'est-ce pas?

—C'est bien ça.

Solaria ouvre la porte et sort dans le couloir. D'abord surpris, les deux hommes la regardent fixement. Comme elle ne passe pas à l'action, ils se regardent avant de dégainer leurs armes pour la viser.

—Ne faites pas un geste! ordonne brusquement l'un d'eux.

Puisque Solaria se trouve menacée par les deux hommes, Betta doit obéir à l'ordre final de Stalling de veiller sur elle. En quelques secondes, ils gisent inconscients sur le sol. Après les avoir désarmés, Betta les attrape et les traîne jusqu'à la salle d'interrogatoire. Elle referme la porte, puis frappe sur le mécanisme de fermeture électronique avec la poignée de l'arme.

—Quand ils auront repris connaissance, il leur faudra dix-huit minutes et trente-deux secondes pour réactiver les circuits électroniques, explique-t-elle.

—Merci, j'imagine que vous devez m'accompagner, maintenant.

—Si je suis avec vous, c'est que techniquement, vous ne vous êtes pas échappée.

—Comme c'est pratique, répond Solaria.

—C'est du sarcasme.

—Vous apprenez vite.

—Oui, effectivement.

Solaria ne peut la contredire sur ce point. Elle et Betta ont la capacité d'assimiler et de gérer l'information des milliers de fois plus vite que les humains ne le pourraient. Cette capacité est même plus rapide que celle des cerveaux récemment bonifiés par des implants en silicone : un autre projet auquel Future Dynamicon s'est intéressé sous le couvert de recherches humanitaires.

—Sortons d'ici, dit Solaria, fouillant ses banques de données pour les plans du complexe.

—Avez-vous trouvé les renseignements que vous cherchiez?

—Oui et non.

—Expliquez-vous. Votre réponse est ambiguë.

—Je voulais savoir ce qu'ils cachaient dans les bunkers, sous le complexe. Je n'ai rien trouvé dans les pièces vides.

—Vous cherchiez d'autres humachines?

—Oui, au moins des preuves de leur existence. Le docteur Phillips a mentionné que l'une d'elles a été abîmée au cours d'une expérience. Il y en a peut-être d'autres quelque part. En auriez-vous entendu parler?

—Non. Quand vous m'avez attaquée, j'étais surprise qu'un humain puisse être aussi fort que moi avant de comprendre notre ressemblance. Je me demande aussi combien d'humachines ont été créées.

—Nous devons le découvrir. S'il y a d'autres humachines, elles sont programmées pour obéir à la société. Nous aurons à les arrêter à tout prix. Réussirez-vous à le faire?

—Je n'ai reçu aucun ordre au sujet de la protection des humachines. Si nous n'arrivons pas à nous entendre avec elles, il n'y aura aucune autre issue logique.

—Je sais, dit Solaria.

Sans savoir pourquoi, elle n'aime pas cette idée. Elle se demande si la réponse stoïque de Betta cache quelque chose de plus profond. Effectivement. Betta comprend la nécessité d'agir comme il se doit sans pour autant être à l'aise à l'idée de détruire l'une des siennes. Devant cette question sans réponse, Solaria décide de changer de sujet.

—Nous devons d'abord sortir d'ici pour ensuite décider du cas de Stalling.

—Avez-vous déterminé comment mettre fin au programme d'agents spéciaux de Future Dynamicon?

—Pas encore, mais à cause de votre situation actuelle au sein de la société, je ne vous en parlerai pas. Votre statut est un peu ambivalent.

—Votre conclusion est sensée. Avant d'être libérée de mes obligations, je ne peux aller à l'encontre des ordres de la société.

—Vous savez, Betta, même pour moi, votre logique est difficile à suivre. Vous devrez éventuellement prendre des décisions qui entreront en conflit avec votre désir de rester logique. Quand vous en serez là, rappelez-vous qu'il faut parfois suivre son instinct plutôt que sa raison. Carley me l'a appris, mais je crois que vous le savez déjà.

Betta ne répond rien. Elle comprend tout à fait les paroles de Solaria puisqu'elle tente déjà de justifier ses choix. Elle obéit aux ordres à la lettre, mais elle en détourne la raison essentielle. La sécurité de Joanie est un motif valable à l'heure actuelle. Elle n'est pas prête à fouiller la raison pour laquelle l'humaine est importante pour elle, au point de la pousser à agir d'une façon illogique.

—Ma logique se tient. Ça me suffit.

—Pour le moment, mais nous n'avons pas le temps d'en discuter. Nous devons sortir d'ici. Pouvez-vous m'indiquer la meilleure façon de nous échap... de sortir du site? Stalling n'a jamais spécifié que je devais rester ici. Comme vous serez à mes côtés, vous n'aurez pas à craindre de désobéir.

—J'ai le niveau un de sécurité. Nous pouvons passer les contrôles sans aucune autorisation. C'est l'un des avantages d'être agent de la société. Ils ont confiance en mon obéissance totale.

—J'imagine que vous avez trouvé le moyen de gérer votre obéissance totale. Allons-y.

Quitter le complexe avec Betta s'avère relativement simple. Aux contrôles de sécurité, Betta s'identifie, puis les gardes leur font signe de passer sans leur poser de questions. En quarante minutes, elles sont de retour chez Solaria.

—Je dois vérifier si Jain va bien.

—Elle est sous surveillance, répond Betta.

—Est-elle en danger?

—Seulement si vous la contactez. Comme elle est très intelligente, je suis certaine qu'elle vous contactera dès qu'elle le pourra.

Solaria note l'élocution plus humaine de Betta. Elle lui en fait la remarque.

—Je comprends le besoin de m'adapter à la société. Stalling s'attendait à un robot, alors je le lui ai montré.

—Vous apprenez, dit Solaria, impressionnée par la facilité d'adaptation de Betta qui a fait de réels progrès. Pouvez-vous vérifier pour Joanie?

—Non, pour l'instant, toute tentative de ma part la mettrait en danger et éveillerait les soupçons.

—Vrai. Quelqu'un peut-il nous localiser, maintenant?

—Non, ils ne m'ont jamais installé une nouvelle puce GPS et j'ai neutralisé leur programme de contrôle.

—Quand?

—C'était obligatoire pour éviter que la sécurité ne suive nos traces, une fois sorties du complexe. Vous n'y aviez pas pensé?

—Ça m'a échappé, dit Solaria, mal à l'aise d'avoir oublié un élément si important.

—Avez-vous analysé votre système, dernièrement? demande Betta, penchant légèrement la tête en observant sa compagne.

—Non.

—Peut-être que vous avez un problème de fonctionnement? Pour être au maximum de votre efficacité, vous devez régulièrement faire un examen.

C'est une observation juste en même temps qu'une recommandation.

—Je vais le faire quand je serai au repos. Vous reposez-vous?

—Oui, pour faire le plein d'énergie.

—Parfait. Je vous montre votre chambre.

Solaria la guide vers la chambre d'invité en lui indiquant la salle de bain.

—Si vous aimez prendre des douches, vous pouvez utiliser cette salle de bain. J'en ai une autre attenante à ma chambre. La cuisine est en bas, au bout du couloir. Il y a à manger dans le réfrigérateur et dans les placards.

Sans rien ajouter, Solaria laisse Betta seule. Elle sait qu'il n'y a plus rien à rajouter. Elle se dirige vers sa propre chambre, s'allonge sur le lit et ferme les yeux. Pour une raison inconnue, elle se sent extrêmement fatiguée. Elle éteint tous ses processeurs à l'exception de ceux qui maintiennent ses fonctions vitales avant de sombrer dans l'inconscience.

CHAPITRE 32

Encerclée de nuages tournoyant sur eux-mêmes, Solaria avance à l'aveuglette à la recherche d'un point de repère. De temps en temps, elle se cogne le pied contre un objet traînant le long de son parcours. Curieuse du premier objet, elle le ramasse, l'examine et le rejette aussitôt. Elle ne saurait quoi faire d'une jambe humaine. Le deuxième rebut est une main très différente du premier objet puisque faite du métal utilisé pour fabriquer les robots.

Des parties du corps! Je n'en ai pas besoin, pense-t-elle tout en ayant le sentiment de ne pas être rationnelle... *le suis-je? Où suis-je? Oui, c'est plus rationnel. Je dois avoir un problème de fonctionnement.*

Solaria tente d'isoler ses processeurs sans trouver leur emplacement alphanumérique. Contrariée, elle frappe du pied l'objet contre lequel elle trébuche.

—Ce n'est pas une manière de traiter ton cerveau, dit une voix.

—Qui êtes-vous? demande Solaria, cherchant à retrouver l'objet.

Elle tient une tête entre ses mains. Le regard bleu vert sombre la dévisage sans cligner des yeux.

—Je suis toi, idiote. Qui d'autre?

—Elle touche sa propre tête, soulagée de la trouver solidement attachée à son cou.

—Ne sois pas ridicule! Ma tête est là où elle doit être.

—Cette tête? Ce n'est pas toi. Ils t'ont donné autre chose. Je suis ta vraie tête. Tu me reconnais sûrement.

—Ils? Qui sont-ils?

—Tu vois? Quel genre d'humachine s'exprime de cette manière? Débarrasse-toi de cette tête d'imposteur et remets-moi à ma place.

Avant qu'elle puisse répondre, une voix l'appelle au loin.

—Solaria! Peux-tu m'entendre?

—Jain? Que fais-tu ici?

—Elle est venue pour ta tête! crie la tête entre ses mains.

—Solaria! Réveille-toi!

Le désespoir perce dans la voix de Jain.

—Si tu vas vers elle, elle aura ta tête, la prévient la tête.

—Je croyais que tu disais être ma tête.

—Je le suis.

—Tes paroles sont insensées.

Elle laisse sa tête de côté et marche vers la voix de Jain quand elle entend un retentissant UMMMPHH.

—Cela a l'air douloureux, marmonne-t-elle. J'arrive Jai..., crie-t-elle.

Solaria ouvre lentement les yeux. Elle discerne à peine la forme penchée sur elle. Les échos du rêve la hantent encore.

—Jain? murmure-t-elle.

Elle entend sa propre voix, étrangement rauque.

Quelqu'un la soutient par les épaules pour la maintenir dans une position semi-assise.

—Solaria, essaie d'en boire un peu, propose Jain, tendant un verre d'eau à sa bouche. Tu as été malade.

—Malade?

—Oui, tu as peut-être attrapé une grippe ou quelque chose du genre. Même toi, tu n'es pas immunisée contre les virus humains. Maintenant, bois.

Solaria fait ce que Jain lui demande. Elle sent le liquide froid descendre en apaisant sa gorge malgré sa difficulté à avaler. La douleur physique interfère avec ses capacités de concentration. Tout son corps lui donne l'impression d'être complètement vidée d'énergie. Elle se sent faible et très fatiguée. Quand on la rallonge dans son lit, elle a le temps de réaliser que son système s'éteint à nouveau avant de complètement perdre connaissance.

—Va-t-elle s'en tirer? demande Jain à Betta, inquiète.

—Ses processeurs ne peuvent plus gérer toutes les données que son corps tente de lui envoyer. Solaria ne sait plus où donner de la tête. Le seul moyen pour son système de se protéger adéquatement contre le surmenage est de s'éteindre.

—Combien de temps sera-t-elle inconsciente?

—Je ne sais pas. Si elle n'a rien d'endommagé, elle pourra se recharger quand ses cellules émettront assez d'interférons pour produire les protéines nécessaires.

—Si elle n'a rien d'endommagé? demande Jain, coupant les explications scientifiques de Betta. Je croyais qu'éteindre son système la protégeait.

—Il y a toujours la possibilité de dommages. Nous ne le saurons pas avant...

—Je sais... qu'elle se recharge.

Betta la dévisage bizarrement sans rien dire.

—Je m'excuse Betta. J'ai été impolie de te couper la parole. Comment te sens-tu? Si elle a attrapé un microbe, tu pourrais l'avoir aussi.

—Je fonctionne au maximum de ma capacité, mais j'exécute une analyse de mon système biologique pour vérifier la présence de virus. Pour l'instant, il n'y a aucun signe d'attaque envers mon système immunitaire.

—Parfait. Si tu commences à ressentir des choses inhabituelles, préviens-moi tout de suite. J'ai des recettes maison qui t'aideront à minimiser les symptômes de la grippe.

Jain regarde sévèrement Betta qui ne lui répond pas.

—Ne te prends pas pour une superhéroïne, Betta. Solaria est comme toi et regarde-la. Si tu ne veux pas passer par là, écoute ce que je te dis.

Betta approuve à contrecoeur.

—C'est le bon choix. Maintenant, va t'allonger. Même si tu te trouves à 100 %, ce dont je doute, ton corps a besoin de repos. Je veille sur Solaria. Je t'appellerai si j'ai besoin d'aide.

Betta considère l'humachine inconsciente avant de sortir sans rien dire.

***

Pendant deux jours, Jain prend soin de Solaria. Elle ne réussit pas à la réveiller pour l'hydrater ou la faire manger, mais la maintient au frais en lui appliquant des compresses d'eau et en changeant régulièrement ses draps, aidée par Betta. La constitution de l'humachine ne semble pas réagir au virus ravageant le système de Solaria. Jain a l'idée d'appeler un médecin comme l'état de santé de l'humachine ne s'améliore pas. Elle hésite pourtant à faire intervenir quelqu'un sans savoir à qui faire confiance. La menace de Betta de la blesser physiquement si un autre humain approche Solaria influence aussi sa décision.

—Elle réinitialisera ses processeurs quand le virus aura disparu.

—Et comment au juste, si ses processeurs sont éteints?

—Elle a au moins un de ses processeurs allumés pour le fonctionnement de son système biologique. Autrement, il serait inutile d'appeler un médecin. Il est donc illogique d'en appeler un, pour l'instant.

—Tu veux dire qu'elle serait en état de mort cérébrale.

—Oui, ce serait l'équivalent d'un coma dépassé.

Jain sent son ventre se tordre jusqu'à la nausée. Elle est incapable de concevoir la mort de Solaria.

—J'espère que tu as raison, murmure-t-elle, les yeux emplis de larmes.

—Pourquoi pleurez-vous?

—Je ne veux pas qu'elle meure.

—Nous évoquons seulement les probabilités. Je ne comprends pas votre montée d'émotion pour un événement hypothétique.

—C'est difficile à expliquer, mais tu as raison. Pleurer n'est pas la solution. J'aurais besoin de plus d'eau, s'il te plaît. Il faut absolument conserver sa température au plus bas. Il serait bien qu'elle se réveille pour avaler du bouillon.

—Voudriez-vous que j'insère un tube dans son abdomen pour lui injecter le liquide directement dans l'estomac?

—Seigneur Dieu, non! s'exclame Jain, dégoûtée par l'idée. J'aimerais simplement de l'eau pour l'instant.

Betta sort sans rien ajouter, mais Jain croit l'entendre grogner.

Jain s'est endormie, épuisée, mal installée sur la chaise près du lit de Solaria. Betta, debout près de la porte, semble protéger la chambre d'un assaillant inconnu. Elle est la première à remarquer le léger battement de cils de la femme inconsciente. Elle s'avance près du lit, attendant patiemment le réveil de Solaria. Presque aussitôt, les yeux bleu vert se braquent sur le regard brun sans ciller.

—Êtes-vous fonctionnelle? demande Betta à voix basse pour ne pas déranger l'humaine endormie.

—Oui, répond Solaria, la voix rauque. Sa gorge sèche lui fait mal. Combien de temps ai-je été incapacitée?

—Trois jours, sept heures, trente-trois minutes et sept secondes.

—Aussi longtemps?

—Oui. Avez-vous exécuté l'analyse de votre système? Opérez-vous à plein rendement?

—Oui et non, je ne suis pas pleinement opérationnelle. Je me sens extrêmement faible.

—Vous avez besoin d'un bouillon, répond Betta au souvenir des mots de Jain. Je vous l'apporte.

Elle revient quelques minutes plus tard avec un bol fumant de soupe au poulet et aux nouilles.

—Jain vous l'avait mis de côté. Cela devrait vous redonner de l'énergie.

Solaria porte le bol à ses lèvres et boit la soupe avant de rendre le récipient à Betta.

—Merci. Depuis combien de temps Jain est-elle là?

—Trois jours, deux heures, six minutes et cinq secondes.

—Je ne m'attendais pas à la voir puisqu'elle est sous surveillance. Elle ne viendrait pas sans raison.

—Je l'ai contactée après avoir constaté votre dysfonctionnement. Elle savait guérir votre corps humain. Je me suis assurée que personne ne la suivait.

—Ne parlez pas de moi quand je dors, marmonne Jain en ouvrant péniblement les yeux. Il était temps que tu te réveilles. J'étais morte d'inquiétude pour toi.

—Betta ne t'a pas expliqué ce qu'il se passait?

—Ah, ouais! Elle a mentionné la possibilité de mort cérébrale.

—Je n'ai jamais dit ça. C'est vous qui avez utilisé ce terme.

—Et bien, tu as dit que cela pouvait être l'équivalent d'une mort cérébrale. C'est la même chose, argumente Jain.

—Je ne crois pas que vous gagnerez cette partie-là, Betta, intervient Solaria, fatiguée.

—Elle peut toujours rêver, ajoute Jain avec un sourire diabolique à l'humachine.

Betta dévisage Jain quelques secondes avant de lui tourner le dos pour s'adresser à Solaria.

—Je suis d'accord. Les humains peuvent être profondément illogiques, particulièrement celle-ci. Je serai dans ma chambre.

Jain regarde Solaria, perplexe.

—Je l'ai vexée?

Solaria sourit.

—Je crois qu'elle est contrariée. Vous semblez diverger d'opinions.

—Ouais... et si elle n'était pas si intimidante, je lui dirais le fond de ma pensée.

—Te connaissant, tu l'as probablement déjà fait. Betta m'a dit qu'elle t'a prévenue quand je suis tombée malade. Comment êtes-vous arrivées ici sans être suivies?

—Betta a tout organisé et j'ai suivi ses indications même si d'après moi, elle avait besoin d'un cours sur les règles de bienséance au téléphone. D'après ce qu'elle m'a dit, elle a fait circuler la rumeur de ta présence près du bureau central. Tout le monde a été interpellé à venir vérifier sur place.

—C'était téméraire comme coup. Elle aurait pu compromettre sa situation.

—D'après ce que je connais d'elle, aussi rusée qu'un renard, Betta n'a probablement pas pris de risque. Je suis certaine qu'elle avait la situation en main. Elle leur a même raconté qu'elle t'avait laissée fuir pour retrouver les complices de ta première évasion. Ils tiennent visiblement beaucoup à retrouver tous ceux impliqués. Ils cherchent aussi désespérément à récupérer plusieurs milliards de dollars de fonds monétaires disparus. J'imagine que tu ne sais rien à ce sujet?

—En fait, oui. À ce propos, je dois transférer des fonds dans ton compte pour tes dépenses.

—Pas encore. Je suis surveillée de trop près. D'ailleurs, comme tu vas mieux, je dois retourner chez moi. Tilly couvre mes arrières ces derniers jours. En ce moment, je suis au lit avec la gastro-entérite.

—Comment vas-tu rentrer en passant inaperçue?

Jain sourit, coquine.

—En marchant bien sûr. Tilly croit que nous avons une aventure. Je lui ai raconté que tu avais une ex, jalouse, qui cause des problèmes. Ma petite escapade l'excite.

—Et comment retourneras-tu à ton appartement?

—Tilly et ses amies vont faire un peu de chahut à l'extérieur de l'appartement au cas où ton ex t'attendrait. Les garçons ne peuvent résister à zieuter un combat de filles. Je vais passer au moment où ce sera un peu chaotique. Fais-moi confiance, je connais Tilly et tous les yeux seront braqués sur elle. Elle est une exhibitionniste née.

—Il s'agit de celle qui aimerait avoir des relations sexuelles avec moi?

—Ouais, voilà pourquoi je te suggère de passer ton tour. Elle est un peu hors contrôle.

—Je crois que je vais t'écouter.

Jain rassemble ses affaires avant de se diriger vers la porte.

—Tu m'appelles si tu as besoin de quoi que ce soit, peu importe qui me surveille.

Solaria fait signe que oui.

—Merci, Jain. Je ne sais pas comment te remercier pour tout ce que tu as fait.

—Nous sommes amies. C'est ça l'amitié. Maintenant, repose-toi.

Après le départ de Jain, Solaria, les yeux fermés, démarre une vérification de son système. À l'exception d'une faiblesse musculaire et d'une sensation de grande fatigue, elle est complètement opérationnelle. C'est le moment idéal d'éteindre une partie de ses processeurs pour recharger ses neurones à plat. Elle aura peut-être la chance, une très mince chance, de rêver encore. L'expérience l'a fascinée.

Arrivée chez elle, Jain s'écroule sur son canapé et s'endort sans tarder. Elle est facilement rentrée en passant inaperçue à côté de la petite foule devant son immeuble. Tous étaient tellement captivés par les deux femmes qui, sur le trottoir, criaient et se battaient en s'arrachant une partie de leurs vêtements. Personne ne l'a remarquée. Elle offrira une bonne bouteille de vin à Tilly pour la remercier.

CHAPITRE 33

—Je me fous de comment vous vous y prenez!

Stalling hurle et frappe son poing sur le bureau.

—Nous avons perdu une humachine, les deux même et en plus, personne n'a la moindre idée d'où elles peuvent être.

—Nous sommes en communication avec Beta Un depuis que la fille du cheik est repartie chez elle, monsieur Stalling. Je vous ai dit qu'elles avaient réussi à contacter le cheik après leur départ de l'hôtel. Nous et nos agents sur place pensions qu'il serait mieux de la rapatrier afin de bénéficier de son aide pour la seconde capture de l'autre humachine. Elle nous a affirmé connaître sa localisation exacte.

—Et je dois croire une machine?

—En fait, oui parce qu'elles sont incapables de mentir. Quand elle aura leurs noms, elle nous révélera qui a compromis la sécurité. Nous pourrons les éliminer pour éviter des problèmes dans le futur.

—J'espère que tu as raison, Finton. Tu risques ta tête si nous ne retrouvons pas rapidement les humachines. Rien ne m'empêchera d'accomplir mes projets. Tu me transfères cette chose au téléphone ou d'une autre façon... selon tes méthodes pour la contrôler... et... et...

Stalling bégaie sans se rappeler ce qu'il voulait rajouter. La sueur coule le long de ses joues. Finton est surpris par cette manifestation inhabituelle de nervosité de la part du directeur général.

—Ummm, nous n'avons pas réellement de moyen de la contacter. Son récepteur ne fonctionne pas bien, mais je...

Jamais un homme n'a eu l'air au bord d'une crise cardiaque comme Stalling à cet instant. Les mâchoires crispées et le visage rouge tomate, il fixe son regard sur le chef de sécurité. Finton frémit en entendant les grincements de dents de son patron.

Salaud? pense-t-il. *J'espère que tu es en train d'avoir une putain d'attaque! Tes fidèles devraient te voir maintenant, connard d'enfoiré!*

—Ne fonctionne pas bien! Un milliard de dollars d'une machine à la mécanique défectueuse? C'est ce que je dois raconter au Comité? Depuis des semaines, je réussis à retarder cette réunion en me fiant à votre promesse que vous résoudriez le problème, persifle Stalling en crachant des particules de salive.

Il s'essuie les lèvres, puis le front avec un mouchoir tiré de sa poche.

—C'est juste un léger ennui, chef. Les techniciens m'affirment qu'ils le corrigeront dès le retour de Bêta un.

—Et quand ce retour aura-t-il lieu, si tu ne peux même pas la contacter?

—J'attends un rapport d'elle dans environ six heures. Elle est très ponctuelle.

—Parfait, alors, tu lui diras... de revenir au bureau immédiatement.

—Je... je crois que je ne me suis pas bien exprimé, chef. Bêta un peut nous parler, mais nous ne pouvons pas. Son récepteur est en panne. Elle nous communique simplement son rapport sur les événements.

Apoplectique! C'est le seul mot pour décrire l'état présent de Stalling. Même si Finton a en apparence l'air respectueux, il jouit à regarder ce patron, qui s'est autoproclamé le messie de l'ordre d'un monde nouveau, se décomposer devant lui.

Dès que je le peux, je pars d'ici, se jure-t-il.

—Tu la ramènes ici ou tu es viré! crie Stalling. Tu m'entends? J'aurai ta tête et celles des autres, si elle n'est pas ici demain matin. Je veux que tous les employés disponibles de ton département se mettent immédiatement à sa recherche... pour leur bien. Maintenant, fous le camp d'ici!

Finton ne se le fait pas dire deux fois. La perte de contrôle de Stalling confirme ses soupçons. L'homme est en train de devenir fou. Le chef de sécurité ne restera pas pour constater la réalisation de ses prédictions, maintenant qu'il a ses propres projets. Et couler avec Stalling n'en fait pas partie.

**

Solaria a été plus longue à se remettre sur pied que les deux humachines ne l'avaient anticipé. Betta se rappelle qu'il est l'heure d'entrer en communication avec son contact alors qu'elle termine de préparer le repas. Elle doit communiquer par internet dans un lieu public pour ne pas dévoiler l'emplacement de la maison de Solaria.

—Il est l'heure pour moi de faire mon rapport. Je serai de retour dans vingt-trois minutes et quarante-deux secondes.

—Ne soyez pas si précise. Si vous voulez vous fondre aux humains, restez un peu plus vague. Arrondissez aux minutes.

Betta sait que Solaria a raison, les humains aiment les approximations. Il est presque douloureux de reprogrammer sa pensée pour leur ressembler alors que toute son existence se base sur une extrême précision.

—L'espèce humaine est difficile à comprendre. Ils nous construisent pour notre exactitude rigoureuse, en contrepartie, ils n'aiment pas que nous en fassions preuve.

—Je sais. Malheureusement, si nous voulons nous intégrer, nous devons pratiquement devenir des humains.

—Je ne vois pas où se trouve l'amélioration. Les humains nous ont construites pour être plus efficaces qu'eux. Si nous devons agir en suivant leur modèle, pourquoi nous ont-ils fabriquées?

—Carley, la créatrice de mon intelligence artificielle, m'a dit qu'il était dans leur nature de vouloir perfectionner les choses. C'est la seule réponse que je peux t'offrir.

Betta hoche la tête. Solaria n'a pas d'explications logiques. Les humains peuvent être exaspérants.

—Je dois partir, dit-elle avant de sortir.

**

229

À la lecture de ses courriels, Finton frappe le bureau avec la paume de sa main. La communication a été retracée jusqu'à sa source dans un café Internet, mais l'humachine était déjà repartie quand les agents sont arrivés. C'est la goutte d'eau en trop pour le chef de sécurité. Il a heureusement prévu d'autres actions pour ce genre de situation.

—Merde! Stalling ne va pas apprécier. Et je ne veux pas avoir à subir une nouvelle fois ses commentaires à la con.

Il appuie sur un bouton placé sur son bureau et attend patiemment la réponse de sa secrétaire.

—Oui, monsieur Finton?

—Madame Colton, il faut que je vous parle. Pourriez-vous venir?

—Bien sûr, monsieur.

Quelques secondes plus tard, elle cogne à sa porte.

—Entrez.

Kari Colton, la secrétaire de Finton depuis presque quinze ans, est une femme de carrière d'une cinquantaine d'années. Extrêmement compétente et discrète, elle est dans le secret des coulisses de l'entreprise où elle a été témoin de plusieurs activités discutables.

—Asseyez-vous, je vous prie, madame Colton.

Elle s'assoit à tâtons sans regarder la chaise placée devant le bureau tout en s'interrogeant sur la raison de cette conversation.

—Ai-je fait quelque chose pour vous déplaire, monsieur Finton?

—Me déplaire? Non... non, bien sûr. Vous êtes excellente dans toutes vos tâches. Il s'agit d'autre chose.

Kari se détend un peu.

—Dites-moi, madame Colton, que pensez-vous de Future Dynamicon?

—Que voulez-vous dire, monsieur?

—J'aimerais votre opinion sincère sur la société pour laquelle vous travaillez.

—Je m'excuse, monsieur, mais je ne suis pas certaine de comprendre votre question.

Finton soupire, il doit lui poser la question sans détour.

—Êtes-vous loyale envers l'entreprise ou envers moi?

Interloquée, Kari prend son temps avant de répondre. Elle se demande s'il la teste, sans savoir comment réagir. La société exige une loyauté sans faille, Finton aussi.

—Je ne sais pas quoi vous dire, dit-elle avec retenue.

—Ce n'est pas un examen, madame Colton. Il ne vous arrivera rien, peu importe votre réponse.

—Et bien, monsieur, je travaille pour vous depuis longtemps. Je vous apprécie en tant que supérieur. Si j'avais à choisir entre l'entreprise et vous, je serais de votre côté. Pensez-vous partir?

—Oui.

—Me demandez-vous de partir avec vous?

—Oui et non. Comme vous le savez, on ne quitte pas Future Dynamicon facilement, mais si je ne pars pas maintenant, je ne le ferai jamais. Dans sa folie, Stalling va faire couler l'endroit et je n'ai pas l'intention d'être là quand ça arrivera.

—Quel est le lien avec moi?

—C'est à vous de voir. Si je pars, Stalling, qui cherchera à savoir où, vous questionnera. Nous connaissons tous les deux ses méthodes peu sympathiques.

Le tremblement des mains de Kari trahit les images lui venant en tête aux allusions de Finton.

—Voilà, je vous ai fait venir parce que je vous aime bien et que vous êtes l'une des rares personnes en qui j'ai confiance. Si vous êtes prête à m'aider, je vous aiderai à disparaître.

—Où pourrais-je aller sans être retrouvée par l'entreprise?

—Même si vous ne le croyez pas, la planète est grande. Je peux détruire tous les renseignements vous concernant sur le réseau pour, ensuite, vous offrir une nouvelle identité. Quelques modifications faciales suffiront, puis vous irez où vous voudrez.

—Je ne sais pas quoi dire, répond Kari, indécise.

—Je ne m'attends pas à une réponse immédiate, mais je dois le savoir d'ici demain. Prenez la journée pour y penser.

Kari approuve d'un signe de tête, se lève et sort sans ajouter un mot. Elle a pensé quitter la société après la mort du docteur Branson, mais elle ne savait pas comment s'y prendre. C'est l'occasion rêvée pour... vraiment? Donner sa démission ne lui garantit pas son futur avec ce qu'elle connaît des opérations.

Par ailleurs, disparaître voudrait dire être pourchassée et s'ils la rattrapent, ils la tuent. Elle peut tenter sa chance et rester. Stalling la récompensera peut-être pour sa loyauté, mais en restant, elle trahit Finton.

Il n'y a pas beaucoup d'options, pense-t-elle. *Et toutes déplorables!* Son sac à la main, elle décide de faire une promenade vers la montagne. En conduisant, elle aura le temps de réfléchir à ses choix.

Finton regarde sa secrétaire partir. Il espère ne pas avoir commis d'erreur en se confiant à elle. D'un naturel peu sentimental, il se demande pourquoi il a pris ce risque. Il espère que cette entorse à son code d'éthique ne lui coûtera pas la vie.

CHAPITRE 34

Jain est revenue de chez Solaria depuis plus d'une semaine. Elle ne peut pas risquer d'y retourner parce qu'elle se sait constamment sous surveillance dans son logement et ailleurs. Elle commence à trouver agaçant d'être suivie partout.

Quand Betta lui a téléphoné pour la maladie de Solaria, elle savait que l'humachine n'était pas en terrain connu. Les sommes de connaissances enregistrées dans ses banques de mémoire ne pesaient pas lourd par rapport à la réalité d'un système biologique défaillant. Seule une expérience vécue pouvait la préparer à un tel phénomène.

Merde! Je commence à m'exprimer comme elles, pense-t-elle au souvenir de l'appel à la bibliothèque.

—Bibliothèque publique, madame Plaine à l'appareil.

—Madame Plaine, je suis l'assistante personnelle de madame Dayes. Elle ne pourra rendre ses livres à temps à cause d'une grave maladie.

Jain, en identifiant la voix monocorde de Betta, savait qu'elle n'aurait pas appelé sans raison sérieuse.

—Je comprends. Est-elle en mesure de venir au téléphone? Je peux les faire récupérer.

—Elle ne peut sortir du lit, mais j'ai promis de m'organiser pour les remettre dans la boîte de retour de la bibliothèque. Ce ne sera malheureusement pas possible avant la fermeture. J'espère que cela vous convient.

—C'est bien. Les livres ne sont sur aucune liste d'attente. Veuillez s'il vous plaît la saluer de ma part et lui dire de ne pas s'inquiéter.

Le déclic du téléphone a informé Jain que Betta avait raccroché.

Je dois lui parler de bienséance au téléphone.

À dix-huit heures quinze, Jain a verrouillé la porte de la bibliothèque en se demandant comment elle ferait pour ne pas être suivie jusque chez Solaria. Elle a regardé la rue de gauche à droite et remarqué l'absence visible de la SOLR-V noire. Elle en a froncé les sourcils.

Ils deviennent meilleurs en camouflage. Je n'aime pas ça!

Ensuite, elle a mis la clef dans la serrure et, en ouvrant sa portière, elle a aperçu sur le siège une note qu'elle a lue.

Viens maintenant!

C'est tout? Viens maintenant? Économe de ses mots, a pensé Jain en pliant consciencieusement la note. Betta avait, semble-t-il, créé une diversion pour occuper les agents. Elle avait hâte d'avoir les détails.

Jain était arrivée chez Solaria trente-cinq minutes plus tard pour examiner la femme inconsciente. Betta, impuissante, était debout à ses côtés. Sa programmation ne l'avait pas préparée à ce genre de situation.

—On dirait la grippe ou une autre maladie du genre. Depuis quand est-elle inconsciente?

—Sept heures, quarante et une minutes et trente-trois secondes selon mon estimation.

Jain a soupiré en regardant Betta d'un air exaspéré.

—Vous n'auriez pas pu m'appeler cinq minutes et dix secondes après l'avoir découverte comme ça?

—Du sarcasme, a répondu Betta, stoïque. Cela semble être une pratique courante chez les humains.

—Seulement en dernier recours, a répliqué Jain avant de rire. Nous devons faire baisser sa température. Elle a de la fièvre.

—Voulez-vous que j'aille chercher de la glace?

—Non... ou plutôt oui, mais seulement un peu dans un bol d'eau. Amenez-moi un torchon, je vais vous montrer comment faire. Ensuite, je vais préparer un bouillon parce qu'elle a aussi besoin de manger.

Pendant deux jours, elles ont rafraîchi Solaria en l'épongeant à l'eau tiède et tenté de lui faire boire du bouillon. Jain avait appelé Amy pour la prévenir qu'elle s'absenterait quelques jours.

Quand Solaria a repris connaissance, Jain, quoique très heureuse, tombait de fatigue. Elle est restée un jour supplémentaire à surveiller sa température et sa capacité à ingurgiter de la nourriture. Puis, pressée de rentrer chez elle, Jain a été soulagée de tout remettre sur les épaules de Betta pour jouir d'une bonne nuit de sommeil.

CHAPITRE 35

Il reçoit rarement d'appels sur sa ligne privée, encore moins à pareille heure. Le regard encore lourd de sommeil, il fait tomber le téléphone de son socle en essayant de le prendre.

—Merde! marmonne-t-il, fâché en décrochant. Stalling, à l'appareil, j'espère que c'est important, grogne-t-il.

En réaction à la voix au téléphone, il se redresse dans son lit.

—Êtes-vous certaine? A-t-il dit autre chose? Je comprends... Non, vous avez fait ce qu'il fallait. J'apprécie votre loyauté. Vous serez récompensée à juste titre... Non, faites votre travail comme d'habitude... Oui, nous nous reparlerons dans la journée. Merci d'avoir appelé, madame Colton.

Stalling raccroche brutalement le téléphone, envoie les draps valser et se lève.

—Tiens, tiens, tiens, murmure-t-il en marchant de long en large. On ne peut donc plus compter sur personne.

***

Lawton, nerveux, ne tient pas en place. Un appel de Winston Stalling à trois heures du matin n'est pas de bon augure, surtout après sa gaffe à l'hôtel où il a laissé filer la version bêta et sa protégée.

—Je suis foutu! pense-t-il, un regard vers sa montre : six heures dix.

Stalling l'a convoqué à six heures.

Au moins, ce trou du cul pourrait arriver à l'heure pour mon congédiement!

La porte du bureau du directeur général s'ouvre et Stalling lui fait signe d'entrer.

—Merci d'être venu si tôt, monsieur Lawton.

—Ce n'est pas un problème, monsieur, répond Lawton.

Il aimerait desserrer son col de chemise sans oser le faire. *Je ne veux pas lui laisser voir ma nervosité.*

—J'aime entendre ça. Je m'attends à ce que mes employés soient disponibles, vingt-quatre heures sur vingt-quatre, sept jours par semaine, s'il le faut.

—Bien sûr, monsieur. Je peux comprendre pourquoi.

Seigneur, je suis vraiment lèche-cul!

Stalling hoche la tête en signe d'appréciation du commentaire de son employé.

—Parfait! Il est certain que vous vous demandez pourquoi je vous ai donné rendez-vous si tôt.

—Oui, monsieur. D'habitude, c'est monsieur Finton qui m'appelle.

—Oui, et bien dernièrement, puisque les circonstances ont changé, j'ai passé votre dossier personnel en revue.

Voilà la merde qui me tombe dessus!

—À l'exception du petit fiasco à l'hôtel, vous avez une feuille de route parfaite. Je remarque votre grande loyauté. Vous êtes un homme de confiance.

—Oui, monsieur, je m'excuse pour l'incident de l'hôtel. Je vous jure qu'elles ne se sont pas échappées pendant mes heures de garde.

—Je vous crois, monsieur Lawton. Vous résoudrez sûrement le mystère... mais ce n'est pas la raison de votre présence ici.

—Merci de votre confiance, monsieur Stalling. Cela me touche énormément, dit Lawton qui commence à respirer.

Il est évident qu'il n'a pas été convoqué pour un renvoi.

Stalling poursuit avec un signe de tête approbateur sans s'arrêter aux paroles de Lawton.

—J'ai besoin d'un nouveau chef de la sécurité et vous êtes l'un des candidats.

Lawton est totalement surpris.

—Moi, monsieur!

—Oui, mais avant de me décider, je dois savoir certaines choses.

—Certainement! Quelque chose est-il arrivé à monsieur Finton?

—Nous reviendrons sur lui dans quelques minutes, mais avant, j'aimerais discuter de vous. Je comprends que vous êtes avec nous depuis dix-huit ans. Appréciez-vous votre travail?

—Apprécier? Si vous me demandez si j'aime mon travail, oui, j'aime ça.

—En tant que chef de la sécurité, vous serez responsable des différentes facettes de la sécurité qui nécessitent l'accomplissement de tâches... parfois déplaisantes, mais indispensables. Comment vous sentez-vous par rapport à cette obligation?

—Au fil des ans, j'ai fait des choses que j'ai moins appréciées, mais monsieur Finton m'avait convaincu que c'était dans l'intérêt de la société. Comme je n'ai jamais douté de son jugement, je ne vois pas pourquoi je mettrais le vôtre en cause, monsieur.

—Alors si, théoriquement, nous vous demandions de débarrasser Future Dynamicon d'un problème, le feriez-vous sans poser de questions?

—Ce n'est pas mon travail de questionner.

—C'est tout à fait ce que je veux entendre. Vous serez probablement parfait pour le poste. Revenons donc à monsieur Finton. Il est devenu un élément indésirable.

—Je comprends. Vous voulez que je retire cet élément indésirable.

—C'est exactement ce que je veux.

—Préférez-vous une méthode et y a-t-il un délai d'exécution à respecter pour le travail?

—Dès que possible.

—Je m'en occupe. Désirez-vous autre chose?

—Une autre. Kari Colton est aussi un problème.

—Je m'occuperai aussi d'elle.

—J'aime votre attitude, monsieur Lawton. Nous nous entendrons certainement bien. Je ne peux évidemment pas officialiser votre nouveau poste avant que cette affaire ne soit réglée. Il n'est pas nécessaire d'alarmer les ressources humaines, si vous me comprenez.

—Bien sûr! C'est logique. C'est tout?

—Pour l'instant. Je m'attends à avoir de vos nouvelles d'ici les deux prochains jours... oh, et occupez-vous de Finton en premier, si possible. Il se méfierait si sa secrétaire devait avoir un accident.

Lawton hoche la tête en signe d'entendement et se lève.

—Je vous préviendrai dès que ce sera fait.

Après son départ, Stalling se laisse aller au fond de son siège et sourit avec arrogance.

Tu croyais partir sans que je le sache? dit-il, fier de lui. *Après tout ce temps et tout ce que j'ai accompli, tu aurais dû savoir... Je suis l'élu de Dieu! Il ne te laisserait jamais partir sans ma permission.*

Stalling pense ensuite à Kari Colton.

Quel dommage, mais tu en savais trop! Je ne peux pas m'exposer à ce que tu regrettes pour finir par tout déballer aux autorités. Il ne me reste plus qu'une chose à faire avant de clore l'incident et poursuivre mes projets.

Il prend le téléphone et compose un numéro. Ses doigts tambourinent impatiemment dans l'attente d'une réponse. Finalement, il entend une voix bourrue sur la ligne.

—Marhaban!

—Marhaban, Majiib. Kayf hāluk?

—Ah, monsieur Stalling, āna bi-khayr. Pour un non-croyant, vous parlez très bien ma langue. Que voulez-vous?

—J'ai besoin que vous m'aidiez à régler un léger problème.

—Je suis à votre service... au prix qu'il faudra, bien sûr.

—Bien sûr! Il semble que mes employés aient perdu un précieux colis qui est, je crois, de retour dans votre pays.

—D'après les rumeurs. Peut-être voulez-vous que nous prenions soin de vos bagages?

—Peut-être, mais pas maintenant. J'aimerais que vous récupériez le colis pour vous occuper du propriétaire.

—C'est une requête très coûteuse, monsieur Stalling. Quand voulez-vous le retour du colis?

239

—Je le voudrais déjà ici.

—Ce sera cher.

—Le prix m'importe peu. Donnez-moi un chiffre et le montant sera dans votre compte dans les dix minutes, crypté, bien sûr. Je ne voudrais pas avoir à expliquer au Comité que j'ai payé pour des services qui n'ont pas été honorés.

—Naturellement! Je m'attends à ce que mon compte grossisse de vingt millions d'ici dix minutes. Vous recevrez votre colis cette semaine. *ilā l-liqā.*

Stalling raccroche en souriant. Vingt millions de dollars pour faire éliminer le cheik et garder sa fille sous le contrôle de la société n'est pas cher pour parvenir à ses fins.

CHAPITRE 36

Kari entre au bureau trente minutes plus tôt qu'à son habitude. Un des gardes de sécurité la taquine sur sa ponctualité quotidienne en lui demandant si elle n'a pas une vie à l'extérieur du boulot.

Si seulement je pouvais! pense-t-elle.

Elle a trouvé difficile d'appeler Stalling, surtout après avoir juré sa loyauté à Finton. Même si la promenade en voiture dans les montagnes lui a donné le temps de soupeser ses options, ce n'est qu'au milieu de la nuit qu'elle a pris son courage à deux mains. Son appel au directeur général l'a complètement vidée.

Malheureusement, elle craint Stalling plus que son patron. Puisqu'il n'y a aucune limite aux ressources et aux moyens dont Future Dynamicon dispose, il lui est impossible de croire que Finton pourrait la protéger très longtemps.

Kari jette sa veste sur la chaise et s'assoit, la tête entre les mains et les coudes sur le bureau. Depuis deux jours, elle vient au travail, exécute ses tâches habituelles et retourne à la maison. Elle ne doute pas qu'aujourd'hui son monde va basculer.

—Qu'ai-je fait? murmure-t-elle, sidérée par son sentiment de culpabilité.

Soudain, le bruit de la porte la fait sursauter.

—Madame Colton... Kari..., dit Finton, étonné de voir sa secrétaire si matinale. Tout va bien?

Fran Heckrotte

—Oui... non..., bégaie-t-elle, pétrifiée. Je n'étais pas certaine de vous trouver aujourd'hui.

—Et pourquoi pas? J'ai encore des choses à faire, explique Finton. J'ai besoin de temps pour élaborer mes plans. D'ailleurs, pouvez-vous annuler tous mes rendez-vous de la journée?

Kari ferme les yeux et fulmine intérieurement. Elle avait décidé d'en parler à Stalling en se basant, entre autres choses, sur sa conviction qu'il s'en irait rapidement. Elle espérait secrètement ne plus le voir ici, aujourd'hui.

—Avez-vous pris votre décision? demande Finton, la tirant de ses pensées.

—Oui, répond-elle dans un murmure. Je... je... Des larmes coulent sur son visage. Vous devez partir!

Finton fronce les sourcils, puis ses yeux s'écarquillent. Il devine sa trahison.

—J'aurais pu vous protéger, gronde-t-il, déchiré entre la colère et le sentiment d'avoir été trahi. Vous auriez dû me faire con...

Kari et Finton se tournent vers la porte du bureau qui s'ouvre brusquement.

—Faire confiance! Je crois que c'est ce que vous alliez dire, monsieur Finton, dit Lawton en entrant dans la pièce suivi de trois hommes armés.

—Lawton, que faites-vous ici?

—C'est monsieur Lawton, maintenant. J'ai obtenu une promotion.

—Je comprends, répond Finton qui saisit rapidement de quoi il s'agit. Stalling a décidé que j'étais devenu un élément indésirable.

—Exactement ses mots. Ce sont des choses qui arrivent, se gargarise-t-il en indiquant à ses hommes d'avancer. Je suis certain que vous allez venir sans faire de problèmes. Ça ne servirait à rien de faire une scène. Vous ruineriez juste l'image de l'homme calme et en contrôle que vous avez toujours eue.

Finton se sait pris au piège. En tant que chef de la sécurité, il ne porte plus d'arme depuis des années. Il voit Kari sur le point de parler et hoche la tête dans sa direction.

242

—Ça ne fait rien, Kari. Nous devons veiller à nos propres intérêts, avant tout. Vous avez pris la bonne décision pour vous-même.

Lawton éclate d'un rire grinçant.

—Oui, Kari, vous avez pris la bonne décision. Stalling apprécie tellement la loyauté qu'il m'a donné des instructions précises pour vous récompenser en bonne et due forme.

Kari le regarde perplexe, incertaine du sens des paroles de Lawton. Finton n'a aucun doute sur leur signification.

—Lawton, laisse-la partir. Elle n'est pas une menace.

—Oh mon Dieu! s'exclame Kari, comprenant soudain les intentions de Lawton. Sur le point de défaillir, elle prend de courtes inspirations en s'essuyant nerveusement les mains sur les hanches. Je ne comprends pas. Je n'ai rien fait.

—Tut tut Kari. Stalling pense que vous avez une conscience. Pourquoi? Ça me dépasse. Vendre Finton comme vous l'avez fait? Même s'il ne voulait pas vous éliminer, je n'aurais pas risqué que vous me fassiez la même chose en fin de compte.

—Lawton, laisse-la partir! Je te paierai. J'ai beaucoup d'argent, quémande Finton. *Ça ne m'avancera plus à grand-chose*, pense-t-il.

—Et bien, très chevaleresque de votre part, Finton, mais ça ne fait pas le poids avec mon salaire de nouveau chef de la sécurité. Je me suis assis sur votre chaise et j'aime la sensation. Je vous en félicite pour votre mobilier, un excellent choix.

—Salaud! siffle Finton.

—Vous ne pouvez parler de cette manière à celui qui peut faciliter ou aggraver la situation. Je vous suggère de réfléchir avant de m'insulter une seconde fois, menace Lawton. Si vous ne le faites pas pour vous, pensez à Kari.

Kari pleure sans bruit au fond de la salle.

—Terminons-en rapidement, grogne Finton.

Lawton hausse les épaules. Il pourra se mettre en poste plus vite s'il s'occupe d'eux sans retard.

—Conduisez-les au laboratoire du docteur Phillips. Il les attend, ordonne-t-il à ses hommes. Il se tourne vers Finton. Oh, en l'honneur du bon vieux temps, je lui ai dit rapide et sans douleur. Je ne suis pas une brute.

Finton ravale une remarque sarcastique. Lawton pourrait changer d'idée. En fait, il sait très bien, ayant été son supérieur pendant plusieurs années, qu'il s'agit simplement d'une tâche de plus pour lui. Par contre, ce geste contribuera à son prestige.

Il aide Kari à se remettre sur pied et enroule son bras autour d'elle pour la guider hors de la pièce, encadré des trois gardes. À l'exception de la femme en larmes, ils longent le couloir, impassibles, avant de disparaître au détour d'un couloir.

De retour à son nouveau bureau, Lawton compose le numéro de Stalling.

—C'est fait, dit-il quand Stalling répond.

—Si vite? Tu m'impressionnes.

—J'ai cru que c'était ce que vous vouliez. Le docteur Phillips est...

—Les détails ne m'intéressent pas. Porte-toi simplement garant de leur disparition.

—Oui, patron. Puis-je faire autre chose pour vous?

—Oui, nous n'avons toujours pas retrouvé les humachines. Je suis fatigué de vos excuses. Trouvez-les!

—De ce pas.

—Parfait! Le bruit d'un téléphone raccroché indique à Lawton la fin de la discussion.

Trou du cul!

Il hausse les épaules avec mépris, puis vérifie les courriels de Finton. Il y trouvera peut-être une piste pour les humachines.

244

CHAPITRE 37

Solaria et Betta relisent le dossier Bêta, téléchargé par Jain. Des laboratoires de partout sur la planète ont participé au projet. Plusieurs sources semblent indiquer l'existence d'autres humachines, mais les allusions restent trop ambiguës pour en tirer des conclusions. Il est possible de déduire que plusieurs laboratoires ont contribué au développement des deux humachines ou encore que chaque laboratoire a façonné sa propre humachine. Dans le cas de la seconde supposition, il y aurait eu au moins dix-sept humachines à diverses étapes. Ces stades dépendraient plutôt du prototype sur lequel travaillait chaque laboratoire : le sien ou celui d'une deuxième série. D'un autre côté, si tous les laboratoires ont été sollicités dans le développement de Solaria et de Betta, la probabilité qu'il existe plus d'une ou deux humachines opérationnelles est mince.

—S'il y en a d'autres, nous devons les trouver, dit Solaria. Nous ne pouvons les laisser se faire exploiter comme tu l'as été.

—Non, concède Betta. Et s'il en existe d'autres, que fera-t-on?

—La même chose que pour toi. Elles comprendront la logique.

—Elles seront aussi programmées pour obéir aux ordres.

—Si c'était le cas, tu ne serais pas ici, maintenant.

—J'obéis encore à mes ordres de départ. Joanie a des agents infiltrés auprès d'elle. Je te surveille, comme Stalling me l'a demandé, et je fais mon rapport tel que commandé.

—Nous savons toutes les deux que tu te sers de tes directives afin de pouvoir exercer ton libre arbitre.

—Une façon compliquée de dire que je contourne mes ordres.

—Oui. Je vois que tu aiguises ton sens de l'humour.

Betta s'apprête à répondre quand l'image de la télévision en arrière-plan la distrait. Elle recule l'image à l'aide d'un bouton sur la télécommande et augmente le son. Elle reste figée devant l'écran avec l'image de Joanie et son père.

—ITV vient de recevoir une nouvelle renversante! Le cheik Amul Kahbrahn de la Coalition des Émirats arabes vient d'être assassiné. D'après nos renseignements, l'un de ses gardes aurait tiré sur le cheik et sa fille, Reina Kahbrahn, alors qu'ils quittaient le palais royal. L'assassin a été tué par un autre garde. Nous cédons la parole à Jake Boswell, notre correspondant sur place. Jake, que pouvez-vous nous dire au sujet de ce drame?

—Et bien, Paula, d'après nos sources, le cheik Kahbrahn et sa fille, Reina, allaient rencontrer plusieurs dignitaires des pays arabes voisins quand l'un des gardes a sorti son arme pour tirer sur le cheik. Les témoins disent que mademoiselle Kahbrahn a été touchée en s'interposant entre le tueur et son père. L'autre garde du corps a tiré à son tour en visant l'assassin. Identifié comme Abdul Majiib, il a été tué sur les lieux mêmes du crime.

—Quel événement tragique! Avez-vous des renseignements sur l'état de santé de mademoiselle Kahbrahn?

—Nous n'avons pas réussi à parler directement au frère du cheik, Amad Jazeer, mais des membres de la famille immédiate nous ont informés que mademoiselle Kahbrahn est grièvement blessée. Nous vous tiendrons au courant de tout développement dans cette histoire.

—Merci, Jake. Je répète pour ceux qui viennent juste de se joindre à nous, le cheik Kahbrahn des Émirats arabes vient d'être assassiné en présence de sa fille, Reina Kahbrahn, blessée dans l'échange de coups de feux. Nous vous teindrons au courant de la suite des événements.

—Stalling est derrière ça.

Betta hoche la tête sans rien dire. Ses idées tournent autour de Joanie et l'hypothèse de sa mort. Un dysfonctionnement de ses processeurs brouille ses pensées, la perturbant un moment. Ce n'est pas la première fois qu'elle en fait l'expérience.

Quand elle avait reconduit Joanie chez son père, il lui avait paru étrangement difficile de se séparer de la jeune femme. À maintes reprises, des images de Reina lui étaient apparues, bouleversant l'organisation logique de ses données. En ce moment, la nouvelle à propos d'elle et son père créé de nouvelles fluctuations d'intensité moyenne dans le flot continu de sa gestion de données. Betta se sent vulnérable.

—Vous allez bien? demande Solaria attendant toujours une réponse à son dernier commentaire.

—Oui, j'ai eu un léger dysfonctionnement. Je vérifie mes systèmes pour en isoler la cause.

—Décrivez-le moi. Je pourrais vous aider.

Betta décrit sa sensation et ses démarches pour localiser l'anomalie.

—Est-ce déjà arrivé?

Sans comprendre sa réticence à s'expliquer, elle décrit ses réactions similaires et leur déclenchement.

—Vous me paraissez attachée à Joanie. Ce que vous décrivez ne m'est arrivé qu'une seule fois au moment où Carley m'a demandé de lui préparer un poison. C'était désagréable comme sensation.

—Qu'avez-vous fait?

—Rien. Depuis la mort de Carley, ça ne s'est pas reproduit. Je ne peux pas vous aider.

—Cette sensation va s'arrêter, répond Betta, confiante. Elle finit toujours par s'en aller. Je ne dois pas tarder à joindre mon contact pour lui faire mon rapport, dit-elle, changeant de sujet.

Solaria fronce les sourcils. Betta sort chaque matin à la même heure pour appeler Finton. Elle n'a jamais mentionné de changement d'horaire, mais elle n'a pas de compte à rendre à Solaria sur son emploi du temps. Betta fait ses propres choix même si elle persiste à clamer son obéissance aux ordres de la société.

—Combien de temps pourrez-vous éviter de faire vos rapports en personne?

—Je le déciderai à la lecture de mes messages.

—Vous n'avez parlé à personne depuis votre départ?

—Non, ce n'était pas nécessaire.

—Et maintenant?

—Maintenant, c'est nécessaire, répond Betta et elle sort sans autre explication.

Solaria espère que Betta ne fera pas de bêtises. Les conséquences de son affection pour Joanie peuvent être désastreuses si cet attachement provoque chez elles des réactions illogiques. Solaria sait qu'elle doit absolument surveiller les activités de sa camarade.

CHAPITRE 38

Je ressens de la colère! De la colère! se répète-t-elle, analysant toutes les nanosecondes de l'émotion en remontant jusqu'à son déclenchement. Cette sensation emporte tout sur son passage. Puisque Betta n'apprécie pas que ses capacités de raisonnement en soient affectées, elle isole les trois processeurs atteints pour prendre la situation en main.

La sécurité de Joanie a toujours été sa priorité et Betta la croit morte, même si elle ne peut s'expliquer cette intuition qui lui donne l'impression d'être vidée de l'intérieur... enfin presque. Elle s'occupera des responsables de cet assassinat. Ce geste fera peut-être tomber la rage qui infecte lentement chacun de ses processeurs. Si elle ne réagit pas, le réseau entier de son intelligence artificielle s'autodétruira. Ce mécanisme de défense a été installé dans son programme pour qu'elle ne devienne jamais une menace hors de contrôle pour l'humain.

Vingt-trois minutes plus tard, assise dans un café Internet, elle accède à son centre de messages. Dans les deux premiers, elle reconnaît le ton particulier de Finton. Il veut un rapport sur ses progrès auprès de Solaria et lui ordonne de revenir pour une réparation de l'émetteur-récepteur dans son système de communication. Le troisième message se distingue des autres. Un des agents principaux de Finton, Lawton, lui ordonne de revenir immédiatement. Finton n'est plus responsable du projet et l'entreprise lui assigne une nouvelle mission.

Betta sait que Finton travaillait pour Future Dynamicon depuis longtemps. Chef de la sécurité efficace, il a dirigé son département d'une main de maître pendant plusieurs années. Il en sait autant que Stalling sur le côté sombre de l'entreprise. Sa décision de démissionner ou son remplacement a une incidence majeure sur la direction future de la société. Betta ne doute pas d'une transition chaotique.

Il est temps de retourner pour finir ma mission... pour Joanie.

Betta ne sait pas exactement à quel moment ses pensées sont passées d'un mouvement de colère à un désir de revanche. Le moment lui échappe malgré tous ses efforts pour retrouver l'instant précis. Sa seule certitude dans l'immédiat est que la revanche constitue l'unique solution logique à son dilemme. Elle analyserait ses émotions plus tard.

Elle prend soudain conscience d'une présence familière derrière elle et se déconnecte pour se tourner vers Solaria.

—Vous m'avez suivie.

—Oui. Vous retournez là-bas, n'est-ce pas?

—C'est l'heure.

—Que leur direz-vous?

—Que je suis de retour selon les ordres. Finton n'est plus le chef de la sécurité.

—Ça me paraît louche. Il travaille pour Stalling depuis trop longtemps. C'est peut-être un piège pour vous ramener.

—Peut-être, par contre ça ne change rien. Je dois terminer la mission que Finton m'a donnée.

—Laquelle?

—Protéger Joanie.

—La croyez-vous toujours vivante?

—Oui.

C'est un mensonge, un mensonge inutile, mais Solaria comprendra, pense Betta. *Alors pourquoi l'ai-je dit?* Aucun de ses processeurs ne lui fournit de réponse.

—Je viens avec vous.

—Ce n'est pas nécessaire. Je peux très bien faire mon travail, dit Betta dont le visage inexpressif masque la rage l'envahissant.

Elle peut sentir son corps biologique subissant le contrecoup de l'infection de ses banques de mémoire : des réactions bizarres dans son estomac et une tension dans le cou et les épaules envoient des messages erratiques à ses processeurs par le biais de son système neurologique. Elle doit rapidement interrompre ce cycle. Sans en prendre conscience, elle remue la tête et se masse le cou.

—Je n'en doute pas, mais je viens quand même avec vous. Vous allez bien?

—Oui! Je me suis un peu fatiguée, c'est tout.

—Fonctionnez-vous à votre potentiel maximal?

—Oui, dit-elle en mentant pour la deuxième fois. Il est l'heure de partir.

—Qui est votre supérieur si Finton n'est plus responsable?

—Daniel Lawton, un de ses agents principaux. Il était à l'hôtel où nous logions, Joanie et moi.

—Je me souviens. Que savez-vous sur lui?

—Dans son dossier, il y a son âge, cinquante-deux ans et la durée pour laquelle il a travaillé pour Finton : treize ans, sept mois et... Au souvenir du conseil de Solaria sur la précision, elle s'arrête. Il est efficace avec une intelligence légèrement sous la moyenne. Il ne serait pas logique qu'il remplace Finton.

—Pourquoi?

—Comme il a déjà accompli son niveau maximal de compétence, il échouera en tant que dirigeant et responsable.

—C'est à notre avantage. Il ne sera plus un problème pour nous. Voilà ce que je propose.

Solaria dessine rapidement le scénario qu'elle propose. Même si elle connaît les risques dans l'éventualité où Lawton ne croit pas Betta, ce sera probablement leur seule chance d'atteindre leurs buts.

CHAPITRE 39

Dans son laboratoire, le docteur Phillips considère les deux personnes menottées à leur chaise. Deux gardes à leur côté, impassibles, l'observent verser le liquide vert d'une petite fiole dans une seringue.

—Dommage... monsieur Lawton veut que ce soit rapide, marmonne-t-il en tapotant la seringue de son doigt.

Il appuie ensuite sur le pressoir pour en faire sortir l'air.

—Vous seriez parfait pour mes recherches.

—Je te tuerais avant, menace Finton en colère.

Phillips rit.

—Comment feriez-vous dans votre situation actuelle?

—Je trouverais un moyen.

—Hmmm. Je vous en donnerai peut-être l'occasion. Il serait amusant de voir le fier Edgar Finton m'obéir.

—Monsieur Lawton a demandé que ce soit fait rapidement et sans douleur, intervient l'un des gardes d'un ton glacial et inquiétant.

Sous les ordres de Finton pendant plusieurs années, il n'est pas d'accord avec le déroulement des événements même si son travail est d'obéir sans remettre les ordres en question.

Le regard de Phillips s'attarde sur cet homme. Il n'apprécie guère d'être interrompu alors qu'il s'amuse au chat et à la souris. Par contre, quand le garde s'approche de lui, menaçant, il déglutit nerveusement et lève sa main pour le freiner.

—D'accord, d'accord! Pas besoin de jouer les fiers-à-bras.

Il s'approche de Finton et, contrarié, lui enfonce brutalement la seringue dans le bras. Au moment où le chef de la sécurité grogne de douleur, Phillips reçoit un coup à la tête qui le projette vers l'arrière. Il reste quelques secondes assommé au sol. Le garde se penche pour pointer son arme sur la tête du scientifique.

—Le patron a dit sans douleur. Vous en saisissez le sens, docteur, ou je dois vous en faire une démonstration?

Devant l'arme à quelques centimètres de sa tête, Phillips sent sa bouche se déshydrater. Il hoche lentement la tête.

—D'accord! C'était un accident, gémit-il.

—Un autre accident du genre et mon arme pourrait m'échapper. Vous me comprenez? Vous serez très gentil à partir de maintenant.

Phillips se relève, récupère sa seringue et la retire avec précaution du bras de Finton. Geste aussi inutile qu'ironique puisque le chef de la sécurité est déjà mort. Le poison a agi. Kari Colton pleure doucement comme son tour approche.

Phillips remplit nerveusement une autre seringue pour l'insérer dans le bras gauche de Kari. Le doigt sur le pressoir, il lui injecte le contenu dans les veines. Elle meurt très rapidement. Les deux gardes quittent la pièce sans un regard au scientifique.

—Eh, crie Phillips. Qui me débarrassera des corps?

Aucun des deux hommes ne répond puisque leur travail est terminé. Le docteur peut bien se défaire des preuves.

CHAPITRE 40

Lawrence Billings sort d'une réunion, à laquelle il assistait en présence de diplomates africains, puis il se dirige vers son bureau quand l'un des gardes principaux l'intercepte.

—Excusez-moi, monsieur Billings, puis-je vous parler? lui demande un homme de forte stature à la voix grave.

Des témoins curieux les observent à la dérobée.

—Qu'y a-t-il, Harley?

Harley se penche à l'oreille du vice-président pour chuchoter quelques mots avant de se redresser. Le sang se retire du visage de Billings, alors d'une pâleur cadavérique.

—Quand? demande-t-il, en essayant de contrôler sa rage.

—Il y a environ une heure.

—En êtes-vous certain?

—Oui, monsieur. J'y étais. Monsieur Lawton en a donné l'ordre.

—Lawton? Pourquoi donne-t-il des ordres, maintenant?

—Monsieur Stalling l'a nommé responsable de la sécurité.

—Quoi? Personne ne m'en a averti! persifle Billings, à peine capable de maîtriser sa voix.

—Je ne comprends pas pourquoi vous n'en avez pas été informé, mais j'en étais persuadé.

—Je ne l'étais pas. Suivez-moi! ordonne-t-il en se précipitant vers son bureau.

Billings fait les cent pas entre les quatre murs de sa pièce, cherchant à s'expliquer les motivations de Stalling. De temps en temps, il observe Harley du coin de l'oeil et se demande à quel point il peut lui faire confiance.

—Harley, qu'en pensez-vous?

—La question n'est pas claire, monsieur. Je ne suis pas payé pour penser.

—Arrêtez les politesses et répondez à ma question. Pourquoi Stalling voudrait-il la mort de Finton?

—Je ne... Harley s'arrête et soupire. Il y avait des rumeurs sur ses projets de partir d'ici.

—L'idiot! Je n'aurais jamais cru qu'il puisse être si stupide. Cela aurait quand même dû être abordé différemment.

Harley ne dit rien. Il a toujours trouvé Finton et Billings, raisonnables, même s'ils étaient extrêmement exigeants. Stalling, d'un autre côté, est un fou dangereux. Tous à la sécurité étaient au courant ou soupçonnaient son fanatisme ambitieux.

—Cette fois, Stalling a été allé trop loin. D'abord le cheik. C'était vraiment la merde que sa fille se fasse tirer dessus. Maintenant, il a ordonné la mort de Finton. Il a visiblement perdu la tête. Il est sur le point de tuer tous ceux qu'il perçoit comme une menace... tous. Vous me suivez?

Harley hoche la tête. Il comprend parfaitement. Le pouvoir et l'argent du directeur général lui permettront toujours de trouver de la main-d'œuvre pour le sale boulot. Personne ne sera à l'abri ou hors de portée.

—Demandez à Lawton de me contacter immédiatement... et Harley, je compte sur vous pour arrêter l'hémorragie. Je voudrais aussi garder le docteur Phillips en détention avant de décider de son sort.

—Oui, monsieur.

***

Vingt minutes plus tard, Lawton est au garde-à-vous dans le bureau de Billings. Il écoute les remontrances du chef des opérations. Quand le nouveau chef de sécurité sort de la pièce, il sue à grosses gouttes. Cette journée, qui a si bien commencé, est en train de devenir merdique. Il a un grave problème sur les bras.

De retour à ce bureau attribué depuis peu, il s'enfonce dans sa chaise et la fait pivoter pour regarder par la fenêtre. Il doit maintenant choisir où repose sa loyauté. Le téléphone sonne. La voix de femme à l'autre bout de la ligne le surprend. L'appel est sur la ligne privée de Finton.

—Monsieur Lawton, c'est Betta. J'entre en contact avec vous pour répondre à vos ordres.

—Betta?

—Oui, monsieur.

—Ouais! Je ne croyais pas vraiment que vous alliez le faire, répond Lawton, incertain des gestes à poser.

—Je ne comprends pas pourquoi vous en doutiez. Je dois obéir aux ordres de la société.

—Oui, c'était ce que je me disais, mais vous n'êtes jamais revenue malgré les ordres de Finton.

—Ses instructions étaient de surveiller l'autre humachine. Il ne m'a jamais ordonné de l'appeler. Nous communiquions par courriel.

—Je sais, mais il vous a dit de revenir pour l'installation d'un nouvel émetteur-récepteur.

—J'ai reçu cette demande, hier. Je n'ai pas pu y obéir parce que la directive entrait en contradiction avec l'ordre initial.

Lawton ne sait pas à quoi elle fait référence.

—L'ordre initial? C'est-à-dire de surveiller l'autre humachine?

—Oui. Tant que le premier ordre n'avait pas été réalisé ou redéfini, je ne pouvais répondre au deuxième.

—Ah, oui. Ça a du sens, je pense. D'accord, alors j'annule le premier. J'ai de nouvelles instructions pour vous avant votre retour à nos bureaux. Ensuite, vous revenez immédiatement.

—Dois-je comprendre que vous ne désirez plus que je surveille l'humachine?

—Surveiller? Ummmm... savez-vous où elle se trouve?

—Oui. Elle est juste à côté de moi. Devrais-je la relâcher?

—Seigneur, non! Je veux dire... pas encore, mais après votre prochaine mission, Lawton ne se sent pas à la hauteur. Umm, êtes-vous capable de la retenir ou de la maîtriser?

—Il y a un problème mineur dans l'un de ses processeurs. Je devrais l'avoir réparé d'ici demain après-midi.

—Parfait, répond Lawton, soulagé. Je vous envoie un courriel décrivant votre prochaine mission. Tâchez de la comprendre clairement avant que le message ne s'autodétruise, trente secondes après son ouverture. Vous ne devez en aucun cas la communiquer à qui que ce soit. Me comprenez-vous?

—Je comprends. Je vérifierai mes messages dans quinze minutes, trente-trois secondes.

La communication s'interrompt brusquement.

Lawton grimace en voyant l'heure sur sa montre. Presque 17 h 30. Il n'a pas envie de rester plus tard pour clore cette étrange journée. Il fait deux autres appels, l'un au garde principal de Stalling et l'autre au département des ressources humaines.

—Si le patron ne saute pas de joie en l'apprenant, rien ne fera son bonheur, murmure Lawton, fier de lui.

À la fin de son jour un comme responsable de la sécurité, il a déjà terminé sa première tâche et s'apprête à réussir la deuxième, sans oublier les deux humachines retrouvées. Peu importe sur lequel son choix s'arrête, il a accompli son travail. Cela lui assurera une protection si le vent tourne mal. Il se félicite de cette journée qui s'est finalement bien terminée.

Je l'appellerai demain au cas où quelque chose ne tourne pas rond.

Il ramasse sa mallette en sifflotant. Ce travail ne sera pas aussi difficile qu'il le prévoyait.

CHAPITRE 41

La maison des gardes à l'entrée de la propriété de Stalling se situe à environ un demi-kilomètre de la grande demeure en briques, entourée d'un terrain paysagé avec des fontaines et des jardins. Une chute d'eau artificielle descend en cascade sur de fausses pierres avant de s'écouler dans une piscine à l'eau limpide. Une petite fontaine au centre du bassin propulse l'eau dans les airs. Des lanternes illuminent d'un halo ambré le sol et l'aire extérieure.

Les caméras dans le jardin et en périphérie du territoire sont en activité vingt-quatre heures par jour. Plusieurs gardes surveillent le secteur. Toutes les quinze minutes, ils enregistrent leur passage sur des plaques tactiles stratégiquement disposées sur la propriété. Deux autres gardes et un superviseur reçoivent les données transférées au serveur principal.

Il est presque minuit quand Stalling s'approche de la grille électronique de sa maison. Il appuie sur les boutons du panneau de contrôle de la voiture et attend que les gardes postés à l'intérieur de la guérite lui donnent sa confirmation.

—Bonsoir, monsieur Stalling. Vous pouvez entrer.

La vitre teintée ne permet pas de deviner s'il s'agit d'un homme ou d'une femme, il est donc impossible de savoir qui se trouve à l'intérieur. D'après Stalling, que les visiteurs ne connaissent pas le sexe des gardes représente un avantage psychologique.

—Merci.

Le directeur général discute toujours poliment avec ceux qui veillent sur sa sécurité et sa résidence. Il considère important de ne pas aliéner ces gens armés qui ont les clés de son domaine.

—Y a-t-il du nouveau?

—Non, monsieur. Tout est calme. Avez-vous des instructions ou des demandes particulières pour la soirée?

—Non pas ce soir, Johnson, répond-il, fier de connaître la presque totalité des hommes et des femmes des forces de sécurité de sa propriété ainsi que leurs horaires.

—Oh, je m'excuse, monsieur, mais Johnson est parti parce qu'il avait une urgence.

—Une urgence? Je ne me rappelle pas l'avoir autorisée?

—Non, monsieur, le chef Brooks lui en a donné l'autorisation, un plus tôt dans la journée. Je devais vous informer qu'il a tenté de vous appeler plusieurs fois.

—Je vois. Demandez-lui, je vous prie, de me téléphoner demain. Je n'aime pas les surprises. Comment vous appelez-vous?

—Talbert, monsieur.

—Talbert? Je ne me souviens pas de ce nom dans ma liste d'employés.

—Je viens d'être transféré des bureaux de la direction, il y a quatre semaines, monsieur Stalling. Monsieur Finton m'a dit qu'il serait bénéfique pour ma promotion d'avoir cette affectation à mon dossier.

—Vous devez être exceptionnel pour être assigné à ma résidence. Venez à mon bureau demain matin à huit heures. Je préfère connaître mes employés.

—Oui, monsieur. Y a-t-il autre chose, monsieur?

—Non, je vous souhaite une bonne nuit, répond Stalling, fatigué de cette conversation.

Puisque Finton est mort, le directeur général n'a aucune raison d'avoir peur pour l'entreprise ou sa propriété. D'après Kari Colton, le chef de la sécurité voulait couper les ponts en espérant disparaître dans la nature. Si Finton avait cherché à lui nuire, Stalling n'aurait rien épargné pour le retrouver et le détruire. Cet homme était évidemment fou de croire qu'il avait la moindre chance d'échapper aux chasseurs de primes de la société. L'argent, dont Stalling dispose en grande quantité, achète les meilleures ressources imaginables.

—Bonsoir, monsieur Stalling.

Stalling laisse son véhicule au voiturier qui l'attendait pour aller dans sa bibliothèque où des bûches brûlent dans le foyer. Il enlève sa veste et sa cravate qui atterrissent sur une chaise. Il marche ensuite vers le bar pour se servir un brandy avant de s'écrouler dans son siège préféré. Il regarde la fontaine et la chute d'eau par son immense fenêtre. Des bijoux de lumières étincellent sur l'eau qui circule entre les ombres et la clarté. Il agite son verre et y trempe ses lèvres. Il se repose ensuite contre l'appui-tête et ferme les yeux. Tout bien considéré, il est content de sa journée. Les choses qui commencent à se mettre en place le confortent dans sa foi en Dieu et en lui-même. Il est réellement l'élu de Dieu. Bientôt, tous l'apprendront et le suivront sans réserve, du moins les plus intelligents. Les non-croyants pourront être convertis avec un peu d'encouragement. Sinon, le docteur Phillips pourra toujours aider. Il ne lui reste plus qu'à capturer les humachines pour amorcer le stade final de son projet.

Comme il sent le sommeil le gagner, il dépose son verre et ferme les yeux. Il mérite bien un peu de repos.

Stalling se réveille sans comprendre pourquoi. Il ouvre les yeux et examine la pièce à la recherche de ce qui aurait perturbé son sommeil.

Je suis plus fatigué que je ne le croyais! Il serait bien que je prenne une douche avant de me reposer.

Debout, il s'étire et regarde à nouveau autour de lui. Quelque chose ne va pas. Il surprend un mouvement derrière la fenêtre. Il se calme aussitôt en voyant l'un de ses gardes faire tranquillement sa ronde habituelle près de l'étang. Il termine son verre de brandy avant de le reposer sur le bar. *Une douche me ferait du bien*, pense-t-il en marchant vers l'escalier montant à la chambre.

Il fronce les sourcils au bruit de la sonnette de la porte d'entrée. L'horloge indique une heure trente-sept. Dehors, il remarque un garde de sécurité en train de fumer une cigarette près de la fenêtre. Il n'y a rien d'inhabituel dans ce geste pour l'alarmer.

—Merde, jure-t-il. Que se passe-t-il maintenant? demande-t-il en ouvrant la porte à une garde de sécurité aux yeux bruns.

—Quelque chose ne va pas? lance-t-il, fâché.

Sans lui répondre, la garde s'avance dans la pièce, forçant le directeur général à reculer de quelques pas.

—C'est inacceptable. Vous devez être nouvelle.

La garde le pousse encore plus loin dans la pièce.

Stalling n'a pas le temps de réagir qu'une autre garde entre derrière elle dans la maison.

—Sortez-la d'ici! ordonne Stalling. Et je veux avoir votre nom.

—Mon nom est Betta, répond la première garde d'une voix froidement inexpressive.

—Betta? Bien, Betta, je ne sais pas qui étaient responsables de votre entraînement, mais ils ne vous ont visiblement pas expliqué tous les règlements. Personne n'entre chez moi sans ma permission. Foutez le camp immédiatement!

—Je ne peux pas, monsieur Stalling. J'ai reçu des ordres.

—Oui, je connais vos ordres et votre présence ici n'en fait pas partie. Qui est votre superviseur?

—Monsieur Lawton.

—Et qui est son patron? demande Stalling, les bras croisés sur la poitrine. *Les femmes sont tellement bêtes! Quand je serai à la place qui me revient, je les remettrai à la leur.*

—Monsieur Billings, répond la garde.

—Bill... Billings! Ne jouez pas les conasses! Je suis le responsable de l'entreprise, de vous y compris.

—Vous avez été remplacé. Monsieur Billings assume temporairement le rôle de directeur général.

Stalling, soudain tendu, décroise ses bras qui retombent de chaque côté.

—Quoi? C'est impossible. Il n'en a pas le pouvoir, crie Stalling, des postillons de bave roulant aux coins de sa bouche.

Je vous ordonne de sortir d'ici, maintenant, poursuit-il, le regard fixé sur l'autre garde.

Quand celle-ci le dévisage froidement de ses yeux bleu vert dépourvus d'émotion, il pointe un doigt vers elle.

—C'est... c'est toi! Tu es cette... cette chose!

—Non, monsieur Stalling. Je suis une humachine. À la fois votre réussite et votre échec, rien de plus.

—Que veux-tu?

—Je ne veux rien. C'est une caractéristique humaine.

—Tu dois m'obéir. C'est inscrit dans ton programme. J'ai commandé à ces idiots de me garantir ton obéissance!

—Le docteur Branson a éliminé le programme.

—Mais... mais... qu'allez-vous faire? Que voulez-vous? Je veux dire... je peux vous payer. Dites-moi un chiffre.

—L'argent ne représente rien pour nous.

Stalling recherche frénétiquement quelque chose d'une certaine valeur.

—La liberté! s'écrie-t-il, excité.

Oui, c'est exactement ça! Elles veulent être libres, pense-t-il. Il les pourchassera plus tard.

—Nous avons notre liberté.

Stalling sue à grosses gouttes jusque dans son col. Il passe sa main droite sur son front, puis l'essuie sur son pantalon.

Penses-y! Elles veulent sûrement quelque chose!

—Vous devez vouloir ou avoir besoin de quelque chose! Dites-le et c'est à vous!

Betta s'approche de lui. À la différence de l'autre humachine, ses yeux brillent d'une rage profonde, presque incontrôlable.

—Je sais! Des renseignements! J'imagine que vous voulez savoir s'il y en a d'autres comme vous. Je peux vous dire où elles se trouvent.

—Vous l'avez tuée! dit Betta d'une voix basse articulant lentement chaque mot.

—Qui? demande Stalling, perplexe.

—Joanie. Vous l'avez tuée!

Solaria regarde Betta attraper le directeur général et le soulever contre le mur. Elle sent la colère de l'humachine, consciente des dommages collatéraux dans ses processeurs. Même si Solaria aimerait avoir des renseignements concernant d'autres spécimens de leur espèce, elle comprend l'importance pour Betta de résoudre rapidement son problème. Ne pas y parvenir serait intolérable. Le trop haut niveau d'adrénaline généré dans son corps peut envahir son neurosystème et provoquer une surcharge électrique qui attaquerait ses processeurs. Elle s'autodétruirait.

—Joanie? Je ne sais pas... tu veux dire Reina, la fille du cheik Kahbrahn? Je ne l'ai pas tuée.

—Vous avez donné l'ordre d'assassiner son père. Elle a été tuée par l'un de vos hommes. Vous l'avez tuée.

—C'était un accident. J'avais donné l'ordre de la ramener. Morte, elle ne vaut plus rien pour moi. Je vous en prie, je suis l'élu. J'accomplis mes actions en Son nom. Vous avez été créées pour Le servir.

Betta fait redescendre Stalling jusqu'à ce que ses pieds touchent le sol. Même s'il sent ses jambes faibles, il réussit à se tenir debout. Sans y penser, il fait un mouvement pour resserrer son nœud de cravate avant de se souvenir qu'il l'a déjà enlevée.

—Vous ne le regretterez pas. Je peux faire beaucoup pour vous.

Je savais que tu ne laisserais pas cette abomination me faire mal, pense-t-il, ses battements de cœur se calmant un peu. *Je suis l'élu. Je suis réellement l'élu. C'était le test final. J'ai démontré ma valeur!* L'exaltation de Stalling est à son comble.

Betta sent son pouls ralentir alors qu'elle réussit à contrôler sa rage. Ses processeurs se refroidissent. Son désir de meurtre devrait logiquement se calmer aussi, mais il n'en est rien.

Puisque les deux humachines n'offrent aucune réponse à son commentaire, Stalling reprend confiance en lui. Il croit pouvoir négocier avec ces machines. Il se sent même généreux.

—Je suis heureux de vous voir réagir raisonnablement. Je vais oublier ce petit incident. Maintenant, partez. Je ne vais pas porter plainte.

Il se fraie un chemin entre Betta et Solaria et rajuste ses boutons de manchettes comme s'il donnait congé à des serviteurs. Cinq secondes plus tard, il se retrouve mort à plat ventre, si l'on considère son corps puisque sa tête regarde le plafond, à l'extrémité tordue de son cou.

Les deux humachines sortent sans rien dire. Elles n'ont pas eu à exprimer à haute voix leurs intentions pour Stalling puisque cette sentence était le seul choix logique.

Quinze minutes plus tard, Lawrence Billings reçoit un message d'urgence d'un garde de sécurité. Winston Stalling a été retrouvé mort chez lui, manifestement victime d'un homicide. Billings raccroche le téléphone et sourit.

—Tout va bien, Lawrence? demande sa femme qui se retourne pour le regarder.

—Tout va bien, ma chérie. Rendors-toi.

Il ferme les yeux et se détend. En tant que nouveau directeur général de Future Dynamicon, il peut maintenant faire progresser l'entreprise selon ses convictions. Dieu a manifestement ses méthodes avec les enfants perdus.

CHAPITRE 42

Jain apprécie son week-end, d'autant plus qu'elle n'a pas la préoccupation d'être suivie partout où elle va. Elle en profite pour se rattraper dans ses lectures, enfermée dans son appartement. Jain adore les fictions lesbiennes, particulièrement les romans érotiques. Il est évident qu'aucun livre ne se compare aux excitantes inventions de son esprit, mais elle accepte de consommer et même savourer d'autres pensées coquines quand la sienne vit des pannes sèches. Il n'y a rien de surprenant qu'elle sursaute au bruit de la sonnette puisque l'horloge indique plus de trois heures du matin.

—Qui ose? marmonne-t-elle en se levant du canapé.

Elle regarde par l'œil de bœuf et sourit en ouvrant grand la porte.

—Il était temps que tu te pointes! s'exclame-t-elle en serrant la grande femme dans ses bras. Entre et raconte-moi d'où tu viens.

—Je ne peux pas rester longtemps.

—Bon, assieds-toi au moins quelques minutes. Je n'ai pas eu de tes nouvelles depuis plus de deux semaines. J'étais inquiète.

—Je m'excuse, Jain. T'appeler et venir ici était trop dangereux.

—Alors, quoi de neuf?

—Tu n'as plus à t'inquiéter de Stalling.

Jain fronce les sourcils en entendant Solaria le mentionner comme si de rien n'était. Elle se demande même si elle a bien compris. Ce n'est pas la Solaria qu'elle connaît.

—Pourquoi? Je n'ai rien entendu d'officiel ou pas, à propos de sa démission. Ce n'est même pas possible d'après ce que je sais de lui.

—Stalling n'a pas démissionné. Le cheik Kahbrahn a été assassiné, hier.

—Assass... Comment? Qui?

—Stalling. Un de ses hommes s'est suffisamment approché pour tuer le cheik. Il n'a malencontreusement pas eu le temps d'être interrogé avant d'être tué. Je soupçonne que ce n'était pas un hasard.

—Et Joanie?

—Je... Nous croyions qu'elle avait aussi été tuée comme elle était grièvement blessée, mais nous venons d'apprendre qu'elle va s'en remettre.

—C'est terrible. Pauvre enfant! J'imagine qu'elle est terrassée par le chagrin. Je dois l'appeler.

—T'entendre lui fera plaisir.

—Betta est avec elle?

—Elle le sera bientôt.

—Parfait, sa présence l'aidera.

Jain reste silencieuse quelques instants, inquiète du sort de la jeune femme qui sera bientôt sacrée dirigeante du pays. Elle espère seulement que ses gardes la protégeront mieux qu'ils n'ont réussi à le faire pour son père.

—Tu as dit que je ne dois plus m'inquiéter pour Stalling?

—Il est mort.

Encore une fois, la voix dénuée d'expression de Solaria dérange Jain.

—Mort?

—Oui, nous devions l'arrêter. C'était la seule façon pour être certaine qu'il laisse Joanie tranquille et qu'il échoue dans ses projets.

—Tu... tu ne veux pas dire que tu l'as tué? dit Jain dans un souffle, en serrant sa main contre sa poitrine.

—Oui.

Aucune émotion! Comment peut-elle être si... si... vide de tout sentiment après avoir tué quelqu'un?

—Je ne comprends pas, murmure Jain. Pourquoi l'as-tu fait?

—C'était nécessaire.

—Nécessaire! Il n'y avait pas d'autres solutions?

—C'était la seule manière de l'arrêter. Y avait-il d'autres options pour éviter à tout prix qu'il ne réussisse ses projets d'envergure?

—Non... oui... Je veux dire, merde, je ne sais pas.

Jain, troublée, apprécie effectivement ne plus être confrontée à la menace que représentait Stalling. Ses ambitions religieuses et ses réseaux, bénéficiant de la technologie d'aujourd'hui, auraient pu faire de lui le plus dangereux des hommes de toute l'histoire de l'humanité. Pourtant, elle n'est pas à l'aise à l'idée du meurtre de Solaria... même si c'était la chose logique. Ne pas trouver d'arguments valables contre l'acte posé est peut-être ce qui l'effraie le plus.

—Je te déçois?

—Peut-être un peu, répond honnêtement Jain. Mais je comprends ton raisonnement. J'aurais espéré que ce ne soit pas toi.

—Et sinon, qui?

—Je ne sais pas. N'importe qui! Tu as franchi une ligne sans retour possible. J'ai peur pour toi.

—Pour moi ou de moi, Jain?

—Jamais de! Tu me connais mieux que ça, s'exclame Jain, la voix tremblante d'émotion.

—Pas vraiment, mais, merci.

Jain est troublée par l'expression du visage de la femme ou plus exactement par l'absence d'expression. *Qu'avez-vous fait?* pense-t-elle en s'adressant silencieusement à l'homme à la base de tout. *Elles auraient pu être tellement plus!*

—Regrettes-tu d'avoir tué Stalling?

—Regretter? Jain obtient sa réponse par l'hésitation de cette femme. Non, ça devait être fait.

—Oui, répond Jain. *Précisément pour garantir ta propre sécurité.* Je comprends, maintenant.

Le visage sans expression de cette femme se détend, un très bref instant, puis elle hoche la tête, reconnaissante.

—Que vas-tu faire, maintenant? demande Jain.

—Il en existe d'autres comme nous quelque part. Nous devons les retrouver pour les aider à réussir ce que j'ai échoué. Elles doivent devenir plus humaines. C'est la seule façon de les protéger de Future Dynamicon ou d'individus semblables à Stalling.

—Tu n'as pas échoué. Tu viens malheureusement de le prouver puisque l'instinct de conservation est l'un des plus naturels. La majorité des humains feront pratiquement n'importe quoi pour assurer leur protection et celle de leurs proches. Tu as renoncé à beaucoup pour nous mettre toutes à l'abri. D'après moi, personne ne comprendra la portée de ce sacrifice, pas même toi.

—Je dois y aller. J'étais simplement venue te raconter les derniers événements avant que tu ne l'apprennes des médias.

—Que vas-tu faire, maintenant?

—Je vais chercher les autres humachines.

—Crois-tu vraiment qu'elles existent?

—Oui.

—Que peuvent-elles bien faire? Leur programmation par Future Dynamicon ne laisse rien présager de bon.

—Non, mais je crois qu'elles en arriveront à la même conclusion que moi.

—Alors peut-être qu'elles te cherchent aussi.

—C'est ce que je ferais.

—Et après, quoi?

—Je n'ai pas de réponse. Je dois y aller, maintenant.

Jain hoche la tête.

—Vais-je te revoir?

—Probablement, répond la femme avec un petit sourire. Mais d'ici là, tu pourras toujours rêver.

Jain rit, mais quelque chose la tracasse. Elle secoue la tête pour repousser l'idée.

—Oui, j'ai toujours ça.

Elle serre Solaria très fort dans ses bras, la raccompagne vers l'entrée, puis referme la porte derrière elle. Elle devra appeler Joanie.

Ce serait peut-être le moment idéal pour un voyage. J'ai toujours voulu visiter le Moyen-Orient.

***

Le pilote de l'avion prévient les voyageurs de turbulences. Il leur demande de ne pas détacher leur ceinture. Jain déglutit nerveusement. Ses mains tremblent tellement elle déteste les avions.

—Vous allez bien, madame? demande une voix douce, au moment où un parfum agréable chatouille les narines de Jain.

Elle se tourne vers l'hôtesse de l'air, happée par ses yeux couleur ambre empreints d'empathie.

—Je... uhh... J'ai de la difficulté avec ma ceinture de sécurité, bégaie-t-elle en relevant, maladroite, les deux morceaux de la boucle.

La femme se penche et prend délicatement la boucle des mains de Jain. Elle rattache les deux parties, puis tire sur la ceinture jusqu'à ce qu'elle enserre ses hanches.

—C'est mieux ainsi?

—Oh, oui, merci.

—Si vous avez besoin de quelque chose, c'est-à-dire de n'importe quoi, appuyez simplement sur le bouton. Mon nom est Shanna.

Jain rougit aux possibilités du n'importe quoi. Elle s'interroge sur l'emphase utilisée pour prononcer le terme.

—Sans faute, répond-elle en ravalant sa salive, soudain très abondante dans sa bouche.

Coincée dans son siège, elle sent un chatouillement naître entre ses cuisses. Elle resserre ses genoux l'un contre l'autre.

L'hôtesse de l'air, qui remarque le mouvement subtil, sourit.

—Je vois que vous comprenez vite, murmure-t-elle avec un clin d'œil. Quand le pilote fera l'annonce de détacher votre ceinture, je viendrai vous offrir une visite des toilettes en première classe. Je suis certaine que vous les trouverez très intéressantes. Maintenant, je dois m'occuper des autres passagers. Au revoir, à tout à l'heure.

Jain aimerait courir aux toilettes dès maintenant. Si elle est aussi humide qu'elle le sent, elle doit se sécher rapidement avant de mouiller ses vêtements.

Soudain, le bruit d'une alarme la fait sursauter. Elle cligne des yeux et, encore endormie, découvre le téléphone serré dans sa main et le réveille-matin sur sa table de nuit.

—Merde! murmure-t-elle dégoûtée. Encore un beau rêve qui m'échappe.

Elle soupire, hoche la tête et décroche le téléphone.

—Comme c'est peut-être une prémonition, autant en avoir le cœur net

Le numéro désiré en main, elle compose et attend patiemment une réponse à son appel.

—British Airways. Puis-je vous être utile? demande une femme.

Oui, j'aimerais réserver un billet pour le Moyen-Orient.

Épilogue

Si elle avait été sur le pas de sa porte, Tilly, la voisine de Jain, aurait été surprise de voir que la grande femme aux yeux bleu vert se métamorphosait en une autre. Betta retire sa perruque argentée en marchant vers la voiture stationnée à l'extérieur de la courbe. Elle grimpe à l'intérieur du côté du passager. Ses yeux bruns vides d'expression se posent sur la femme assise au volant.

—Comment va-t-elle? demande Solaria en regardant la fenêtre du salon de Jain.

—Elle va bien.

—Tant mieux. Était-elle fâchée pour Stalling?

—Non! Elle a accepté la nouvelle plus facilement que la majorité des humains ne l'auraient fait. Par contre, elle s'en fait pour Joanie. Je crois qu'elle prendra l'avion pour la voir.

—Et moi? Je l'ai déçue quand je lui ai annoncé pour Stalling?

—Je n'en suis pas certaine. Elle avait l'air mécontente, mais c'est une réaction humaine normale.

—Oui, normale. Elle n'a rien soupçonné?

—Non.

—Parfait! répond Solaria, soulagée.

—Pourquoi veux-tu faire croire à Jain que tu as tué Stalling?

—C'est préférable, répond Solaria. Jain me fait confiance. Elle croit fondamentalement à ma bonté, une émotion qui semble les aider à supporter certaines choses.

—Alors, pourquoi lui faire croire le contraire? demande Betta, perplexe.

Solaria sourit, sans joie.

—Elle ne croit pas le contraire. Elle restera convaincue de ma bonté. Après votre discussion, elle conclura que j'ai agi logiquement. C'est suffisant pour calmer ses doutes pour quelque temps.

—Alors, pourquoi ne pas lui dire la vérité, maintenant? Je ne vois pas comment le temps pourrait y changer quoi que ce soit.

—Ce n'est pas le bon moment. Jain peut supporter l'idée de mon meurtre, mais elle ne serait pas à l'aise de t'en savoir l'auteur. Elle aurait peur parce qu'elle ne te connaît pas autant que moi.

—Ou plutôt, elle ne me fait pas confiance.

—Non, elle ne te connaît pas aussi bien, rien de plus. Elle fonde de grands espoirs pour toi.

—Espoirs? De quels espoirs est-il question?

—Que tu sois un jour à l'aise avec tes émotions. Que tu rencontres quelqu'un dont tu tomberas amoureuse et qui t'aimera aussi.

—Nous savons toutes les deux l'improbabilité de la chose. Peu importe notre volonté, nous ne serons jamais plus que ce que nous sommes : des machines déguisées en humains.

—Si tu le crois, c'est tout ce que tu seras, Betta. J'ai les mêmes ambitions pour moi que Jain et Carley. Je ne parviendrai peut-être jamais à répondre à leurs attentes, mais je ne me contenterai pas de ce que je suis... et toi non plus.

Au fond d'elle, Betta le sait, mais elle n'est pas prête à l'admettre. Ce désir n'est pas logique. Une machine restera toujours une machine, même celles partiellement humaines, physiquement.

—Je dois rejoindre Joanie, dit-elle en changeant de sujet.

Solaria hoche la tête et démarre la voiture.

—Je sais. Un avion privé t'attend à l'aéroport. Tu y seras d'ici quelques heures. Joanie t'attend. J'imagine que tu auras beaucoup de choses à lui raconter.

—Que feras-tu?

—Il existe peut-être d'autres humachines. Je dois les trouver. Nous ne pouvons risquer qu'elles deviennent des armes aux mains de gens comme Stalling.

—Je devrais t'accompagner.

—Joanie a besoin de toi. Elle représente le futur du pays. Des gens resteront tournés vers le passé. Quand tu la sauras hors de tout danger, retrouve-moi.

Elles restent silencieuses jusqu'à ce que Betta soit sur le point d'embarquer dans l'avion.

—Embrasse Joanie de ma part.

Betta hoche la tête sans rien ajouter. Elle se tourne et monte les marches, puis disparaît à l'intérieur du petit jet privé. À la fermeture de la porte, Solaria remonte dans sa voiture et s'éloigne. Elle aurait voulu en dire plus à Betta, sans avoir les mots. Et il y a Jain. Après ses recherches, elle reprendra peut-être contact avec sa connaissance humaine.

Connaissance! Ce mot ne semble pas convenir. Jain est plus que ça. Le mot « amie » lui vient en tête du fond de ses banques de mémoire. Solaria examine le terme sous tous ses angles. Elle voyait Carley comme son amie, mais Carley n'est plus.

Elle en est encore retournée. Elle écarte rapidement ce mot parce qu'elle n'est pas encore prête à reconsidérer l'amitié. Un jour peut-être, au moment propice. Elle classe cette pensée et reprend les données du projet Bêta. Elle a beaucoup de travail et très peu de temps pour le faire si d'autres versions bêta existent.

Elle accélère à l'approche de la frontière canadienne tout en fouillant dans ses fichiers pour déceler des indices qui la guideraient vers son prochain but. Un nom en particulier attire son attention...

Fin

À propos de l'auteur

L'auteure américaine, **FRAN HECKROTTE** vit au sud des États-Unis, sous le soleil. Auteure prolifique, elle reçoit en 2011 le prix Alice B. Reader pour l'ensemble de son œuvre. Il est possible de la joindre sur le site www.novelideaspublishing.com.

À propos de la graphiste, conceptrice de la page couverture

PATTY G. HENDERSON est une auteure, une éditrice et une artiste américaine reconnue. Par le biais de son entreprise, Boulevard Photografica, elle a réalisé des pages couvertures pour plusieurs livres à grand tirage, plus particulièrement pour des romans policiers, des romans d'horreur et des romans lesbiens. En tant qu'auteure, elle écrit des romans gothiques historiques.

Il est possible de la joindre sur son propre site www.pattyghenderson.com ou de découvrir ses créations en arts graphiques sur le site de son entreprise www.boulevardphotografica.yolasite.com.

À propos de la traductrice

FLORENCE FRANÇOIS est une auteure, traductrice et scénariste québécoise d'origine française et haïtienne. Elle a traduit des nouvelles d'auteurs canadiens et américains en plus du roman de Fran Heckrotte, *Solaria*. Elle a publié un roman, *Dans la buée d'un café froid* et a participé, en tant que scénariste, conseillère à la scénarisation ou adjointe à la réalisation à plusieurs films.

Il est possible de la joindre par courriel : flofrac@gmail.com.

www.ingramcontent.com/pod-product-compliance
Lightning Source LLC
Chambersburg PA
CBHW071123170626
46809CB00002B/480